站在宽广这一边

徐泓 张洪年
张圭阳 等 著

图书在版编目（CIP）数据

站在宽广这一边 / 徐泓，张洪年，张圭阳等著. ——长沙：岳麓书社，2024.11. ——ISBN 978-7-5538-2208-2

Ⅰ．K825.4

中国国家版本馆 CIP 数据核字第 202418TN38 号

ZHAN ZAI KUANGUANG ZHE YIBIAN

站在宽广这一边

著　　者：徐　泓　张洪年　张圭阳等
监　　制：秦　青
策划编辑：曹　煜
责任编辑：刘书乔
责任校对：舒　舍
封面设计：利　锐

岳麓书社出版
地址：湖南省长沙市爱民路 47 号
邮编：410006

版次：2024 年 11 月第 1 版
印次：2024 年 11 月第 1 次印刷
开本：855mm×1180mm　1/32
印张：10.25
字数：190 千字
书号：ISBN 978-7-5538-2208-2
定价：68.00 元

承印：三河市天润建兴印务有限公司

如有质量问题，请致电质量监督电话：010-59096394
团购电话：010-59320018

序

《站在宽广这一边》是《财新周刊》副刊非虚构写作的精选之一。

按照每周一篇的频率，副刊自创刊以来共发表了数百篇文章，因为篇幅所限，本书只选出极小一部分人物写作类的篇目结集出版。非常遗憾许多优秀的篇目暂时没能入选。

作家萧乾曾经说："以刊登创作为主的文学副刊，是中国在世界新闻史上一个独有的特色。"也有人认为，副刊这种样式的出现，是中国媒体风格的标志。历史上，李大钊、陈独秀、胡适等人都把副刊作为言论场。登峰造极者当属鲁迅，他既是副刊主编，也是副刊作者，他的大部分杂文，还有小说《阿Q正传》等，都首发于《申报》副刊《自由谈》。董桥、汪曾祺、王蒙等作家也是各类副刊的撰稿人。

财新传媒是以财经新闻分析和评论为主业的专业性媒体，在财新纸媒和新媒体优质而庞大的阵容中，副刊是兼具文学性、知识性、趣味性的存在，十余年来坚持精准而独树一帜的风格，吸引了众多优秀的作者。

《城门开》(北岛)，《关键词》(梁文道)，《大道和小道》《亦摇亦点头》(刀尔登)，《价值的理由》(陈嘉映)，《中国有多特殊》(刘擎)，《正义的可能》(周濂)，《与故土一拍两散》(王昭阳)，《爱生活如爱啤酒》(王竞)，《成长是孩子自己的旅程》(王芫)……口碑与销量俱佳的"财新·思享家"丛书，都是由《财新周刊》副刊作者的专栏结集而成。

副刊作者还包括：钱理群、徐泓、罗新、王笛、胡泳、雷颐、王一方、唐克扬、陆晓娅、赵越胜、莽萍、刘海龙、张冠生、刘苏里等学者，袁凌、韩浩月、张郎郎、李大兴、顾晓阳、张宗子、杨葵、于晓丹、许知远、霜子等作家，于永超、蒋金晗、刘宗坤等律师，北美的谭加东、王芫、俞宁、于晓丹，英伦的王梆……近年来自媒体蓬勃发展，许多原本并非以学术与写作为业的知识人也投身写作。身为自由撰稿人的宋朝成为稿源主力；身在德国汉堡的王竞，不管是非虚构写作还是专栏文章都令人惊艳；"诗人"刀尔登、央视体育记者张斌、科普作家小庄等，以其持续而丰富的主题，成为副刊写作时间最长、辨识度最高的作者。恕我不能在此提及所有撰稿人，他们都因为喜爱《财新周刊》而为副刊写作，并吸引了大量读者。

本书选取了19位从民国到近前的人物，他们大多已经离世，却并未走远。他们的名字广为人知，因其事业、品格与精神，将在中国文化图景中生辉。虽然这些人物已经有了大量的文章甚至传记出版，但我们的作者发掘出了新的史料，并以独特的视角，呈现了他们不为人知的侧面，特别是人物非公共性的一面。

主持副刊15年，我和现任副刊编辑李佳钰，以及此前的编辑刘芳，在此感谢每一位为《财新周刊》副刊作出贡献的作者，并感恩在与你们的交流交往中获得的成长与温暖。

编者

2024年10月14日

目录

第一辑　教我如何不想他

梅贻琦与韩咏华夫妇　　　　　　　　　　　　／003
文｜徐泓

教我如何不想他——记赵元任先生　　　　　　／021
文｜张洪年

**人间二老神仙侣　教我如何不想他——
赵元任与杨步伟**　　　　　　　　　　　　　　　／035
文｜张洪年

**《海象跟木匠》——赵元任和赵如兰父女的
严格与有趣**　　　　　　　　　　　　　　　　　／052
文｜彭涛

许地山的最后六年　　　　　　　　　/ 067
文 | 黄心村

谢氏父女的终生遗憾　　　　　　　/ 083
文 | 徐泓

燕东园的陆志韦先生　　　　　　　/ 097
文 | 徐泓

胡氏伯仲的恩师　　　　　　　　　/ 112
文 | 胡舒立

潘光旦——铁螺山房前世今生　　　/ 129
文 | 张冠生

第二辑　山谷有回音

林徽因——"山谷中留着，有那回音"　/ 147
文 | 张琴

老来依然一书生——费孝通的万千问号　/ 160
文 | 张冠生

送别杨绛先生 /177
文│徐泓

大雅宝的故事 /186
文│张寥寥

我的同窗挚友李政道 /196
口述│叶铭汉

李政道获诺奖之后 /204
文│赵天池

倬云先生 /218
文│冯俊文

认识锺叔河先生 /233
文│彭小莲

第三辑　何日再见君

成名之前——张爱玲的香港大学　　　　　　　　/ 251
文 | 黄心村

汪曾祺——一个世纪的饮食记忆　　　　　　　　/ 266
文 | 杨早

七七祭金庸　　　　　　　　/ 281
文 | 张圭阳

木心上海剪影　　　　　　　　/ 297
文 | 铁戈

记沈公　　　　　　　　/ 309
文 | 赵越胜

第一辑 教我如何不想他

梅贻琦与韩咏华夫妇

文 | 徐泓

（北京大学新闻与传播学院教授）

一位同学听到韩咏华与梅贻琦订婚的消息后，急忙跑来对她说："告诉你，梅贻琦可是不爱说话的呀。"她回说："豁出去了，他说多少算多少吧。"就这样，韩咏华开始了和沉默寡言的梅贻琦43年的共同生活。

月涵变"悦韩"

1919年6月17日，我的母亲韩德常还不满四岁。那天，她伤心地一边哭一边说："那个人为什么把五姑带走了？"

这一天正是她的五姑韩咏华结婚的日子。婚礼在北京东城基督教男青年会举行。新郎梅贻琦，字月涵，整30岁；新娘韩咏华，字郁文，26岁。这段在当时创下晚婚纪录的姻缘，是如何成就的？

二人早年初识于严氏家塾。1904年，梅贻琦15岁，在亲友的资助下，以世交子弟的关系进入严范孙的家塾。韩家与严家有通家之好，韩家的两姐妹四姑韩昇华与五姑韩咏华也都在女塾里读书。

当时11岁的韩咏华，在女生班里年纪最小，每次都被遣去关门。"从女生这边，隔着窗子，也可以看到男生的活动，这样我就知道了月涵和金邦正等人。"于是，这个穿着长棉袍、毛坎肩、长发盘在帽子里的小姑娘，常在掩门之际，注意男生院里那个身材清瘦的梅贻琦。

半年后，严氏家塾的男生班迁入南开区的新校址，定名南开学堂。1908年7月1日，梅贻琦以第一名的成绩毕业，保送到位于直隶首府的直隶高等学堂。梅贻琦在这里接受正规的欧美现代教育，如鱼得水。1909年夏天，清朝政府在北京设立游美学务处和肄业馆，负责考选和甄别留美学生，历史上有名的庚款留学就此拉开序幕。

招考的消息传出，在高等学堂还没读完一年的梅贻琦毅然进京，和来自全国各地的630多名考生，云集北京城内史家胡同游美学务处，报名应考。当时的录取条件极为苛刻，只有47人榜上有名，梅贻琦名列第六。多年后，跟梅贻琦一同考入留学名单的徐君陶回忆发榜时的情景说："我在看榜的时候，看见一位不慌不忙、不喜不忧的，也在那儿看榜，我当时看他那种从容不迫的态度，觉察不出他是否考取。后来在船上看见了，经彼此介绍，原来就是现在的梅先生。"

1909年10月，梅贻琦一行47名录取新生全部集中到上海，搭乘"中国"号邮轮启程赴美，海上航行一个月后抵达。大家先入补习学校，第二年按照个人志愿选择大学。众人大多选择几所中国人熟知的大学，只有梅贻琦单独投到马萨诸塞州的伍斯特理工学院，攻读电机专业。

在放洋的四年中，梅贻琦经常把节省下来的膏火，五块十块地寄回家，补贴家用。1914年春天，梅贻琦毕业后，放弃了本可继续入研究院的进修机会，遵父母之命，回国就业，担起大家庭以及诸弟的教育费用。小弟梅贻宝说："五哥（按照家族大排行，梅贻琦被弟妹们称为"五哥"）那样的人品，那样的资历，当时保媒说亲的，不计其数。他好几年概不为所动，显然是为顾虑全家大局而自我牺牲的了。眼看五哥行年已近三十，幸而渐渐听说常往韩家坐坐。"

韩家，即是我母亲的祖上天成号韩家，主营海运业，为天津八大家之一。到母亲的曾祖父、祖父这两辈，改换门庭，进了京城当官，从经商转为入仕。不过，家眷还留在天津，直到1910年左右才迁至北京。母亲的祖父共有两子五女，韩咏华排行第五，故母亲称她为"五姑"。梅贻琦1914年回国的时候，韩咏华和许多人一起赶去大沽口码头迎接："我记得他是和出国考察参观的严范孙老先生同船归来的。"

刚回国的那年，梅贻琦并没有马上到清华任教。从当年10月至转年9月，他出任天津基督教青年会干事，为教会服务了一年。韩咏华回忆说："业余时间，我也在基督教女青年会做些工作，每遇到请人演讲等事，都是找月涵联系，这才正式与他相识。"

两人的关系还隔着层窗户纸。严范孙老先生看出端倪，亲自出面，先和韩咏华的父亲韩渤鹏谈，又和她哥哥韩振华（即我的外祖父）谈。韩咏华在《我与梅贻琦》一文中说："由我表哥和同学出面，请我们吃了一顿饭。梅先生参加了。事后，梅先生给我写了一封信，由同学转交给我。我把信交给父亲看，父亲说：不理他。所以，我就没写回信。不久，梅先生又给我的同学写信责怪说：写了信没得回音，不知是不愿意，不可能，还是不屑于？我又把这封责问信给父亲看。父亲却出乎意料地说：好，好，文章写得不错。父亲竟因此同意了。此后,我们便开始通信。"

韩咏华还说,同学陶履辛听到她与梅贻琦订婚的消息后,急忙跑来对她说:"告诉你,梅贻琦可是不爱说话的呀。"她回说:"豁出去了,他说多少算多少吧。"就这样,韩咏华开始了和沉默寡言的梅贻琦43年的共同生活。

婚礼上最有意思的是,清华年轻的同事们,把送的几副喜联上款"月涵"都改成了"悦韩",大家纷纷称妙。不苟言笑的梅贻琦也点头会意,笑纳了。

从香炉营到清华园

婚后,梅贻琦和韩咏华租住在北京香炉营头条的一个小后院。次年,他们的长女出生。韩咏华这段日子过得甜蜜又匆忙。梅贻琦在清华教物理、数学,平时住在清华园工字厅单身宿舍,只有周末才能回自己家。

梅贻琦通常把月薪分成三份:一份给在天津的父母,一份给读大学的三个弟弟,一份留给自己的小家。韩咏华说:"我作为他的妻子,一生没有财权。他给多少钱,我就过多少钱的日子,从不计较,也绝不干预他认为应该做的事。"梅贻琦的三弟贻琳、四弟贻璠、五弟贻宝相继以优秀的成绩考入清华大学,小妹贻玲考入南开大学,梅贻琦一直供他们到大学毕业。韩咏华感动于他们手足情深："梅氏五兄弟之间十分和睦友爱，感情极为深厚。月涵在弟兄中的威信很高，他从不发脾气训人，但弟弟们对他都心悦诚服。"

1921年，梅贻琦获得以清华公费去美国芝加哥大学进修深造的机会。一年后，他获得机械工程硕士学位，在欧洲做短期游历后回国。这年秋天，他跨进香炉营小院的院门时，韩咏华怀中抱着二女儿，一岁有余的她第一次见到父亲。

1922年9月，梅贻琦举家迁入清华园南院五号。这片始建于1921年的教授住宅群，由十所西式丹顶洋房和十所中式四合院组成，1934年后改称"旧南院"。1946年，由朱自清先生提议，将"旧南院"按谐音改称为字面文雅的"照澜院"。韩咏华怀念那段日子："月涵下班后，得以回家和儿女们共同生活了。从这时起，我才逐渐了解到他的性格是很温和的。"

当时，南院一号赵元任家和南院五号梅家，彼此为邻。中午先生们回家吃午饭，赵太太杨步伟总站在家门口等元任，有时也把路过的梅贻琦邀进屋里共进午餐。"叫人请咏华，她多半总因小孩之故不能来，饭后有时也加入我们谈天。"韩咏华描述了那几年的状况："婚后，我在家当家庭妇女。八年半中生了六个孩子。我的任务就是把孩子带大。"当年的一些师生回忆:"每天下午四点钟,都会看到梅师母推着一辆儿童车,车里躺着个小娃娃,到工字厅给梅先生送茶点。"

正是这一年,梅贻琦被推举为清华教务长。韩咏华说:"1926年春天,他时年37岁,在教授中是比较年轻的。那时清华的教授中获博士学位的大有人在。为什么却选中了他?我以为这是出于大家对他的信任。月涵开始主持教务会议,即已显示了他的民主作风。在会上,他作为主席很少讲话,总是倾听大家的意见,集思广益,然后形成决议。从此,月涵开始了他操劳忙碌的大半生,整日在办公室埋头于工作中。"

一生最重要的演说

1928年11月,梅贻琦第三次赴美,只身一人前往华盛顿,接替赵国才副校长做清华留美学生监督。据当时不满四岁的独子梅祖彦事后回忆:"父亲走后,母亲带着我们迁居城里。"这里提到的城里的住所应是旗守卫10号院。1926年,梅贻琦的父亲梅臣携全家从天津迁居北京,落户在这个大四合院里,大约在今日人民大会堂的位置。

韩咏华带着孩子回婆家梅宅暂居，也因他们最小的女儿还在襁褓哺乳中。一年以后，在寒气凛冽的 11 月，韩咏华带着两女一子——九岁的祖彬、八岁的祖彤和五岁的祖彦，与张彭春先生结伴赴美。她解释说："为了节省开支，月涵不让把儿女都带去，我只好把两个小的孩子留在国内。"一岁的祖芬留在奶奶家，五岁的祖杉送到南柳巷 25 号姥姥家。

到了华盛顿，韩咏华看到自己的丈夫还有更廉洁奉公的举动：他简化了监督处的办事机构，精简了人员，辞去司机，自己学开车。见到太太来了，他马上将原来负责做饭和打扫卫生的助理员改为半日工作，只管搞卫生，一日三餐由太太下厨，不给酬金。秘书何培源兼管买菜，也不另给报酬。

留美学生监督的任务，是负责管理分散在全美国的清华留学生，掌管他们的经费，管理他们的学业和操行。韩咏华说："月涵不赞成学生到社会上去参加娱乐活动，不赞成学生去舞场跳舞，因而尽量把监督处办得好些，使学生们乐于来此。把它办成留学生之家，在华盛顿的学生可以随时来这里活动、休息，在外州的学生放寒暑假时也回这里来休假。"

有些非清华的留学生也常来。当时在美留学的叶公超，不是清华的学生，因陪一位清华同学到过留美监督处。他回忆说："梅先生留我们吃饭，那次他给我的印象，就是他对美国的日常生活非常熟悉，而且英文说得极好。留学生对于驻美的政府官吏，通常都有两种印象：一是只知道向国内打报告，而不了解美国的实际情形；二就是英文说得极坏。梅先生却不然。"

在美三年里，国内的清华园并不平静，大规模学潮已呈不可遏止之势。此时，梅贻琦接到了来自国内老朋友原中法大学校长、时任教育部部长李书华的电报。韩咏华在一旁看得明白：几次电报，都是请月涵回国主持清华大学工作。

果然，1931年10月14日，南京政府教育部颁布了1716号训令：正式免除吴南轩虚位已久的国立清华大学校长之职，由梅贻琦接任。李书华旋即电促梅贻琦从速回国。韩咏华说："这一消息传来后，许多美国朋友都不以为然，也舍不得他离开。美国人认为做校长就是做官。他们说：梅先生不是做官的人，最好继续留在这里。"但梅贻琦没有怠慢，迅速向继任的赵元任办好交接手续。同年11月底，他登船启程，应召回国。

正如三年前只身一人先来美国履职，三年后梅贻琦仍然只身一人先回国赴任。韩咏华考虑到孩子们的学校尚未放假，一直到1932年春天，才带着三个孩子回到北平。

此时，距离梅贻琦发表那篇著名的就职演说，已经过去五个月了。1931年12月3日，清华园大礼堂，42岁的梅贻琦，身材高挺峭拔，一袭棉布长袍，外罩深色夹袄，头戴细毡礼帽。他摘下礼帽，面容肃穆而坚毅，开始了他一生中最为重要的演说，其中那句"所谓大学者，非谓有大楼之谓也，有大师之谓也"，传诵至今。

这次写作时，我数遍通读这篇就职演说全文，更为下面这一席话所感动："本人能够回到清华，当然是极高兴、极快慰的事。可是想到责任之重大，诚恐不能胜任，所以一再请辞，无奈政府方面不能邀准，而且本人与清华已有十余年的关系，又享受过清华留学的利益，则为清华服务，乃是应尽的义务，所以只得勉力去做，但求能够尽自己的心力，为清华谋相当的发展，将来可告无罪于清华足矣。"

清华实至名归

清华园工字厅的西南，穿过一片林地，有三栋建于1917年至1919年间的西式砖木结构平房，分别被称为甲所、乙所、丙所。这是当年清华园最显赫的第一住宅区，是校长、教务长、秘书长的官邸。

1932年春，梅贻琦夫妇携全家搬进清华园头号官邸甲所。居住在乙所的是国学院院长冯友兰一家。丙所当时住的是外文系主任陈福田。

韩咏华笔下，曾描述过1932年至1937年间在清华园甲所居住时的梅贻琦：

> 那时的清华并不设副校长，所以月涵的工作是十分繁重的。他的生活几乎就只有做工作，办公事，连吃饭时也想着学校的问题。
>
> 他在家里也很少说话，关于公事更是一字没有。有人来家谈公事时，我和孩子们都不参与，所以我对他的教育工作、社会活动以及清华的内情了解很少，别人问到我什么，都无可奉告，有时反而是从别的教授夫人处听来只言片语。
>
> 他对生活要求很简单，从不为穿衣吃饭耗用精力，也不为这些事指责家人。
>
> 月涵很喜欢听京剧，但任校长后看戏的机会也少了，只在进城开会留宿时才偶尔看看。年轻时还喜欢打打网球，后来就没有任何体育运动了。

韩咏华发现了丈夫的一个爱好：喜欢园艺。甲所宅旁有一小片土地，梅贻琦把它开辟为小花园，每天清晨起来，自己去收拾花草，既是爱好，也是锻炼身体。"他特别喜欢一种叶子倒垂下来的叫做'倒草'的绿色植物，有一次他出去开会两个星期，回来后发现倒草枯死，真的动了气。"

受大学氛围的熏陶，韩咏华也跃跃欲试想进课堂学习。从1933年至1935年，她在清华旁听了陈福田的英语、钱稻孙的日语和金岳霖的逻辑学。"月涵对我像对孩子们一样，十分民主，愿意工作就让你工作，愿意念书就让你念书。他问我，你若愿意去你就去旁听，但要听到底，不能半途而废。"

我的外婆高珍都还记得韩咏华的好学："在梅贻琦做清华校长的时候，有一个日文班，五姑太太以校长夫人的身份，参加学生的日文班，学习还挺认真。所以她在清华挺有名的，和学生也不错，也没有太太架子，人缘很好的。"

这六年，对韩咏华来说，小家团圆，与娘家团圆，与婆家团圆，岁月静好，日子过得舒心。梅贻琦在清华做了什么事情呢？

校友许世瑛在《敬悼月涵校长》中说："校长真是一位学工程的，他'讷于言而敏于行'。只知苦干、实干、不空言，（不）求虚名。……记得民国二十年冬天校长就职的那一天，校长对同学只简单勉励几句而已，不曾开出一张不一定能兑现的支票。但是就在短短的五年半——民国二十年冬至'七七事变'——的期间内,由原有的文、理、法三院扩增到文、理、法、工、农五院,图书馆、体育馆原来都只一所——两间大阅览室和一个篮球场,也在那时候扩建了更大的阅览室、书库和篮球场、健身房,比原来的要大一倍还拐弯呢!……建造了一栋女生宿舍,三栋男生宿舍,都是钢骨水泥的大洋楼!其他如化学馆、生物馆、气象台、工学大楼、电机机械等系的实习工场,以及教职员宿舍,也都在这五年半以内完成了。"

如清华元老之一、长期担任清华核心领导的陈岱孙教授多次所言:是在梅贻琦先生任校长期间,清华才从颇有名气而无学术地位的留美预备学校,成为蒸蒸日上、跻身于名牌之列的大学。

南下与北归

韩咏华如此描述清华南迁之前的情况:"一九三七年'七七'事变时,月涵不在北平,他恰好在七月六日离平去江西参加庐山会议。日本兵开进清华园,在校园里养马,学府变成了兵营。九日清晨,陈福田先生把我和儿女们送进城里,住在哥哥家。月涵的母亲把旗守卫十号住宅大门上的'梅'字牌牌也摘了。我们都不敢公开来往,只用暗号互相通信问候。"

1937年8月底,梅贻琦受命由南京抵达长沙,筹建清华、北大、南开三校合组的国立长沙临时大学。临大10月25日开学,11月1日上课。开课刚过一个月,南京沦陷,武汉吃紧,战火逼近长沙。临大又奉命迁到云南,更名为国立西南联合大学。

1938年5月4日,西南联大在云南昆明、蒙自两地正式上课。素来低调行事的梅贻琦,面对联大的清华师生讲出了平生最高调的一番话:"在这风雨飘摇之秋,清华正好像一条船,飘流在惊涛骇浪之中,有人正赶上驾驶她的责任。此人必不应退却,必不应畏缩,只有鼓起勇气,坚韧前进。虽然此时使人有长夜漫漫之感,但要相信不久就会天明风定,到那时我们把这条船好好开回清华园,敢到时他才能向清华的同人校友'敢告无罪'。"

1938年夏,与西南联大问世几乎同一时间,韩咏华带着孩子们,和清华几家教授结伴,历时两个多月,走海道,经天津、上海到香港,再乘船到越南海防,又经嘉林乘车过河,再由开远到达昆明。分离一年多后,他们全家终于在昆明团聚。

梅家来昆明后,起先住东寺街花椒巷6号,后常驻西仓坡5号清华大学昆明办事处,还一度为避空袭迁居西郊龙院村惠家大院。多年以后，韩咏华对这段生活的艰苦仍记忆犹新：

> 我们和潘光旦先生两家一起在办事处包饭，经常吃的是白饭拌辣椒，没有青菜，有时吃菠菜豆腐汤，大家就很高兴了。教授们的月薪，在1938、1939年还能够维持三个星期的生活，到后来就只够半个月用的了。不足之处，只好由夫人们去想办法，有的绣围巾，有的做帽子，也有的做一些食品，拿出去卖。我年岁比别人大些，视力也不很好，只能帮助做做围巾穗子。以后庶务赵世昌先生介绍我做糕点去卖。赵是上海人，教我们做上海式的米粉碗糕，由潘光旦太太在乡下磨米粉、煮豆沙，再准备一些其他原料，我和地质系教授袁复礼夫人负责做成糕，再由我拎着篮子送到冠生园食品店寄卖。冠生园离家很远，为了省钱，我总是步行，来回路程需要一个半小时。又舍不得穿袜子，光脚穿一双破旧的皮鞋，有一次把脚磨破，感染了，小腿全肿起来。

月涵不同意我们在办事处操作，只好到袁复礼太太家去做。袁家有六个孩子，比我们的孩子小，有时候糕卖不掉时，就给他们的孩子吃。有人建议我们把炉子支在"冠生园"门口现做现卖，我碍于月涵的面子，没肯这样做。卖糕时我穿着蓝布褂子，自称姓韩而不说姓梅。这段日子是够苦的。但是我们选了"定胜糕"作为我们生产品的名字，以表达对抗战胜利的希望和信念。

以上即是流传最广的佳话"梅校长夫人挎篮卖定胜糕"的来龙去脉。韩咏华把卖糕得的钱，给祖彬、祖彤每人60元，两人已经上西南联大了；祖衫、祖彦在读中学，每人25元，最小的祖芬也给5元，让他们添置学习用品。"后来月涵很觉不安，因为教授夫人们孩子多，家务忙，顾了做零工，就顾不上管家，这样不是长久之计。以后有工学院为驻华美军承担设计，建造房子，得了钱分给教职员工补贴生活，大家的日子就过得好一点了。"

如此清苦的日子一直延续到抗战末期。1945年4月底，在成都燕京大学做校长的梅贻宝应邀赴美。乘坐美国空军运输机由重庆、成都飞到昆明，正好趁便去看望五哥五嫂。"好不容易找到那'校长公馆'，诸侄们看到老叔很是亲热。但家里飞来不速之客，难免有些紧张。尤其是晚饭已过，给他安排吃一顿饭，亦颇费周章。大概是从同院住的陈福田家里讨来的面包牛油，连同借来过夜的行军床。"

这张床就搭设在书架前、书桌旁，被子也是临时借来的。晚上，梅贻琦一面看学校公文，一面和弟弟叙谈家常。梅贻宝说："当晚只见祖彦侄闷闷不乐，迥异寻常。我问起五哥才说，前两天跑警报，彦侄把一副眼镜连盒给跑丢了，家里无钱给他再配一副，而他没有眼镜就不能念书，故而父子都觉十分窘困。"

梅贻宝感慨不已："在成都重庆就听说西南联大梅校长太太制卖定胜糕，我们以为是笑谈，或是为劳军、庆祝胜利等等特典。哪知耳闻不如眼见，五哥维持西南联大，固多困难，而他维持七口之家，亦不容易，竟未料到他们一贫至洗。"

就在联大教师生活水平降到冰点的 1942 年至 1943 年间，据《联大校史》统计，校中同人不但更动较少，且教职员工有增无减。另一份资料显示，西南联大教师队伍常年稳定在 350 人左右，其中副教授 179 名，有 150 多名为留学欧美的海归学者。全盛时期的西南联大共开出 1600 多门课程。

国立西南联合大学纪念碑文有云，"三校有不同之历史，各异之学风，八年之久，合作无间；同无妨异，异不害同；五色交辉，相得益彰；八音合奏，终和且平"。这所战时由三大高校联合组建的学校，大师云集、英才辈出，创造了中国教育史乃至世界教育史的奇迹。

1945年11月27日，梅贻琦重回北平。他在当天的日记中写道："十二点，在颐和园南之新机场降落，重到北平快慰可知。"

到达翌日，梅贻琦即去清华园查看，校内仍驻有大批日本伤兵，校园凌乱不堪。且接收之事有人从中作梗，节外生枝，进展迟缓。梅贻琦每天马不停蹄，日程安排得密不透风。

此后，梅贻琦奔波于昆明、重庆、南京、上海、北平之间，忙于筹划清华北归事宜。1946年5月4日，"五四运动"27周年纪念日，联大举办了校史上最后一次结业典礼。西南联大就地解散，三校师生及眷属四五千人，搭乘各类交通工具，水陆空并进，陆续迁回北平、天津。9月11日，梅贻琦踏上北归之路。

还是那个老规矩：公事第一，家事第二。梅贻琦只身一人先回来，韩咏华留下收拾善后。经历了八年大西南艰苦的岁月，韩咏华终于在1946年10月8日晚回到北京，我的外祖父大开家宴，备下两桌饭菜，为妹妹妹夫隆重接风。

听说五姑回来了，在燕京上学的姨姨韩德庄第二天赶回家，在10月9日的日记中写道："我刚到家，只看了一眼，五姑确实老了许多，五姑说我也变样了，怎会不变呢？十年的光景了。"

教我如何不想他——记赵元任先生

文 | 张洪年
（加州大学伯克利分校、香港中文大学荣休教授）

> 在上个世纪四分之三的岁月中，他踪迹遍四海，所闻所见，他感兴趣的都一一笔录在案，长短不一，翔实可考。

一

1968年，我正在上研究院，每天都在办公室里埋头工作。有一个早上，屋子里还开着空调，但窗外已经是凉风有信，秋意渐浓。工作人员突然传来消息，说下午有学者来访，是赵元任先生夫妇路过香港，专程来研究中心和周法高老师见面。

我们这些后生小子，都在上语言学的课，天天在啃赵先生的文章。想不到会有这样的机会，能一睹大师风采。尤其是我当时正在参与翻译赵先生的《中国话的文法》，有缘拜见，心底里更有说不出的兴奋。

到了下午，我们都战战兢兢地坐在办公室等待，周先生也显得有点紧张。办公室离电梯门口有一段小走道；没多久，就听见门房说："客人到了到了。"周先生赶紧上前迎接，我们也挤在门口。电梯门一开，先传来一阵洪亮的说话声音，接着就看见赵先生伉俪二人走将出来。赵夫人在前，赵先生随后，宽袍大衣，缓步经过走道，进到周先生的办公室。惊鸿一瞥，虽然只是片刻的影像，但至今还很清楚记得。赵先生离去的时候，又经过我们的办公室，周先生引见我们几个学生。赵先生停下步来，带着微笑，和我们逐一握手。古人说如沐春风，这一刹那的感觉确实如此。

1969年，我有幸来到加州大学伯克利分校上学。没开学前几天，我先到校园拜见赵先生。赵先生办公室在校园当中的大楼Dwinelle Hall，楼前是古木参天，9月时分，秋叶渐落。办公室在最低一层，迂回长廊，一溜都是棕色大门、玻璃小窗户的办公室，门上都写着教授的名字。我按着号码一直找过来，终于看到赵先生的房间。隔着玻璃，屋里灯亮着。

教我如何不想他——记赵元任先生

我轻轻敲门,心底突然一阵忐忑,我这贸贸然来拜见是否妥当?就这么一琢磨,眼前一亮,赵先生已经站在门前。银丝眼镜,灰白的头发,一脸温蔼的笑容。他亲切地握着我的手说,张洪年,你来了!他带我进入屋子里,让我坐下。问了一些起居的安排,接着他就给赵师母打电话,说张洪年来了,我中午带他回来吃中饭。他挂上电话,就让我翻看他书架上的藏书和文章。他说,文章许多是抽印本,只要不是最后一份,你都可以取去。宝山取经,迄今我架上还有一些文章就是当年的馈赠。有时翻来一看,想起的却是当年办公室的情景——一眨眼,已经是半个多世纪以前的事。

其实,在这之前,我和赵先生只见过一面。不过,我在中大上研究院的时候,周先生曾经把我的硕士论文寄给赵先生。不多久,赵先生寄来评语,大纸小字批了七大页,指出许多论述疏漏不足之处。我只是一个初出茅庐的研究生,有多少能耐?赵先生却一板一眼地点评,还提出他自己的一些看法。后来修改论文出版,就往往随着赵先生提出的问题,一板一眼地修改订正。我申请伯克利上学,当时还请赵先生写了推荐信。赵先生对一个初出道的年轻人,一面之缘,竟如此提携,终生难忘。

那天中午,我就随赵先生上他家吃中饭。赵先生住在伯克利半山，楼高三层，大门进去，经过客厅、饭厅，就是厨房。厨房里搁着桌子，整整齐齐摆着三份碗碟筷子。赵师母端出热气腾腾的小菜，让我坐下。年轻人，也不懂客气，赵师母说吃吧，我就乖乖地伸出筷子往菜里夹，往嘴里送。一顿饭下来，就像回到自己家里，吃到母亲烹调的江南菜式，十分惬意。但是，没想到的是这一顿中饭，成了我往后十多年赵家座上常客的开始。

二

科学家一板一眼地研究，一步一步地推理，是赵先生自己做学问的模式。他对周遭一切的事物都感到兴趣，任何一点稍有乖于常规的现象，他都会特别留神观察，细究其所以然。一个小问题，平常人可能会掉以轻心，他却会小题大考虑；多复杂的难题到他跟前，他会抽丝剥茧，一点一点分析。我这里且举一个小例子，说明他这种实事求是的精神。

有一次，我开车带他俩上城里购物，路上交通繁忙，找停车的地方不容易。我好不容易找到一个空位，马上来一个平行停车，小心翼翼，车大停车位窄，停得可不容易。我下车给二位开门。赵先生前脚下车，就弯下身来，好像在马路边捡拾什么似的。赵先生该是有什么东西掉在地上吧！我赶紧上前帮忙，还没来得及说话，赵先生就已经挺起身来，手上拿着一张白卡片，笑眯眯对着我说，没问题，你停车停得很好。原来，赵先生看我停车停得离马路边有点远，所以下车后马上从身上掏出一张 3×5 英寸大小的卡片，量度我的轮胎和马路边之间的距离。官方规定不可以超过 15 英寸，赵先生弯下身子，是拿卡片横着量度我当时停车的距离，还好不到三张卡片的长度，也就是没有超过 15 英寸。所以，他说我停车停得及格。

我当时听到赵先生的解释，望着赵先生，有点尴尬，脸上啼笑不得。不过，就此一事，可以看到赵先生实事求是的态度，不能只凭直觉，一定有事实根据才下定论。这和做饭烧菜，用 measuring cup（量杯）衡量食材多寡分量，源同一理。另一方面，就这小事，也可以看到赵先生随身都带着这些 3×5 的小白卡片，随时可以记下当下发生或观察到的任何事或物。我自己是一个办事不太认真的人，记性又懒，眼前发生的事，时过境迁，来得快，去得也快。有时候，突然心血来潮，脑子里会想到一些似乎是特别有意思的问题，嘴里说着，记住记住，一会儿就忘得一干二净。我常常提醒自己，别忘了身上带个小记事本子，但就始终没有养成这个习惯。

赵先生逢事必记的习惯，可是自小养成。据说他从14岁（1906年）就开始写日记，一直到去世前一个月（1982年），还写下最后一段日记。

"Up late, took a nap after breakfast. PM took another nap."（晚起，早饭后小睡。下午又睡片刻。）

所记虽然像是生活琐事，但显然赵先生觉得能小睡——而且是上下午一连两觉，可不是一大快事！而且从这短短数语，也可以看到赵先生虽然是九十高寿，但脑筋并不迟缓，对生活细节并不忽视，而且记性好，执笔记录，文字简洁清晰。我们试回想赵先生从1906年到1982年，整整76年，在这20世纪四分之三的岁月中，他踪迹遍四海，所闻所见，他感兴趣的都一一笔录在案，长短不一，翔实可考。

赵先生还有另外一样强项，就是他除了笔录所闻所见，还擅于收录各样实物为凭。一切书信文件来往，必留副本，以备日后查询。对一个做事有条理的人来说，这种分类归档的做法，并不稀奇；但是，赵先生的档案中却保留了许多小物件小纸条，像在旅游路过的城市买的车票、旅馆收据、饭馆的菜单等等，他也整整齐齐地保存了下来。

赵先生故去以后，我们曾经帮忙整理一箱子一箱子的文件，翻看到这些票据杂物，都觉得十分惊讶。这一箱箱的材料，如实记录了一位大学者毕生的经历，我们翻阅之余，赵先生的身影仿在眼前。但是更重要的是，赵先生的故事也就是一个时代的缩影。20世纪正是近代史上一个转型期，谁要想研究这百年来中外社会在文化、经济等各方面发展的模式和足迹，这些似乎是琐琐碎碎的生活杂物，正提供了最难找到的第一手真凭实据。赵先生这许多日记、杂记、文件、书信、杂物等等，现在都保存在加州大学图书馆中，供有心人阅读使用。赵家二小姐赵新那女士和夫婿黄培云先生，根据赵先生的日记和好些其他珍贵材料，编撰《赵元任年谱》，1998年由北京商务印书馆出版。年谱从1892年到1982年，翔实记录赵先生一生的事迹，中外多少学者、政治家等等都在编年史留下雪泥鸿爪的踪迹。

三

赵先生是一位语言学大师，更是一个语言奇才。古人说将勤补拙，只要努力总有一定的成就。但天生异禀，又以勤勉相辅助，那成就自然不可限量。赵先生自幼耳聪目明记性好，耳朵听觉灵敏，万人无一。任何声音，只要一听，过耳不忘；任何细微的分辨，他都能觉察，而且都能准确地如是仿效发音。他自幼在多方言的环境下长大，吴语京腔本就是母语，但长大以后，他仍然保留这异能，英法德语他都是流利自如。据说他曾去德国某个小镇，停留几天，马上就掌握到那地方腔调；本地人和他交谈，接着就问他，你是什么时候离开我们这地方的？中国八大方言，赵先生都做过调查和研究；他曾经为哈佛的学生编写《粤语入门》，1947年出版，大半个世纪以后，依然是教学界最精细的扛鼎之作。

赵先生会说粤语吗？我可以肯定地说，绝对会！还是20世纪70年代的时候，我在伯克利教书，有一天，我在办公室里接到一个电话，Hello一声以后，对方接着就问："你系张洪年教授吗？"低沉的声音，标准的粤语。我想，是哪位香港朋友打来的电话？我问："你系边位？"（您是哪一位？）对方紧接着说："我系赵元任。""赵元任……"我一时还没会意过来，心里琢磨是哪位老港朋友，就在嘴里重复"赵元……"二字时，突然惊醒，赵先生！可不就是赵先生吗？我赶紧坐直身子，纠正腔调，改成国语说："您是赵先生！"那天的电话到底是什么内容，我已经想不起来，但赵先生的粤腔粤调，字正腔圆至今犹在耳边。

赵先生早年编写的《国语入门》，其中有一课是几个人在茶馆的对话。赵先生亲自录音，扮演不同的角色，操不同的方言对谈。北京话以外，还有上海话、苏州话、四川官话、扬州话和广东话等等。扬州和我家乡镇江只隔一江，同属所谓的江北话。我最近听到录音，虽然只是简单的几句，久别的乡音，特别勾起想跟谁说说江北话的欲望。

赵先生不但辨音能力特强，而且喜欢玩弄声音，能人之所不能。他最有名的一个文字游戏，是一则长达百言的《石室施氏食狮史》文章，以简朴的文言写出一个曲折离奇的故事：

> 石室诗士施氏，嗜狮，誓食十狮。施氏时时适市视狮。十时，适十狮适市。是时，适施氏适市。施氏视是十狮，恃矢势，使是十狮逝世。氏拾是十狮尸，适石室。石室湿，氏使侍拭石室。石室拭，施氏始试食是十狮尸。食时，始识是十狮尸，实十石狮尸。试释是事。

我们试用国语朗读，整篇都是shi-shi-shi的声音，不可读也不忍卒读。为什么？因为全文96个字，用汉字写出来，一共有33个不同的单字；但念起来，却只有一个音节：shi。同一个音节，配上声调，阴阳上去，就各有自己的文字外貌，各有自己的意义内涵，在写作上各擅胜场。赵先生写出这样看似绕口令的游戏文字，其实正是他匠心独运，用一个简单好玩的故事，展示出汉语的两大特点——汉语是一个单音节、带声调的语言。而且汉语历史悠久，古今有别，文白分家。这样文言的短文，能看不能读，正是因为古音和今音不完全一样，古今语法和词汇也有很大的差别。我们试用其他方言来念"誓食十狮"一句，也许四字并不同音，这也就说明方言发展各有自己的蹊径，和北方话分道扬镳。这许许多多语言学上的细节，不是一言两语能说得明白，但赵先生只举一个小故事为例，让谁都会感觉到中国语言的神奇巧妙，就算是不知其所以然，但是知其然已经是一个很大的收获。

四

我们都知道英文有一首字母儿歌：a-b-c-d-e-f-g-……，娃娃抱在怀中，牙牙学语，父母都已经教着唱。据说赵先生曾经把这首儿歌倒过来唱，录成声带，然后放在机器中，倒过来放，居然就是原来的a-b-c-d-e-f-g-……这样的制作，听来简单，其实是万万分的艰难。因为倒过来唱，并不是就把字母倒读一遍，从z-往回说y-，再说x-……我们试x-为例，x-的发音基本上是e-k-s-，倒过来就是s-k-e-，倒录的时候，得先从元音e

开始，再回头发音说 k- 和 s-。单一个 x-，已经如此复杂，26 个字母，每个都得这样先拆开，换成一大串的声音细节，然后把每个细节倒读。例如，x- 的细节既然可分成 e-k-s-，录的时候，就得说 s-k-e-，等到把录音带放在机器中倒放，就还原成 e-k-s-。其间过程的繁复，非一般人能想象得到。

事实上，我并没听过赵先生这个录音。但这样的工作，或者说这样的工程，匪夷所思。就算谁能有这种破天荒的想法，但没有赵先生天赋的异能和巧思，又有谁能真的倒录还原，制作成功？古人说鬼斧神工，这声韵鬼斧，还得请赵先生来掌握，才能巧夺天工。

今日汉语有拼音配搭，我们计算机书写，也常以拼音输入。其实，早在民初，中国已经推行国语罗马字（简称国罗），而参与创作推行国罗的诸位先生，首推赵元任。国罗和汉语拼音，基本上都是用英文 26 个字母，拼写汉语数以百计的音节。不过，两者之间有很大的一点不同，就是汉语每个音节除了元音辅音，还有声调。"妈麻马骂"是阴阳上去四个声调，声调一动，就换成另一个字，别有所指。"妈骂马"和"马骂妈"，意思迥然有别，关键就在声调的高低升降。汉语拼音是把声调升降以符号形式放在每个音节的元音之上，例如 mā/ má / mǎ /mà /。但是赵先生的国罗，是把声调放在每个音节之中，同样的"妈麻马骂"四字，拼写是 mha / ma / maa / mah，a 头上并不戴什么声调帽子。赵先生这样处理声调，有他一定的道理。他认为，声调是汉语每一个音节的内在有机成分，用符号标写，会让人以为这是音节以外的附带成分，掉以轻心，难以拿捏。

我曾经在大学教过多年汉语，学生总觉得声调是最难掌握的一部分。有的学生看到元音上的升降符号，就仿效符号的升降，抬头低头，或上或下，左右扭动，以为这就是掌握声调变化最确实的表现。其实，不管他们怎么使劲地把脖子上下左右扭转，他们嘴里的发音，却往往是同一个调调。国罗成功之处，就是把声、韵、调三者结合，每一个音节都赋予自己独特的拼音面貌，过目不忘。

今天最流行的拼写，当数汉语拼音，但从学习的角度来看，许多学人还是觉得国罗最有道理，最为有效。简单一点来说，计算机输入，要是使用声调符号，就得把升降符号逐个打在元音上面，费时多事；哪像使用国罗，只要按着键盘上的 26 个字母，无往不利，什么音节，一打就是。

赵先生早年编写的《粤语入门》(1947年)，也设立了一套粤语罗马字（粤罗），系统更是复杂。粤音声调是九调六声，不得不运用更多的标调规则。同时，他也希望在粤罗系统中，更带出一些北方话和古代语音的特点，一石二鸟，可以在学习粤语的同时，也渐渐认识中国语音的变化轨迹。这一种跨越时代的标音,正是为他日后推出的中国通字做出第一步的尝试。

通字最大的特点,就是每一个汉字只有一个拼音,也只有一个意思。《石室施氏食狮史》呈现的,是同一音节可以有不同的声调、代表不同的汉字。但在通字系统中,他把南北方言的语音特点都放在每一个音节之中。这样一来,每一个音节就只有一个读法;南北变异,就通过不同的对换规律而得出当地标准的发音。一字一音一意,是编写通字背后的最终理念和最大的原则。没有赵先生宏阔的视野、精通古今之变的学问,根本不可能有这样的识见,更不可能有这样破时代的创举。"中国语言学之父"这个美誉,赵先生实在当之无愧。

赵先生学贯中西,而且对各个专业、各种范畴都兴趣很浓,也涉猎很广。大家都知道,他原先是学数学物理,后来转攻哲学。在大学任教,开始教的是物理科目。因为物理包括声学,他于是对声音进行研究;由声学转成专攻语言学是后来的发展,但这一个转型也就定下他终生研究的方向,为中国语言学开辟出新天地。

赵先生对声学的兴趣,其实也和他自己的音乐素养很有关系。他从小就受到音乐的熏陶,上学以后,更受到严格的音乐训练,中学的时候已经开始音乐创作。他对自己的女儿，也同样自小栽培她们对音乐的兴趣。据说，他们一家六口开车跨州旅游，一路上唱歌为乐。中外歌曲，古典现代，引吭高歌；有时候，四个女儿更来个四部合唱，乐也融融之余，轻车已过万重山。

赵先生谱的曲子很多，最脍炙人口的一首是《教我如何不想他》。赵师母常跟我们说，别人总以为这是赵先生的大作，其实这歌是刘半农填词，赵元任谱曲。她说有一次在大学堂表演，礼堂里挤满了学生，为的是想一睹浪漫大诗人的风采。刘半农是一位老先生，他一出场，底下观众都吃了一惊，你眼望我眼，闷声不响。事后，学生写诗记其事：

> 教我如何不想他，闲来无事喝杯茶。
> 原来如此一老叟，教我如何再想他。

我们追问，赵先生风度翩翩，他一上台，大伙准是闹得起哄。赵师母别过头来，望着赵先生，笑而不答……也许，此中有真意，尽在一笑中。

此心何所属——教我如何不想他。

人间二老神仙侣　教我如何不想他——赵元任与杨步伟

文｜张洪年
（加州大学伯克利分校、香港中文大学荣休教授）

> 赵元任夫妇庆祝金婚，赵师母赋诗一首道："吵吵争争五十年，人人反说好姻缘。元任欠我今生业，颠倒阴阳再团圆。"赵先生二话不说，写下14字明志："阴阳颠倒又团圆，犹似当年蜜蜜甜。"

一

1969年，我有幸来到加州大学伯克利分校读研究生。开学前几天，我先到校园拜见赵元任先生。那天中午，我就随赵先生上他家吃中饭。赵师母端出热腾腾的饭菜，让我坐下。但没想到的是，这一顿中饭，成了我往后十多年赵家座上常客的开始。

赵先生是语言学界的开山祖师爷，论辈分，我们怎敢以师母称呼他的夫人？不过，赵师母十分随和，一点也不见怪。她看见我只身在外求学工作，有一顿没一顿，瘦削的身子，半饥不饱，所以常让我来家里吃饭。中饭刚吃完，赵师母就说，张洪年，你晚上再来。赵师母炖的鸡汤，两只肥鸡、几棵大白菜，炖上三四个小时，奶白色的汤，肥嫩的鸡肉，入口即化的菜叶子，我可以一口气喝上两大碗。赵师母看得高兴，接着说，别忘了，明天晚上再来！放下筷子，我总想自告奋勇，抢着洗锅刷碗。赵师母指着厨房墙上贴着的招子，上头写着：别人不许帮忙。然后，她一边洗碗，一边闲聊，一会儿碗碟都清洗干净，一摞摞的叠在碗盆里，干净利落。

我毕业以后不多久，就回伯克利任教，上赵家的时候更多。常常和别的小朋友开车，带赵先生夫妇上旧金山中国城买菜。那儿新开了一家上海南货铺子，赵师母常来买金华火腿，还有山东对虾。这来回一趟，接着就是一顿丰盛的晚宴。有时候，我站在厨房里，看着赵师母做菜，心里试记住前后步骤。不过偷师的功夫不够，到后来，赵师母送我一本她的菜谱，才知道做菜有的时候比做学问更难。

做学问出了问题，可以再来，做饭出了问题，可不容易解决。炒菜盐搁多了，红烧肉太老了，饭烧焦了，都难以下咽，怎么向客人交代？赵师母说，她做饭都是凭直觉，盐多盐少，火大火小，似乎都是随意处理，并没有一定的准则。其实，我们都知道，直觉是从经验而来的。她下厨几十年，煎煮炖熬，已经是从心所欲，挥洒自如。她的食谱就是她的心经。

赵师母的食谱，20世纪40年代出版，几百页大书，菜式两百多种，在美国饮食界享有盛誉。书名是《中国食谱》（*How to Cook and Eat in Chinese*），顾名思义，就是说要学会享用美食，得先明白如何烹调。我们都知道，越会做菜的人，越会品尝佳肴。赵师母吃遍大江南北、美国西东，每踏进湾区一带的饭馆，认识的老板大厨都会赶紧过来打招呼。上来的大菜小吃，赵师母一举箸，大家都等着听她评点。赵师母快人快语，一两句就能道出师傅手段的高下。赵师母根据自己几十年下厨经验写下这样的食谱大全，开风气之先，至今还是洛阳纸贵，网上订购往往索价100多美金。《中国食谱》全书由赵家大小姐赵如兰翻成英文，赵先生又在多处加脚注说明某些原委，语带幽默，妙笔生花。例如，他在"打蛋"这最基本的操作过程底下，写下这样的按语：

既然两只鸡蛋相撞，只有一只会打破，就先要准备第七只蛋，用它来打破第六只。要是事与愿违，打破的是第七只，而不是原来的第六只，权宜之计是把第六只挪开，让第七只先派上用场。又或者是重新排序，把第五只之后被打破的那只蛋算成是第六只。

这一段话，贸然一看，可有点摸不着头脑。其实，这正是赵先生的巧思运转，大玩语言逻辑游戏。从操作的过程来看，科学头脑清醒的人应该先把鸡蛋排队待用，一二三四五六……打蛋需要按前后次序。用第二只敲打第一只，然后用第三只敲打第二只……如此类推。操作按部就班，不会出错！其实，世界上哪有按次序打蛋的说法？科学头脑过分精明，反而会产生混乱。万一用第七只鸡蛋敲打第六只，一不小心，打破的是第七只，而不是原来排序的第六只，一子错，敲打程序皆落索。怎么办？科学头脑不笨的人，就把打破的第七只移前一位，代替原来的第六只。又或者更聪明的人会把鸡蛋重新排序，把打破的那只定位是第六只，也就是原来排在第五只后边的那一只，应该轮到它。这样一来，问题可就完满解决了吗？这种推理，似是而非。在现实的世界中，哪有这样的逻辑思维？

赵先生的按语其实是开了自己一个大玩笑，用现代的话语来说，这也算是一个冷而又冷的笑话。想深一层，赵先生的笑话，正好印证赵师母的做饭秘诀，秘诀存乎一心。油盐多少，根本不能以一茶匙三毫米来量度，火候大小，也不能确实说是350度还是375度。这"差不多"的观念，也许是艺术家哲学家特别享有的专利。如人饮水，冷暖自知，到底有多冷多暖，还是留给科学家去决定。

二

赵先生两老鹣鲽情深，什么时候，什么地方，都是你我相随，公不离婆，婆不离公。我有时早上就上赵家。两老刚起不久，赵师母坐在厨房的饭桌上，和我闲谈今天该上什么地方、买什么吃的。赵先生拿着牛角梳子，站在背后给赵师母细心地梳头。长长的花白细发，赵先生眯着眼睛，往下轻轻一梳，一梳到尾，白发齐眉。梳通梳透以后，赵师母随手把银发往后一盘，用乌黑的发插子一夹，干净利落，不散不乱。一整天的活动，什么大小场面，赵师母总是梳着同样的发髻，落落大方。宴客谈笑之间，她偶尔会抿一下鬓边，别转头来望一下赵先生，莞尔一笑。

赵先生俩生活很有规律，几点起几点睡，都有定时。每天下午，要是没有别的约会，他俩会开车上城里的一个超级市场。停了车，进了超市，两老在一排排货品陈列架之间的走道中，来回逡巡，买点什么，总会逛上半个小时。其实，买东西事小，散步事大。他俩在超市来回步行，老当益壮，算是一天的优悠运动，习以为常。超市里的工作人员都认识他们。回家以后，少憩一会儿，下午五点准，赵先生就穿上深色的西服，系着红领带，走下楼来。自己准备了一杯Martini，搁上一颗红樱桃。接着就缓步走到赵师母跟前，趁她不太注意的一刻，把红樱桃往赵师母嘴里一送，银丝眼镜背后，只看着她咬樱桃那一刹那。古人说"烂嚼红茸，笑向檀郎唾"，想亦如是。赵先生每天喝的鸡尾酒都是Martini，他给这酒起了一个中国名字，叫"马踢你"。赵先生说，按标准国语发音，"马蹄你"最后的"你"当读轻声，所以整个三字词语发音正和Martini分毫不差。我们年轻人听了，对赵先生的耳聪和幽默，更是佩服。马踢你是赵家常规，家里有客无客，这下午鸡尾酒时刻，风雨不改，樱桃情深，日月不易。

我们年轻人经常在赵家出入，赵师母有时候坐在厨房桌前，有一句没一句地和我们闲聊。日子久了，我们也听到一些他俩年轻恋爱的趣事。赵师母大名杨步伟，行医为业。赵先生当年回国，翩翩书生，已享盛名，不久就认识了性情豪爽的杨大夫。赵先生常上杨家，一进屋子，就闷声不响坐在一旁。杨以为这腼腆的小伙子是在追求她的同屋女友，也不怎么理会，后来才知道这年轻人情有独钟，倾心只在一身。杨原有家里做主的婚配，后来好不容易撤销。二人结婚当日，就在家中便饭款待客人，请胡适当证婚人，在手写的文件上签名作证，就这样成全了世纪简单婚礼。事后书面通知众亲友，通知书写着："赵元任博士和杨步伟女医生十分恭敬地对朋友们和亲戚们送呈这份临时的通知书，告诉诸位，他们两人在这信未到之先，已经在1921年6月1日下午三点钟，东经百二十度平均太阳标准时①，在北京自主结婚。"

这样新潮的结婚仪式，这样的白话文结婚通告，马上引起社会巨大轰动。20世纪新时代新人物，在中西文明冲激配对之下，他们坚持掌握自我的权利，争取婚姻的自由。赵先生是语言学界一代宗师，他的言行也代表他们俩对这一个刚来到不久的新世纪的信心和信念。

赵师母说，她当时在日本留学的时候，裙下追求者不乏要人。此话当真与否，未敢考证，不过有照片为证。赵师母原名兰仙，年轻的时候，果真是兰质蕙心，好逑君子众多，不难想象。步伟是后来改用的名字。赵师母人如其

---

① 即东八区标准时。——校注

名，步伟声亮，敢说敢言。我们都知道，在什么场合，她都是人未到声先到。他俩第一次回国，周恩来接见，座上都是国家政要，赵师母上坐，望着底下众多来宾，侃侃发言。她说，我当年叫同志的时候，你们好些个都还刚在上学吧！此言一出，语惊四座。诚然，赵师母1889年生于南京望族，1913年赴日本习医，1919年回国在北京创立森仁医院，是中国最早的妇产科医师之一。赵老二人1973年回国，当时已经年过八十。"同志"一词通行于20世纪20年代，对赵老来说，那是50年前的称谓。当日座上风云人物，风华正茂，想当年恐怕还真的是在襁褓学语的年纪。

赵师母爱美，但是日常穿着十分简朴。有一个晚上，饭后无事，她从柜子里挪出来一个皮箱，坐在地上，小心地打开。我们一看，一箱子全是一幅幅崭新的衣料。真是绫罗绸缎，各式齐备；净色的、带花的，总有好几十幅，五色缤纷。我们年轻人看得都呆住了，这可不像赵师母平常的打扮。其实，柜子里的珍藏，正说明爱美是人的天性。赵师母豪情大性，可是美的物品难逃她的慧眼，正如什么是美食，一经她的品尝，就不同身价。我还记得有一幅湖水淡蓝的真丝，薄如蝉翼。灯光之下，一抖动，丝上细嵌的暗花，像似一只只小灯蛾，栩栩欲飞。赵师母行踪遍天下，她到哪里，都会找最好的布料，有时甚至高价买下。

这些料子，都是她多年来在欧美日本各地买来的，不裁不剪，只珍藏在百宝箱中，闲来无事，打开赏玩。

婚后，赵师母决定放弃自己在中国行医的事业，随赵先生远赴哈佛大学，在波士顿定居，相夫教女。20世纪40年代，赵先生原想回国工作，时不我与，内战在即，1947年转到加州大学伯克利分校执教。此后40年的生涯，就在这好山好水的金山湾畔度过他们的下半生。他们来到伯城，就在半山买下一栋三层高的公寓，后院子一片青葱，树木茂盛。房子坐落Cragmont Avenue，路弯曲而上，右边有巨石盘卧，望上一站，伯城远近，碧海连天，尽在眼前足下。赵师母心高气盛，就在政府土地拍卖的时候，一口气买下邻近好几块地，所以附近的人都管她叫Cragmont市长。

三

赵先生一家六口，四个女儿都生在美国，但是家里都只说中文。四位小姐博学多能。

长女赵如兰（Iris）京腔京调，专研地方戏曲，著作等身。我第一次见到Iris是在20世纪70年代。有一天，赵先生来电邀约吃晚饭，说是欢宴赵如兰和夫婿卞学镆。他俩是哈佛和麻省理工学院的名教授，我承蒙邀请，受宠若惊。该怎么表示谢意？我就去城里的花店，订了兰花送上。怎么知道到了赵家，才看见送来的是一朵蕙兰，一般是女士们用作腕上的corsage。年轻小伙子，孤陋寡闻，一直到那天，我才知道，兰蕙有别，iris和cymbidium很不一样。Iris非常温婉，一点也不介意，对我这样一个小男生，饭桌上特别照顾。往后的几十年，我常常向Iris请教教学和做学问方面的各种问题。她让我眼界大开，对中国传统说唱文学和表演有了新的认识，由此更爱上昆腔弹词，乐此不疲。

赵家二小姐赵新那（Nova）早年随夫婿黄培云教授回国工作。大洋相隔，一直到了20世纪80年代，中国改革开放，才回到湾区团聚。Nova和我们这些年轻人特别合得来，她很想知道这几十年的隔离，到底美国还是她记忆中的家园吗？她说她这些年来都没说过英文，刚回到加州，耳朵不灵光，舌头也扭转不过来，词汇语法全都忘得光光。但才这么几星期，她说的英语就是地地道道的美国腔，比我们这些外来留学生要强多了。有其父必有其女，她拥有赵家遗传的语言细胞；又或者说，她土生土长在美国，她的母语本就是英语。我常跟学生说，母语就像身上的血，深藏不觉，但是只要碰上适当的时机，母语就会脱口而出，挡也挡不住。Nova和我们有的时候傍晚去看电影，赵师母一直送到门口，再三叮嘱，早去早回。微微曲偻的身影，在夕阳斜照底下，显得苍老。我们心里都知道，其实赵师母也很想和我们一起出去玩，过过年轻人的生活。赵师母虽然已经是白发苍苍，行动不便，但是心底里热乎乎的，总想试试新鲜的玩意儿。

赵家三小姐赵来思（Lensey）家住华盛顿州，四小姐赵小中（Bella）住在马萨诸塞州，各有家小。我和她们二位不熟，只在聚会上见过几面。有的时候，赵家大团聚，儿孙满堂，家里可热闹极了。赵先生给自己的家起了一个洋名字叫House of Chaos。Chaos一词二意。一方面，Chao's，是属于赵家的意思；另一方面，Chaos本身是一个单词，意思是"混乱"。一家三代，人来人往，热闹的场面，混乱中显得格外地生气勃勃。赵先生最擅长于玩弄文字，翻陈出新，不拘一格。从这一个简单的命名，也可以看得出赵先生对语言的灵活感觉，而且是跨语言之间的关联和转换，妙手天成。

我在加大工作的时候，曾经向Iris募捐，把系里一个教室改作师生休息室，援先生先例，命名为Chaos Room。一进到室内，大窗户左侧就是赵先生赵师母的玉照。赵先生曾经是我们东语系的讲座教授，Chaos一名，也许能捕捉到这位语言学大家的幽默情趣，纪念他一生对后辈学生的教导和栽培。

四

赵先生是学坛巨擘，而加大又是美国首屈一指的学术重镇，每年在湾区举行的学术会议不知多少。赵先生兴趣多方面，许多会议他都会参加。赵先生出席，赵师母一定坐在第一排听讲。大会小会，赵先生是场中的主角，他一站起来发言，四座屏息静听。赵先生识见过人，语带幽默，听众一瞻风采，都引以为荣。但是会后的酒会晚宴，占尽风头的却是赵师母。他们相识满天下，年长的老朋友、年轻的后学小子，都前来问候。赵师母谈笑之间，举手投足，挥洒自如。赵先生手中握着酒杯，静静地站在一旁陪着，悠然自得，一脸满足的微笑。有的时候会后还有晚宴下场，宾主尽欢。洋主人宴客，往往是一道沙拉、一道主菜，再来一个甜点，完了。赵师母可吃得并不尽兴，就在席上广邀众客，明晚请到赵公馆再聚——十道丰盛大菜，当然包括她拿手的全素十香菜，色香味俱全。

说起宴客，赵先生的日记本子上所记载的，大小宴会，几乎无日不有。赵家大门上贴了一个小条，上写着"记得带牙"四字。原来，赵先生嘴里上下都是假牙，所以出外吃饭，最要紧的就是别忘了带牙。记得有一次，赵先生在馆子里吃饭，回家以后，发现嘴里的牙没有了。原来在饭桌上，因为不舒服就把假牙脱下，拿餐纸一裹，放在一边。餐桌上谈笑风生，餐后匆匆散会，竟忘了还搁在桌上纸包着的牙。等回家以后，这才发现，赶紧给馆子打电话。不过时间已晚，馆子已经打烊。等到第二天，这才联络得上。可惜馆子当天晚上已经把所有的食余残羹和一切杂物，一股脑都当垃圾处理，全给扔了，无法追寻。赵先生只得赶紧到牙医诊所重配假牙。不过，牙可不是一配就有，来回装配，总得费时好几天。赵先生是一个这么爱吃的老饕食客，没牙可怎么办？可是，翌日下午五点，赵先生如常下楼来，Martini一杯，周旋于客人之间；嘴里咬着花生，谈笑风生。没牙，怎么嚼得动？原来，赵先生运用上下牙床，开合之间，互相敲撞，再硬的花生，他一样可以咬碎嚼烂，照吃如常！厉害吧！赵先生年轻的时候，热爱运动，可是有谁想到他晚年还留有这么一手牙床真功夫！

　　赵老二人晚年相依为命。住在 Cragmont 老房子，半山的路弯弯曲曲，而赵家停车要开上左侧的小坡，一条小路，狭窄而又弯曲。那个年代的车，大多是巨型房车，这条小路，谁敢把着轮盘，左摇右摆地开上去？只有赵先生能开上去，也能倒退下来，轻而易举，毫无惊险。不过，人老了，这惊险二字也就渐渐成了常事。赵先生的车，两旁伤痕处处。皮外伤，但机器还是牢固。赵先生照常开上开下，习以为常。

有一次，我和朋友开车经过大学附近的一条大道，傍晚的时分，路上车少，行人也只是两两三三。我开着开着，怎么前面的车开得像蜗牛一般慢。我心急气躁，按了两下喇叭。坐在我旁边的室友说，别着急，有的是时间。我还没来得及回答，我的车已经很靠近前面的车，定睛一望，那坐在前边开车的可不是赵先生吗？我吓得赶紧把头缩下，希望没惊动他老人家。

不过就有这么一天，赵先生果真把车开丢了，大家都很着急，已经是晚上，还没回家。后来，警察把赵先生送回来，安全无事，但车不知道停在哪儿。我们几个年轻人开车去找。后来，终于在一个山坡上找到，前轮子已经越过了山坡的边，摇摇欲坠，也真够危险。这几年，我自己老了，开车也慢下来了，停车更是进退两三次才安全停好。有时候，有人开车从旁经过，会朝我望一下，摇摇头，大不以为然。我有点不服气，但一低下头来，赵先生的旧事，霎然重上心头。

赵师母晚年健忘，天黑以后，许多陈年旧事，都恍如眼前。我有时开车带他们回家，赵师母会在车上说一些旧话。有一天，我们开车回家的路上，赵师母昏昏欲睡，突然，她睁开眼睛，往窗外一看，别转头来，对赵先生说："元任啊，我们今天就在这里找个旅馆过夜，明天再开去 Boston 吧。"赵师母想必是梦里又回到了哈佛年代。赵先生回转头来说："我们现在人在伯克利，马上就到家了！"我当时心里想，赵师母这会儿神志模糊，又何必句句当真！但是，赵先生就确实是句句当真，一板一眼，不会将就过去。他做学问如此，在这黑暗的车厢里，也还是不忘直言真相。

五

1981 年 2 月，赵先生早起，赵师母还在高眠。等到中午，赵师母还沉睡不醒，赵先生看情形不对，赶紧打电话送医院。这些都是我们事后才知道的情形。赵师母在医院多天，我们去看她。我望着枕上熟睡的赵师母，偶尔几声微弱的鼻鼾。我摸着她的手腕子轻轻地说，赵师母，我们都来看您了。赵师母的脉搏一上一下跳动，虽然很慢，但是我手心可以清晰地感觉到。她在梦中依然是自我意志的主宰，她的生命依然掌握在她掌中。

他们大女儿赵如兰从哈佛赶来，日夜伺候床前。但是，她在哈佛教学的工作，不能就此放下。过了一段时间，她决定把父亲带回哈佛，以便照顾。据说，临走的那一天，赵如兰到病床前对母亲说，妈咪，您别担心，我会把爹地带回哈佛，好好照顾。据说，就在他们上飞机后不多久，赵师母就在医院里去世。大家都说，赵师母这许多天一直硬撑着不去，为的就是放心不下赵先生。现在女儿答应了，她也就无所牵挂，一切放下，潇洒地离开。天人从此两隔离，但厮守之心，两人始终不渝。赵先生在哈佛住了一年后也驾鹤西去。

1971年，两老庆祝金婚，赵师母赋诗一首道："吵吵争争五十年，人人反说好姻缘。元任欠我今生业，颠倒阴阳再团圆。"赵先生二话不说，写下14字明志："阴阳颠倒又团圆，犹似当年蜜蜜甜。"来生再世，阴阳团圆，事不可知，但是人生能有这样的老伴相依，甜甜蜜蜜过了整整一个甲子，那又夫复何求？

赵先生当年是北京四大名教授之一，与陈寅恪、王国维、胡适齐名。他创立中央研究院，开办历史语言研究所。他在美国加州大学执教40年，20世纪中的语言学家许多都是出自他门下。他著作等身，对整个中国语言学的发展影响至巨。我1969年来到加州大学，高山仰止，拜见赵先生。此后20年，时常有缘随侍在侧。我近年老迈健忘，灯前偶尔还会想起许多趣事。今札记两老家居闲事一二，聊供茶余小读。

我手头有赵先生自己弹唱的《教我如何不想他》，是赵先生故后，赵如兰转送作为纪念。黄昏过后，我会打开机器静听。钢琴声刚开始，就听到赵先生苍老的声音。十指弹着老曲，浮云微风，西天残霞，嘶哑的嗓子紧跟着拍子，一句句唱来都是无限的眷恋和难舍。

赵先生故后，山上的房子，就捐给学校。后来因为房子残旧，地基不稳，维修费用过高，大学决定把楼房出售，所得归学校所有。Cragmont三层高楼，今日依然屹立山头。庭院犹在，但已经数易其手。我们有时步行经过，总站在街前抬头仰望。外墙一色，朱紫斑驳，门户森严。旧日停车斜径，而今杂草丛生，想必是新主人没有赵先生的胆量，谁敢直开上下。凉风渐起，站久了，夜也渐深。当年赵师母就这样站在阶前，在残霞斜照底下，挥手送我们几个年轻人上车去看电影。曾几何时，前尘俱往事，冷风野火，几度夕阳红。

教我如何不想他，闲来无事喝杯茶。

人间二老神仙侣，教我如何不想他。

《海象跟木匠》——赵元任和赵如兰父女的严格与有趣

文 | 彭涛

(文学博士、哥伦比亚大学东亚系讲师)

一篇外语课文对一个学生的影响竟然能超过半个世纪！就时效性这一点来说，赵氏父女教学法的成功得到了极有力的证明。

一

赵元任在1915年9月的一篇日记中写道："读了刘易斯·卡罗尔（Lewis Carroll）的传记，发现他和我有很多相似之处——数学、爱情、逻辑、悖论、害羞，尽管我对孩子的兴趣尚在培养之中。"

《海象跟木匠》——赵元任和赵如兰父女的严格与有趣

卡罗尔是童话作家,《爱丽丝漫游奇境记》和《爱丽丝镜中奇遇》的作者,同时也是数学家、逻辑学家和摄影家。熟悉赵元任的人都知道,在成为语言学家之前,他在数学、物理、哲学、音乐等不同领域愉快而烦恼地纠结了很多年,而这些日后没能成为他专业的领域都成了终身的兴趣;此外,他痴迷一生的业余爱好还包括摄影和开车。赵元任和卡罗尔的共同点是,灵魂有趣、多才多艺。正因如此,年轻的赵元任将卡罗尔视为知己,产生了将这两本童话翻译成中文的念头,这便有了后来作为译者的赵元任。

此时的赵元任23岁,来美国读书已经5年。上一年的9月,他升入研究生院,虽然还在康奈尔大学,但专业从数学换成了哲学。

1921年是赵元任前半生最重要的一年,他忙得不得了:一边要为罗素在华的巡回演讲做翻译,一边要跟热恋中的女友杨步伟约会。6月,他结了婚,紧接着收到了哈佛大学的聘约,准备赴美的行程,同时他们发现杨步伟有孕在身。后来我们知道,这个将在1922年4月出生在麻州剑桥的孩子就是他们的大女儿赵如兰。同在这一年,赵元任继续在国语统一筹备会和中国科学社做着各项日常工作。

即使这么忙,他还是抽空翻译出了卡罗尔的第一部童话,标题是《阿丽思漫游奇境记》,1922年元旦由商务印书馆出版。

往后几年，赵、杨二人携手游历美欧，访学探友，直到1925年回国任教。受近些年"国学热""大师热"的影响，赵元任的公众形象主要是清华国学院的"四大导师"之一，而赵元任在此间的主要学术方向——语音学和方言研究，则停留在大众的视线之外；更鲜为人知的是，他所采用的研究方法——结构主义和田野调查，不是什么"国学"，而是从西方带回来的现代研究方法。

1929年8月，赵元任开始翻译卡罗尔的第二本书，定名《走到镜子里》，这时他是中央研究院史语所语言组的负责人。1932年，《走到镜子里》的译稿交付商务印书馆，不幸的是，在"一·二八"事变中，日军飞机炸毁了商务印书馆，译稿清样被毁，只剩下赵元任手头一份残缺不全的手稿。到了1937年日军发动全面侵华战争，赵元任在南京家中的书籍、字画、乐谱几乎损失殆尽，但他一直带在身边的却有《走到镜子里》的手稿，虽然并不完整。后来，这份手稿在不停的战乱和迁徙中，随着赵家人一路到了长沙、昆明、夏威夷、康州纽黑文、麻州剑桥、加州伯克利。直到1968年，赵元任从加州大学完全退休五年之后，这本书才作为《中国话的读物》第二卷正式出版，此时距离第一次翻译完成已经过去了36年。

《海象跟木匠》——赵元任和赵如兰父女的严格与有趣

冥冥之中,卡罗尔这两本有趣的童话书的翻译,竟伴随着赵元任从少年走到了老年。

二

赵元任最初翻译《走到镜子里》是从两首叙事诗开始的。这两首诗是"Jabberwocky"和"The Walrus and the Carpenter"。前一首的译名常常被讹传为《炸脖龙》,其实第三个字并不是"龙",而是个上"卧"下"龙"的形声字,赵元任自创的,用来对应 Jabberwocky 的音和义。这是对卡罗尔的巧妙呼应,因为 Jabberwocky 也是卡罗尔自创的英文单词。第二首诗中文名叫《海象跟木匠》,同样是嵌在主叙事里的内层叙事,所谓故事里的故事。

《海象跟木匠》1948 年就跟读者见面了,不过不是中国读者,而是学习中文的美国大学生。1947 年 2 月,赵元任开始在《粤语入门》的基础上编写《国语入门》,增加了三篇新课文,其中第 20 课就是这首叙事诗。故事里,小姑娘爱丽丝冒失地走进了镜中的反转世界,在树林子里迷了路,碰到了奇怪的双胞胎,Tweedledum 和 Tweedledee,赵译是"腿得儿敦"和"腿得儿弟";爱丽丝问他们怎么走出去,他们没有回答,而是由 Tweedledee 背起了这首长诗。

这首诗形式上虽不如《炸脖龙》离奇，但情节也相当古怪：在一个又有太阳、又有月亮的夜里，一只海象和一个木匠，手挽着手在海边散步。他们先是因为海边沙子太多而哭了一气，然后又招呼海里的牡蛎们跟他们去散步。圆滑的老牡蛎不肯去，但一群小牡蛎却蹦蹦跳跳跟着他们走了好远。海象和木匠把牡蛎们带到一块岩石旁边，说了些有的没的，然后就问牡蛎们是否可以开始吃饭了。这时候，牡蛎们才意识自己不是客人而是食物。虚伪的海象一边哭，一边挑着把最肥的牡蛎吃了，而高冷的木匠沉默吃完了以后，还问牡蛎们玩得开不开心，想不想回家。

你当然可以说，这首诗讲了一个小孩子不要随便跟陌生人乱跑的道理，但教育意义绝对不是重点。按照文学文类划分，这首诗属于 nonsense literature——胡话文学，颇似现在受年轻人欢迎的无厘头和恶搞亚文化。诗中拟人的动物、无逻辑的对话和荒诞的行为，构成了一个有趣的文字游戏；轻重或重轻交替的格律，偶数行句末的押韵，则提供了一种形式上的趣味。赵元任的翻译极好，但并不忠实于英语句法和词汇本身，他最想原汁原味保留的是内容和声音上的有趣，比如下面这段：

Four other Oysters followed them，

《海象跟木匠》——赵元任和赵如兰父女的严格与有趣

And yet another four;
And thick and fast they came at last,
And more, and more, and more—
All hopping through the frothy waves,
And scrambling to the shore.

赵元任的翻译是：

又四个蛎蝗跟着来，
又四个跟着走；
越来越多——你听我说——
还有，还有，还有——
他们都解水里跳上岸，
那么崎哩夸啦的走

赵译保留了偶数行句尾以及第三行句内的押韵，朗朗上口。而且他对句式和词语的选择是怎么口语怎么来，因此《海象跟木匠》里出现很多记录口语实际发音的"怪字"，比如"解水里"的"解"，这是对北京口语语音的记录；又比如"崎哩夸啦"几个字。显然，我们不能用"信达雅"作为标准来衡量赵元任的译笔。不同于"五四"以

057

来的大多数译者，赵译的标准是"信达俗"，他把能否"口说"放在了第一位。

因此，他对卡罗尔两部童话的翻译，也可以看作是他为之倾尽心血的国语统一事业的一部分。《海象跟木匠》进入以海外汉语学习者为目标的《国语入门》，也是同样的道理。如果说鲁迅毕生的事业是批判"无声的中国"，赵元任的学术研究和教育理念，就是用汉语向世界（包括中国人）介绍一个"有声的中国"。

三

对于语言（外语）学习，赵元任有个12字箴言："目见不如耳闻，耳闻不如口说。"不同于之前绝大多数的汉语课本，《国语入门》重点是让学生准确、真实地说话，而不只是认读汉字。这套教材分成了三个部分：主课本用的是拼音化的国语罗马字，单独另有一本汉字课本供师生课后使用，另外还有一套很有艺术表现力的课文录音唱片。

《国语入门》的另一个源头，要追溯到1941年的美国陆军特别训练项目（The Army Specialized Training Program）。这个项目是训练美国大兵说中文，然后派到中国战场跟日军作战。当时在哈佛任教的赵元任被任命为中

《海象跟木匠》——赵元任和赵如兰父女的严格与有趣

文培训班的负责人,他找到了当时在哈佛和 MIT 的研究生担任助教,专业不限,能说流利的中文就行,文科的如杨联陞、周一良,理工科的如卞学鐄、黄培云。不敢想象,今天哪个中文项目还能有如此豪华的助教阵容。

此外,培训班里的助教还有赵元任的两个女儿如兰和新那,后来卞学鐄和黄培云成了赵家的大女婿和二女婿,一时美谈,羡煞旁人。赵元任和这些年轻人教美国大兵说中国话,当然都有共赴国难、敌后抗战的神圣使命感,但身处其中获得快乐也毋庸讳言。因为他设计的直接教学法与他教女儿们学乐器和练合唱一样,面上是机械重复地刻意练习,背后是对声音、结构严谨的分析和准确的描写,而整个实施过程则充满了游戏的乐趣。

1947 年赵元任离开哈佛,接受了加州大学伯克利分校的聘约。当时已经拿到西洋音乐史硕士学位的大女儿赵如兰却留在了哈佛远东系,给柯立夫(Francis Cleaves)当中文助教。后来在杨联陞的建议下,她在哈佛大学继续攻读音乐学和东方语文学博士,承继父亲的事业,从 1950 年起全职教授中文,使赵氏的直接教学法和《国语入门》得以在哈佛继续扩大其影响力。

1949 年的暑假,赵如兰和丈夫卞学鐄买了一辆普利茅斯牌汽车,作为礼物送给父母。他们开着这辆车带上妹妹来思和另一位朋友，横穿整个美国，到伯克利看望父母，当然也是为了看他们的女儿Canta。刚入职场的年轻夫妇工作压力很重，女儿长住加州，由外公、外婆代为抚养。在加州的半个月，他们白天在周边游山玩水，晚上就一起录制《国语入门》的唱片。虽然在赵元任的日记和年谱中对此只有寥寥数语的记录，但当时那种其乐融融的温馨场面是不难想象的。

从声音上判断，《海象跟木匠》这一课的录音应该是赵元任跟小女儿赵小中或孙女Canta一起录的。与其说这是个课文语音，不如说是一部广播剧，字正腔圆之外，有着相当大的表演成分。比如，说到"月亮看了噘着嘴"这句时，赵元任真是噘着嘴念"噘"这个字；说到"哭得个不得了"这句时，他就略带哭腔；说到牡蛎们上气不接下气那句时，他气喘吁吁地念道"请等一等，我们个个都很胖，我们简直喘不过气"，把牡蛎们娇羞、气喘的样子模仿得惟妙惟肖；后面还有一句描写牡蛎们娇气、恐惧、愤怒的"哎……"，根本没法用书面文字解释其中的精彩，非得自己去听不可。当然，对于美国学生来说，要体会《海象跟木匠》里的这些来自内容和声音的乐趣，得付出相当大的努力。

难度和趣味，在赵元任的教材和赵如兰的教学中是分

《海象跟木匠》——赵元任和赵如兰父女的严格与有趣

不开的。对赵氏父女的教材和教法,有这么两条算不上赞许的评价:第一条说《国语入门》"是一本天才教授给天才学生写的书",言下之意是课文太难。杨联陞在《赵元任先生与中国语文教学》一文中,承认这种说法有一些道理,但也认为批评太过。第二条评价来自一些哈佛的学生,他们叫赵如兰"Dragon Lady"——恶龙夫人,意思是说老师太严。赵如兰的学生佩瑞在回忆老师的一篇文章中说:"是他们误会她了。她并不凶,只是一丝不苟。如果你发的 H 喉音不纯,她绝不放过,让你重说。俗语说'爱之深责之切',有些同学只觉得赵老师督责严切,我感受到的却全是爱。"

当然,我们也不得不承认这样一个事实:美国的中文教学已经从精英化走向了大众化。在当下的美国大学课堂上,像赵元任和赵如兰那样严格纠音,要求学生背诵课文,确实显得"不合时宜",这也很容易从学生评鉴和定量分析上得到证明。不过,正如我们要从历史和文本的细节中去理解《海象跟木匠》的有趣;同样,我们还得回到历史现场才能理解赵氏父女的严格。

四

2014年，赵如兰去世的第二年，五位从事中国研究的学者在《中国演唱文艺》（Journal of Chinese Oral and Performing Literature）上发表文章，来纪念作为中文老师的赵如兰。这五人是迈阿密大学的金德芳（June Teufel Dreyer），巴克内尔大学的浦嘉珉（James R. Pusey），斯坦福大学的白慕堂（Thomas Bartlett），独立学者、历史学家何复德（Charles W. Hayford）和加州大学河滨分校的佩瑞（Perry Link）。

这五人中除了白慕堂跟赵如兰是哈佛的同事，其余四人都是赵如兰的学生，中国话都是在哈佛时跟着赵如兰学的。有意思的是，这五人中有三人都愉快地提到了《海象跟木匠》，以及他们年轻时背诵这篇课文的情形。追忆往事，这五人的文笔都十分幽默，又饱含深情，当你回忆一个既有趣又善良的人时，语言自然就会变得风趣且动情，这是人格的力量使然。

金德芳代表了性格内向的那一类学生。1961年秋季学期，刚刚入学不久，一天下午她拎着午餐袋，赶到了位于哈佛大学神学大道2号的远东语言系，她要在这里上中文课。到了走廊尽头的休息室里，坐在她面前的是一位成熟

《海象跟木匠》——赵元任和赵如兰父女的严格与有趣

严肃的哈佛同学,屋子里还摆着一幅慈禧太后的油画像,看起来凶巴巴的。这时,她想起了那个关于中文课的传说:"上不了几个星期,就会有很多人退课。"

这门课是 Chinese Aab,课号很奇怪,大概可以理解为"一年级中文",这是一周上十个小时的强化课程。不过,她话锋一转,说:"到了春天,恐惧感消退了,《国语入门》第20课《海象跟木匠》里那些巧妙的中文译文让我们开心极了。"她从秋天的战战兢兢到春天的开开心心,我们很容易看到赵如兰在其中发挥的作用。

何复德则从一名研究生的角度,比较了三门在同一间教室(Room106)上的中文课:柯立夫的三年级中文,杨联陞的研究生课,和赵如兰的一年级中文。何复德写柯立夫时多有调侃,他说,柯立夫教授让学生们必须用《辞海》和《佩文韵府》,但并没教他们怎么查字典。学生们翻这些大部头字典,翻是翻了,就是不知道有啥用。他还说,这门课一般一堂课只能学一个句子,运气好的时候顶多学一个段落。

写杨联陞的部分,他用同情的笔调写了杨的不苟言笑,更是从学生的视角捕捉到了杨联陞远离故土亲人、寄人篱下的落寞。无论是写柯立夫的调侃还是写杨联陞的悲悯,到了写赵如兰的部分就变得欢乐起来,他特别提到了全部学生都很愉快地把《海象跟木匠》背了下来。2005年,何复德因为一项研究回到麻州剑桥采访赵如兰,跟老师一起吃午饭的时候,他又一次背起了这首诗。背到最后一段,他忘词儿了,赵老师在一旁毫不费力地帮他背了出来。这一年何复德64岁,赵如兰83岁;学生背老师41年前教过他的课文,女儿背爸爸76年前翻译的诗,这个画面是很感人的。

佩瑞大概是这几位中跟赵如兰走得最近的一个,也是背《海象跟木匠》背得最熟的一个。1992年在赵如兰的荣休宴会上,他就表演过背诵这首诗。今年已经是他学习中文的第60个春秋了,只要稍加练习,绘声绘色背诵出来仍然没有一点儿问题。

2017年感恩节,当时佩瑞教授请我们几个中国方向的博士生去他家聚餐,酒过三巡,人人都得表演一个余兴节目。只见他醉醺醺地跑上楼去,又兴冲冲地跑了下来,手里拿着一本书,正是《国语入门》,而他为大家朗诵的就是这首《海象跟木匠》。我当时就有很深的感触:一篇外语课文对一个学生的影响竟然能超过半个世纪!就时效性这一点来说,赵氏父女教学法的成功得到了极有力的证明。

在最近的一次访谈中,我问佩瑞:"您是哈佛大学的学生,学的又是哲学专业,愿意学这种看起来幼稚的中文课

《海象跟木匠》——赵元任和赵如兰父女的严格与有趣

文吗？"他说："没问题，我喜欢。一个外国人，哪怕是一个名校哲学系的学生，你学另一种语言你就得做小孩儿，这是一个广泛的道理……"然后我又追问："如果您把自己看成小孩儿的话，赵老师是不是就变成了妈妈？"佩瑞想了想，用他那地道的北京腔缓缓说道："对，也许可以那么说，她是母亲。"

赵元任和赵如兰对佩瑞整个学术生涯的巨大影响，可以从他的专著 *An Anatomy of Chinese*（《解析中文》）中看出来。这本书很大程度上可以看成赵元任学术兴趣和思想的延续。在这本书的扉页上，他写道："致敬赵元任活力四射的灵魂，虽已离去但并未走远，献给所有热爱汉语口语的声音和结构的人们。"而佩瑞回忆恩师赵如兰时说过这样一句话："赵如兰很严，对于严格这件事一丝不苟，但同时又很有趣。生活是严肃的，生活也是有趣的。"这正是赵氏父女的人生态度。

故事讲完了。如果你不喜欢这个略显严肃的、说教式的结尾，那就换个有趣的吧。1957年5月28日，哈佛大学二年级中文课期末考试，第一题是听写。其中有这样一个句子，老师念完之后，学生要写在试卷上的是：Jeh suool fargntz yawsh bu naw-geoi, bannyeh Lii huey wu-yuan-wu-guh de chu nemm duo guay shengyin ma？这是赵元任设计的国语罗马字,看起来比现行的汉语拼音复杂,学起来也更难,但能让学中文的外国学生更好地掌握四声和轻读。赵如兰出的这道听写题转写成汉字是:"这所儿房子要是不闹鬼,半夜里会无缘无故地出那么多怪声音吗?"

许地山的最后六年

文 | 黄心村
（香港大学比较文学系教授）

> 许地山在岭南长大，闯过南洋，也去过北地，游学到新大陆，又渡海到了英伦，辗转再回到华洋杂居的香港，他的理念里融合了开放的文学史观和世界主义的文化视野。

对华语世界里长大的几代人来说，"落华生"这个笔名定会唤醒不少童年记忆。许地山以这个笔名发表于1922年的短篇散文《落花生》，文字浅显、素朴、通透，且充满童趣，自1929年被纳入商务印书馆出版的《新时代国语教科书》（初中）开始，在华语世界的语文课本里保留至今。

但多数人看到的许地山只是他一个小小的侧面。对熟读现代文学的读者来说，许地山更是和五四新文学运动联系在一起的。包括许地山在内的文化先锋，于1921年1月4日在北平成立的文学研究会，是最早、最大的作家联盟，也是当年鲜明的文学主流。然而，对于如此耳熟能详的人物，许地山在香港的最后六年，也许人们所知并不够多。

长衫飘飘的许氏风范

许地山的履历十分复杂，浓缩在一个短短的段落里可以这样描述——

许氏祖居地是广东潮州府揭阳县，先祖16世纪就已经迁到了台湾，在台南赤崁以教书为业。许地山1893年出生于台南府城的自家庄园，两岁时随家人从安平港坐船过海，迁回潮汕。他三岁于私塾开蒙，稍大一些在广州入读新式学堂，因而粤语也十分流利；又加上学堂里传授官话和英语，他从小就在一个多层次的语言环境里成长。17岁时，他随父落籍福建漳州，并开始以教书为业，曾在漳州的小学、中学和师范学校里任职，也曾在缅甸仰光的侨校教过两年书。

1917年，许地山赴北平就读燕京大学文学院和神学院，毕业后前往美国哥伦比亚大学攻读宗教史和比较宗教学，并开始研习梵文和佛教。1924年获得硕士学位，随后转入英国牛津大学继续攻读哲学和神学，深入研究梵文和印度学，同时旁听人类学、社会学和民俗学的课程，顺手还掌握了法文、德文、希腊文和拉丁文的阅读。1927年回到燕京大学任教，直到受聘香港大学南下香江，任改组后的中文系教授和系主任。

许地山南下香港，是本港文教界的一桩大事。1934年港大在当时的校长康宁爵士（Sir William Woodward Hornell，1878—1950）推动下开始重组中文部，力图一扫陈腐的国学，引进国际人才，将现代学科分类融入建系理念。时任北京大学文学院院长的胡适于1935年1月4日抵港，前来接受香港大学颁发的荣誉博士学位。这是胡适一生中得到的35个荣誉博士学位中的第一个。

港大原本希望胡适能来主持中文部的重组，他推辞了，但对重组计划提了不少建议，并推荐了合适的人才。5月，他亲笔致信康宁爵士，力荐许地山来港主持中文部，月底港大校委会一致通过了对许地山的聘请；7月，港大文学院院长亲赴北平与许地山面谈，商议聘书中的具体事项，包括任期、职称、薪水和搬家费等等，许地山很快就接受了港大开出的条件，并于8月抵达香港。当年的教授职称只授予极少数的顶尖学者，相当于今天的讲席教授或主任教授,许地山成为香港大学历史上第二位华人血统的教授。

初来乍到的许地山马不停蹄。任期9月1日正式开始,9月中改组计划书已经上呈了,计划书中提议将中文部改名为"中国文史学系",并拟定了中国文学、中国历史、中国哲学、翻译四个板块,今天的港大中文学院大致沿袭了当年许地山拟定的格局。其中文史哲的课程由许地山和讲师马鉴共同承担,翻译课的老师则是同时担任冯平山图书馆馆长的陈君葆。

许地山在岭南长大,闯过南洋,也去过北地,游学到新大陆,又渡海到了英伦,辗转再回到华洋杂居的香港,他的建系理念里融合了开放的文学史观和世界主义的文化视野。在课程设置上,坚持文学种类除了传统的诗文,必须囊括小说、词曲、戏曲和文学批评,并且强调明清白话文学和现代汉语文学的重要,这样文学现代性也融入了文学史的讲述中。他在民俗学、文化人类学和宗教史等领域的造诣,也体现在对人文课程的重新设置中,历史的叙述和比较的视野融汇在一起,从方法论上来讲是超前的,放在今天看来依然是及时的。许地山亲自教授的课程,涵盖文学史、文化史、宗教史、古物学,其中还有一门服饰史。他在港大教过的学生,包括在20世纪40年代成名的张爱玲。

许地山在港大校园里辨识度极高，即使是大型团体照，在密密麻麻的众人之中，必定第一眼看到那个蓄着胡须、长衫翩翩、戴着黑框眼镜的许教授。一年四季长衫不离身，必须套上学位袍时，袍下依然露出飘逸的长衫下摆。多年来千篇一律的团体照都在本部大楼的东侧摆开阵势，女士着旗袍或洋装，男士则一律西服领带。这样的场合往往唯一的例外是许地山教授，他的长衫在四周的西服领带衬托下宛如一面旗帜，是刻意的独树一帜。

我所看到的众多团体照中最能代表许氏风范的，是1938年秋季香港大学联会的大合影。许地山的一双小儿女在这张合影里闪亮登场，穿着短袖衬衣和短裤的儿子周苓仲七岁，一身可爱洋装的女儿许燕吉才六岁，穿着浅色长衫的父亲妥妥地坐在他们身后，仿佛是一张家庭温馨照被移植到了一百多人的大合影中。父亲从容、自信，孩子们恬静、美好，周围的大团体成了烘托他们的背景。文学院的教员大多有家小，带小童一起在公开场合亮相的唯有许教授。他公开的身份除了教授，更是一位新式的慈父，当然，这也是刻意的独树一帜。

居港六年后，1941年8月4日下午，许地山于半山罗便臣道的寓所突发心脏病辞世，留下妻子和两个年幼的孩子，从此长眠于背山面水的香港华人基督教联会薄扶林道坟场。

许地山倏然离世，对港大、香港文教界和各种以他为中心的群体的打击是巨大的，对他的追悼和纪念也成了1941年夏秋之际香港文化界的一桩重大事件。六年里，除了在校园文化方面的建树，他更是参与了学校之外的众多团体和活动。看他在港几年的大事记，几乎每个星期都有一场重要的活动，很多活动又有他的主持和演讲。重新组建中文系之后，教学任务逐年递增，去世前的一年里，每个星期的课程都超过20小时。做过系主任一职的学院中人，想必都能体会大事小事的繁重，而从手稿里看，他同时也进行着几项不同的研究和写作计划。来港六年里，社会对他的需求递增，可以想见他的压力巨大，身体的超负荷运作不是一天两天的事了。

他去世第二天，8月5日，是大殓出殡之日，到场祭拜人士上千，送葬队伍浩大。9月21日，40个文化团体在香港大学大礼堂联合组织了"全港文化界追悼许地山先生大会"，南来的作家和文化人、与他一路从五四新文学中走出来的同人和朋友大会合。追悼会特刊里收集了众多文史名家的悼词，其中端木蕻良的挽句将许地山的经典作品和名字镶嵌在一起，别具一格："未许落花生大地，徒教灵雨洒空山。"特刊封面的头像，浅色长衫，胡须，深色镜框，是尚在盛年的许地山的标志性特征，在这里成了许氏风范的绝响。

日后，他的学生张爱玲在短篇小说《茉莉香片》中，以他为原型，创作了身穿长衫、学富五车的中国文史哲教授言子夜这一形象。对言子夜课堂的描绘，也给我们提供了想象许地山教授文学课的一点依据。

世界主义的人文观

许地山追悼大会的三个月后，香港沦陷。炮火下的港大校园毁坏严重，所幸学校的档案资料在几代档案员的努力下得以完整保存。

最初是许地山的中文系同事马鉴将他的遗稿保存下来，十年前马鉴的后人又辗转将这些珍贵的一手资料捐赠给香港大学。小心翼翼打开珍藏在档案馆的许地山手稿，里面有英文、中文、梵文不同文字的书写，纸张大小不一，质地脆弱，有的完整，更多的是断章残片；字迹或潦草或工整，往往没有题目，也没有目录，读起来明显是译稿的文字则没有原文的信息。尽管如此，翻阅完毕，一个在多重文化和领域间游刃有余的国际学者形象跃然纸上，让人动容。我看到的是一份未竟的事业，里面有太多的可能性。

档案里有一本外表普普通通的笔记本，封面工整地写着"文明底将来，印度罗达克里斯南著，许地山、周俟松译"。打开一看，一页一页整整齐齐贴着从《北平晨报》上剪下的译文连载，旁注是钢笔标明的字句更正，最后还录下了每一章的页数和字数，译稿总字数是3.4万多字。这项翻译完成于他的燕京大学时期，他对罗达克里斯南的关注，应该源于他在英美深造时就开始的对梵文和印度学的长期研读。罗达克里斯南在成为印度第一任副总统和第二任总统之前，就已经是东西哲学之间的桥梁人物了。当年将他的著作翻译成中文的许地山，是否正在思考自己作为一个学者的定位？

许地山在梵文和印度学领域积累深厚，手稿里有太多的例子。有一大沓档案馆标为"人类学笔记"的手稿，打开来看，竟是一部完整的手写的英文书稿，没有标题，也没有目录，但字体清晰，章节完整，当是已经誊抄过的修改稿。很明显，"人类学笔记"这个卷标是错误的。深究下来，惊喜地发现这是一部直接从梵文翻译成英文的印度诗人科科科卡（Kokkoka）撰写于11或12世纪的性爱手册《科卡·萨斯特拉》（*Koka Shastra*）。

这本手册是把古印度的《爱经》（*Kamasutra*）放在中世纪背景下重新演绎。英语世界里最早的翻译版本是1964

年出版的，译者是英国医生康福特（Alex Comfort），他借助一个梵文翻译者完成了英文译本。康福特意犹未尽，于1972年写成一本性手册，旋即成为英语世界里的畅销书，他本人也被冠以"性博士"的称号。实际上，许地山的《科卡》翻译手稿至少比康福特的早二十几年，而且是直接从梵文翻译成英文。译稿虽然是手写的，脉络已经十分清晰，语言也自成风格，章节后还附有批注，显然不是初稿。不禁惋惜许地山生前没来得及将这部已经十分完整的译稿在英语世界里出版。

光凭这部遗稿，并不能表明许地山曾立志成为张竞生之后的第二位性学博士，他的面向要比张竞生广得多。我想他对于性史的兴趣，和对于宗教史、民俗史、日常生活史、服饰史以及文学史的执着是一致的，必须放在跨文化、跨学科的整体结构中去理解。青年时代的许地山曾参与文学研究会的开创，世界主义的视野曾是这个大型同人组织最初的框架，只是被之后革命文学的浪潮遮蔽了。

在燕京大学任教期间，他曾加入一个学术小群体，计划编撰一部"野蛮生活史"，内容五花八门，包括饮食史、色欲史、娼妓史、医药史、巫术史、装饰史等等。这个群体项目专注于被大时代、大历史掩盖了的潜在的历史脉络，内容涵盖正史所不屑于纳入的领域，这与时代的主流明显是格格不入的。可以说，许地山是从文学革命和革命文学阵营里出走的成员。他最后在殖民地的框架里找到了一席空间，香港特殊的地理位置和文化定位给了他一个窗口和舞台，文明的冲突不再局限于中西二元对立，印度文化也加入到跨文化的对话中，形成一个多元的、层次丰富的学术框架。许地山对现代性的理解有传统国学的底子，更有西方人类学、民俗学和社会学的框架，再加上印度语言、文学和文化的过滤，呈现出一个杂糅的体系，背后是他在漂流生涯中形成的世界主义的史观和文化视野。也正是这样一个杂糅的学术框架和开放的文化视野，可以让他注意到被大时代、大历史所忽略的文化潜流。

这样想来，我手中的纸片虽然脆弱，分量却十分沉重。20世纪30年代的香港，是一块养成国际学者的宝地。许地山能在港大施展他的才能，是充分利用了香港处于东西交流门户上的优势地位。许的学术关注完全不以国界、语言和学科为界线，未完的手稿里埋藏了不少大部头著作的雏形，成为一个国际学者应该是他的目标。当年，他不可能在港大的课堂上大讲性史或野蛮史，但他从学术探索中得来的世界主义的人文关怀和跨学科、跨文化、多语种的学术姿态，却是可以传授的。

散页中的日常生活史

许地山教授精心构建的崭新的人文框架中，有一部厚厚的日常生活史。这部历史没有完成，但繁复的元素都埋藏在手稿里一沓一沓的散页中间。比如，有一大沓卷标为"中国古物笔记"的长 20 厘米、宽 12 厘米的笔记本散页，布满了各种器皿的示意图，有服饰、妆容、兵器和各种日常物件。说它们散乱，是因为看不出一个清晰的结构。但我能确定的是，它们代表的是一项长期的积累，是多种著作的一手数据，里面是许地山对于古物、物质文化、日常生活史的长期专研的佐证，包含着他用文字和线条构筑的一个切入历史的独特视角。

许地山的长文《近三百年来底中国女装》的初稿就埋在这些散页里，发现这几页初稿在我是一大收获。留下的其实仅三页手稿，只是一个绪论，并非全文，写在燕京大学的信笺上。"关于衣服迁变底研究，是社会学家，历史家，美术家，家政学家，应当努力底。本文只就个人底癖好和些微的心得略写出来，日后有本钱，当把它扩成一本小图册。"无独有偶，张爱玲在写作散文《更衣记》之前，曾有用英文写就的《中国人的生活和时装》，其中图文并置的手稿风格与她的老师许地山如出一辙。近年来不断有研究者撰文，论证许地山在民俗史、服饰史、宗教史和文化史各领域的著述直接启发了张爱玲的早期散文创作。

早在燕京大学求学时期，许地山就开始收藏有关历代服饰的图片和文字数据，1920年就发表过一篇题为《女子的服饰》的短文。在他未完成的计划中有一部中国历代服饰史，《近三百年来底中国女装》其实只是其中一部分。

与服饰史并行的还有妆容史。他搜集了大量有关女性妆容的资料，也有一小部分是关于男性妆容的，文字与图绘相得益彰。手稿中大量无法归类的笔记，大多围绕衣食住行卫五大范畴，字迹十分潦草，是写给自己看的读书笔记。以史的脉络来阐述日常生活，并将它纳入现代知识体系，许地山在他的书房里经营的是一种潜在的历史写作方法。他的时代尚没有文化研究，他是从现代民俗学、文化人类学和文学艺术研究的交叉中，走出了一条学术自觉或半自觉的整合道路。

日常生活里的许地山，自己设计剪裁衣服，种花插花，捕捉蝴蝶制作标本，通音律，会谱曲，擅弹琵琶，爱好野外和摄影。许夫人周俟松回忆，家里所有的窗帘、屏风、地毯、器物上的装饰都出自许地山之手。闲时他会和孩子们玩过家家、养小动物、做游戏，和朋友完全不羞涩地谈论情欲，海聊私生活的种种。老舍在《敬悼许地山先生》

中说,"他爱说笑话,村的雅的都有",朋友圈里有他就有快乐。读到这些生活细节,不由得让人纳闷,他的时间都是哪里来的?文化是鲜活的,许地山对日常生活的热爱体现在他的为人为学里。他是文化启蒙者,也是在东西方之间游刃有余的世界主义者,而迫在眉睫的战争又激发了他与时代同步的知识分子的热情。

新型公共知识分子

着迷于潜在历史的国际学者许地山,在战前香港是一个重要的公众人物。他在港六年所参与的各项社会活动和社会团体不计其数,在大小公共场合所作的演讲涉及香港社会方方面面,有关于婚姻家庭社会道德的评论,有针对读书之道、语文教育和儿童教育的建议,有参与战争救援、歌咏会和其他群众活动的发言,更有他最擅长的宗教、礼俗、收藏和文化保存方面的诸多意见,甚至还有不少悼词和证婚词。多数讲稿已经不存,但在他的手稿散页里,可以发现写在大大小小纸片上的短文。他不是传统的文学研究者,也不是传统的宗教学者,而是一个新型的公共知识分子。将他的活动纪程和手稿里的断片对应起来,整理出公共知识分子许地山对香港社会的知识输出,将是一项繁复的工作。

我在许地山留下的散稿断片中还有不少惊喜的发现，其中包括他对于音乐的研究，散稿里有他谱的曲，也有关于古代乐律的笔记。而通音律、会谱曲、善弹奏的许教授，在风云突变的时代大背景中却发现了音乐的一种崭新的功用。

1938年6月至10月的武汉大会战，一时成为全球战事的一个核心战场。歌咏成为抗战动员中一个普及甚广的大众文艺形式。当年的武汉是歌声中的武汉，在遥远的香港也能感到战火的灼烧。《南华晨报》记载，1938年8月27日，在香港大学本部大礼堂有一场歌咏团的大型活动——"中国音乐演唱会"，募得的款项都将捐予内地的战争难民。除了古代民歌，合唱团也会表演现代歌曲，第一首歌就是混声合唱《义勇军进行曲》。

我在许地山手稿散页里恰巧找到了一份演讲稿，写在薄薄的一页信笺的两面，夹在一大堆关于服饰和头饰的散页中，轻易发现不了。我确信那是身为香港中华歌咏团名誉会长的许地山当晚的演讲稿无疑。他说，"中国自来没有真正的歌咏会"，因为歌咏历来不是"附庸于戏剧"，就是局限于"少数人自己的娱乐"。而音乐是教育"不可一时或缺的手段"，因为"一首触动情绪底歌"能流传得"迅速而宽广"，人人可唱，无论唱得好不好。既为人人可唱，"同情心便很容易激起，意志也容易统一，因此，歌咏底力量很大"。许又说，当晚歌咏节目选的是中国作曲家的作品，有些是有宗教性质的，有些是抒情的，也有军歌，都是"中国人唱自己的歌"，因而是"开辟新路径"，"前进底表征"。短短几句言简意赅，点出歌咏在新时代已然成为一种新兴文化。

两个月后，武汉合唱团从广州出发经澳门访港，演出合唱和抗战内容的音乐剧。10月30日在香港大学大礼堂的演出，担任主持的自然是许地山。武汉合唱团之后在香港举行多场演出，在港逗留近两个月才继续到南洋巡回演出。为纪念聂耳逝世四周年，1939年7月成立了"香港歌咏协进会"。在九龙青年会举行的成立大会上，许地山和蔡楚生分别致词，大会以全体合唱《义勇军进行曲》作结。一时间，香港也成了歌声的香港，歌咏成了热潮，这股热潮背后有许地山教授的大力支持。

我在散稿中还发现了一份许地山手写的《义勇军进行曲》歌词，与田汉版不同。可能他对田汉的歌词并不是太满意，于是自己动手也填了歌词："起来，巩固全民族底阵线！各尽各底能力，担起我神圣的责任！我们要克服了最危急的国难，不但要驱逐外寇，还要消灭汉奸！起来，起来，起来！我们万众一心，拿着武器向敌人冲进。"很难说许地山的版本比田汉的强，不过，在一大堆关于古代器皿、服饰、风俗的散稿中，猛然看到一页如此热血的呼喊，诧异之外也有一点震动；同时也能想象20世纪30年代那个特殊的氛围，也仿佛能看到即将烧到香港的战火和毁灭。

谢氏父女的终生遗憾

文 | 徐泓

（北京大学新闻与传播学院教授）

> 谢玉铭本人就是个"书呆子"，对孩子们的期望也只是读书，所以对书读得格外好的女儿谢希德尤其喜爱。但终究父女俩40年没再相见，二人的个性可见一斑。

一

进东大地大门上坡第一家，正是燕东园桥西42号，一座两层小楼，带着一个大院子。20世纪30年代住在这里的，是燕京大学物理系主任谢玉铭教授一家。

谢玉铭，生于1893年，福建泉州人。四岁时，他的父亲去世，寡母一手把他拉扯带大。那时基督教已传到闽南，外国传教士看到谢家生活贫困，就对谢玉铭的母亲说："你过来帮我们传道，不识字也没关系。"当时，传教士向老百姓普及一种"罗马拼音"（当地人俗称为罗马字），再把《圣经》译成罗马字。即使是不识字的人，也能很快学会其中的内容。于是，谢母开始帮教会打工，吃饭的问题解决了，儿子上学的问题也解决了。

谢玉铭从小在教会办的学校接受教育，先后就读于养正小学（后改为培元小学）、培元中学。1913年，他以优异成绩毕业，受到外籍校长安礼逊（A. S. Mooye Anderson）的赏识，并举荐他到北平协和大学学习。在大学期间，他认真刻苦攻读主科物理、数学，兼修英语及其他科目。因学习成绩出类拔萃，表现出色，他曾经两次被校方选派为代表，参加北平大学生英语辩论大赛，为学校赢得名次。1917年，他以优异的成绩毕业。为了履行回报教会并为教会服务的承诺，他回到了家乡泉州培元中学，当了物理和数学课的老师。

1921年，燕京大学首任校长司徒雷登慧眼识珠，相中了远在千里之外教书的谢玉铭，聘请他到燕大担任物理实验课程的助教，后又资助他赴美深造。1924年，谢玉铭获得哥伦比亚大学物理学硕士学位，随后转至芝加哥大学继续攻读物理学，在诺贝尔物理学奖获得者迈克耳孙（Albert

Abraham Michelson）的指导下，从事光干涉领域的研究，1926年获博士学位。

谢玉铭如期遵约回国后，执教于燕京大学物理系，1929年至1932年任物理系主任。就是在这段时间里，谢家搬进了燕东园。

1932年，应美国加州理工学院邀请，谢玉铭再度赴美任客座教授，并参与了氢原子的光谱实验。1934年回国后，他继续主持燕大物理系，直至1937年。

谢玉铭先生是我父亲的老师。我父亲1932年春天从东吴大学转学至燕京大学，插班进入物理系四年级学习。秋天本科毕业后，父亲继续念研究生。据他回忆，当时物理系研究生的阵容特别强大，与他同时攻读的有袁家骝、毕德显、张文裕、王承书、冯秉铨、陈尚义等十余人，后几届还有褚圣麟、卢鹤绂、戴文赛等等。他们相继成为国际知名学者、国内有关学科的奠基人。

当年的北大、清华、燕京物理系三足鼎立。北大资格老，成立最早；燕京与清华同时成立，但燕大物理系在三校中率先招收研究生，谢玉铭当了七年系主任，一共招收了几十位研究生。他精心培养，主讲物理学、光学、气体动力论、近代物理学等课程；注重科研实验，主持新版物理实验。研究科学史的学者胡升华认为："当时中国最好的两个物理系，一是清华，另一是燕京。"他对两校作了比较。由叶企孙和吴有训主持的清华物理系，是培养栋梁之材、眼往上看的轨迹：稳定的教育经费、强大的师资、高质量的生源、以国家未来各学科领导人岗位培养为导向的高端设计。而由谢玉铭和 William Band 主持的燕京物理系是心怀苍生、眼往下看的轨迹：稳定的教育经费，以宗教的热忱、服务大众的理想进行有效的播种。燕大物理系主张："科学如果不渗透到一个国家的全体民众中，就不可能影响其国民生活。"

二

谢玉铭育有四个子女。长女谢希德生于1921年，比三个弟弟分别年长8岁、10岁和14岁。次子谢希仁后来在回忆文章中说："父亲对这个念书好的长女很是喜欢。"谢玉铭的太太张舜英是谢希德的继母。她的生母郭瑜瑾，在谢玉铭留学期间不幸患伤寒病逝。

长子谢希文在一篇文章中说："父亲在燕京大学任教时认识了我母亲张舜英，两人于1928年结婚。结婚前，父亲把祖母和姐姐接到北平，住在东大地（今燕东园）42号。祖母与母亲极少在孩子面前谈及往事，因此，一直到我们长大懂事后，才知道与长姐并非一母同胞。"

刚搬进燕东园42号时，谢希德在城里的贝满女中读书，周末才回家住一晚，周日下午又进城返校。后来，为了免去来回奔波的辛苦，她转学到燕京大学附中。谢希德从小学到中学的学业成绩都稳居第一。谢希仁说，读书改变了父亲的命运，因此他一直跟我们强调："要好好念书，不用功念书将来就没有出息，就找不到工作，也没有人会可怜你。在这样的教育下，姐姐从小就非常用功念书。"

在燕京大学附中，谢希德遇到了学习上的强劲对手，一个叫曹天钦的男生成绩与她平分秋色。曹天钦的父亲曹敬盘，在燕京大学化学系任教，住在距离燕东园不远的蒋家胡同10号院。谢玉铭教物理，曹敬盘教化学，两人在学术上多有往来。我找到了一篇文章，记录了他俩曾帮助文物专家容庚先生用先进仪器和方法测量分析青铜器。容庚先生家也住在燕东园，桥东24号。

在《容庚日记》中记有：

1929年1月18日，"交一斗一升鼎与谢玉铭博士，试验容量"。

1934年12月17日，"早往访曹敬盘，商试验铜器事"。

吸收了谢曹两位教授的测试和分析结果，容庚于12

月 27 日，在研究报告中写下了"'铜器之起原'和'成分'二段"。

两家长辈是齐头并进的学术搭档，谢希德与曹天钦两个晚辈也成为要好的朋友。可惜，青梅竹马的美好日子没能持续太久。

1937 年全面抗战爆发，谢玉铭举家南迁。

追索谢玉铭南下后的经历：1938 年，应桥梁专家茅以升的邀请，任贵州唐山交通大学物理系教授。1939 年，应厦门大学校长萨本栋聘请，任教物理系。当时，厦门大学已内迁福建长汀县，办学条件十分艰苦。此后七年，他全力协助萨本栋校长把厦门大学办成享誉国内的一流大学。谢玉铭喜欢古典音乐，会弹钢琴。厦门大学的老人们回忆说，课余悠扬悦耳的钢琴曲是谢先生弹奏出来的旋律，学校大型歌舞晚会活动总少不了他的钢琴伴奏。

谢希仁说：

> 1942 年，父亲到厦门大学担任教务长。当时国民政府教育部规定，国立大学的校长、教务长、训导长、总务长都必须加入国民党。父亲也加入了国民党，但仅仅是一个名义上的国民党员，不交党费，不参加组织活动。他对国民党完全没有好感。父亲不问政

治，对我们四姐弟也是同样的要求："政治方面都不要管，你们念一个博士回来，以后好好教书，就走这一条路。"

三

谢玉铭在南迁途中，曾短暂担任湖南大学物理系教授，因此谢希德在长沙读完高中。就在她要拿到湖南大学录取通知书的时候，不幸患上了骨关节结核，当时的医疗条件只支持她绑上石膏，让病菌坏死。17岁的她只好躺在病床上读书。她与疾病抗争了四年，通过四年的自学，考入了厦门大学物理系。

当时谢玉铭在给同乡朋友蔡咏春的一封信中谈道："小女希德进厦大理工学院数理系，成绩为全校冠，本年谅可获得嘉庚奖学金（校中最优之奖学金，除供膳宿外，每月尚给四十元之零花费用，每年约合四千元）。"由此可见，父亲对女儿欣赏有加。

由于医疗条件所限，骨关节结核使谢希德的一条腿落下了终身残疾。即便如此，曹天钦对她愈加珍惜，四年中的"两地书"记录下他们不断升温的真挚爱情。

1945年抗战胜利，国民政府恢复了公费留学考试。毕业于燕京大学化学系的曹天钦，获得赴英国剑桥大学留学的机会。临行之前，他来福建长汀看望谢希德，向她求婚，两人相约谢希德毕业后争取赴美留学，两人拿到博士学位后在美国会合，然后一同回国。

1946年夏天，谢希德从厦门大学毕业，又到上海沪江大学当了一年助教，赴美留学的愿望才得以实现。1947年夏天，她启程赴美国史密斯学院攻读物理学。

创建于1871年的史密斯学院是一所优秀的私立女子学院，坐落在美国马萨诸塞州的一座小城北汉普顿。谢希德在这样一个美丽宁静的学习环境中度过了两年。她一边做助教，一边攻读研究生课程，仍像在厦门大学读书时一样勤奋，每天"三点一线"——宿舍、物理楼、餐厅。

1949年夏，谢希德的论文《关于碳氢化合物吸收光谱中氢键信息的分析》通过专家答辩，获得硕士学位。由于史密斯学院的物理系不培养博士生，1949年秋，她来到麻省理工学院，幸运地在阿利斯和莫尔斯教授的指导下做理论研究。莫尔斯教授是当代著名的物理学家之一，运筹学领域的开拓者。在他的建议下，谢希德选择理论物理作为主攻方向，于1951年秋以《高度压缩下氢原子的波函数》顺利通过论文答辩，获得理学博士学位。毕业后，她又应著名物理学家斯莱特的邀请，在麻省理工学院的固体分子研究室任博士后研究员，从事半导体锗微波性的理论研究，成为中国留学生中第一个女博士后。

就在这一年的春天，在英国留学的曹天钦拿到了剑桥大学生物化学博士学位。同时，还被该校冈维尔与凯斯学院选为院士，这是该院历史上第一个中国人获此殊荣。按照原来的约定，曹天钦要到美国和谢希德举行婚礼，然后一起回国。然而，朝鲜半岛突然爆发了战争，美国政府发布了一项规定：凡在美国攻读理、工、农、医的中国留学生，一律不许返回中国大陆。曹天钦想了个办法，请他的老师李约瑟出面，写信让谢希德到英国举行婚礼。凭着李约瑟的名气，美国终于放行。一对学术情侣在分别六年后终于重逢了，婚礼在剑桥大学南的萨克斯特德（Thaxted）大教堂举行。婚后，归国心切的一对新人立即打点行装，准备启程。

四

谢玉铭本人就是个"书呆子"，对孩子们的期望也只是读书，所以对书读得格外好的女儿尤其喜爱。谢希德在美留学期间，他也给过资助。据谢希仁回忆：

> 1951 年，姐姐在麻省理工学院获得博士学位后，父亲非常高兴。他在信中要求姐姐戴着博士帽拍一张相片，放大后寄回去，他要挂在自己办公室里。可是，姐姐并没有按照父亲的意思去做。我后来问她："你干嘛不照一张寄回来呢？"姐姐说："你知道在美国放大一张照片得多少钱？非常贵！我当时没有什么钱。"

谢玉铭听说女儿女婿打算放弃在国外继续做研究，一起回国，非常生气，极力反对。脾气倔强的他甚至声称要和女儿断绝关系。谢希德不愿伤父亲的心，却又不想按父亲的意愿办。此时，谢玉铭已离开厦大，定居菲律宾，任马尼拉东方大学物理科学系主任。女儿希望能说服父亲，但也只能写信、寄照片。

研究中国知识分子问题的谢泳先生，对谢玉铭父女这段往事曾有点评：

> 谢玉铭 1946 年离开后再没有回过中国大陆，他内心对女儿谢希德的思念之情，外人已很难知晓。谢玉铭虽是理科教授，但对时代较一般文科教授似更敏感，人生阅历也更丰富，他曾竭力劝说自己女儿认同他的选择，可惜谢希德没有听父亲的话，这成为谢希德一

生的隐痛。他们后来在事实上是断绝父女关系了，但双方又不愿在情感上承认这个事实。

谢玉铭在东方大学任教18年，退休后，于1968年定居台湾。在这期间，父亲再没有给女儿回复只言片语，就连女儿寄去新婚照片，都没有一句回复。

谢希德到晚年仍然为此伤感："回国后一直到父亲1986年在台湾去世，我没有再收到过他的信，这对我是很伤心的事，因为他非常爱我。在他的遗物中，我发现了我们的结婚照，他复印了许多。"然而，终究40年没再相见。父女俩的个性可见一斑。

1952年10月1日，谢希德、曹天钦夫妇从英国启程回国，此后他俩一直生活和工作在上海。谢希德在复旦大学，曹天钦在中国科学院生理生化研究所。1956年，两人同时加入中国共产党；1980年，两人同时当选中国科学院院士。

曹天钦毕生从事蛋白质和植物病毒分子生物学研究。1987年在以色列参加国际生物物理会议时，曹天钦不幸摔了一跤，加之原有的颈椎病加重，被同事用担架抬上飞机回国救治。此后八年，谢希德不知疲倦尽心照顾因脑损伤瘫痪在床的丈夫，直到他1995年病逝。

谢希德毕生从事半导体物理和表面物理学研究。1958

年，她编写的《半导体物理学》出版。这部在当时全世界都可称权威的芯片专著，成了中国芯"破冰"的教科书，她也因此被誉为"中国半导体之母"。20世纪60年代，谢希德同方俊鑫合作，编写了《固体物理学》。1990年，她当选美国文理科学院外籍院士。

1983年，谢希德出任复旦大学校长，也是中国第一位女大学校长。她在复旦开设了当时在国际上刚刚诞生的表面物理学课程，还建立了复旦大学美国研究中心。为了给国家留下更多人才储备，她频繁地为学生留学写推荐信，据说她在当校长期间，每年要送走100多位学生。2000年，谢希德病逝，享年79岁。

据燕东园老住户、燕京生物系主任胡经甫之女、北大数学系教授胡蕗犀回忆，20世纪90年代，古稀之年的谢希德与幼时的玩伴徐元约等人曾到燕东园旧地重游。可惜那时她家的小楼和院子已经被改建成北大附小的一部分，找不回昔日的模样了。也是在90年代，谢希德生病住院，见到前来探病的幼时玩伴赵景伦，两人交谈甚欢。赵景伦也曾跟哈佛老同学、复旦美国研究中心主任倪世雄一道去看望住院的希德，"那天正好停电，勉强爬上十层楼，她的病房门口摆满了江泽民等送的花篮。希德精神不错，我们谈的都是东大地的旧事"。

五

在搜寻谢玉铭、谢希德有关史料时，我被杨振宁先生1987年3月20日在《物理》杂志发表的一篇文章惊住了。标题叫《一个真的故事》，讲的是一位享誉世界、与诺贝尔奖擦肩而过的中国物理学家：

> 1986年3月，我在纽约买到一本新书，名叫 Second Creation（《第二次创生》），是两位研究物理学史的作家写的。特别使我发生兴趣的是书中对这方面早年实验发展的讨论。原来在三十年代就有好几个实验组已经在研究氢原子光谱，与后来 Lamb（编者注：威利斯·尤金·兰姆，1955年诺贝尔物理学奖得主之一）在1946—1947年的工作是在同一方向。其中一组是加州理工学院的 W. V. Houston 和 Y. M. Hsieh。他们做了当时极准确的实验，于1933年9月写成长文投到《物理评论》，经五个月以后以表。《第二次创生》对此文极为推崇，说文中作了一个"从现在看来是惊人的提议"。

杨振宁说，他们的实验结果与当时理论结果不符合，但从今天看来是正确的。不幸的是，与他们先后同时有几个别的实验组得出了和他们不同的结果，由此产生了混乱的辩论，理论工作者没有正确处理，没有引起广泛注意。

杨振宁进一步发现，20世纪50年代，美国物理学家兰姆通过微波共振法的途径，获得与W. V. Houston和Y. M. Hsieh在30年代的研究成果相同的"发现"，并因此获得了1955年诺贝尔物理学奖；几年后，日本物理学家朝永振一郎自创了第三种对电子电动力学的研究，通过实验处理，也获得了与W. V. Houston和Y. M. Hsieh以及"兰姆移位"相似的科研成果，因此获得了1965年诺贝尔物理学奖。

这个Y. M. Hsieh是谁呢？杨振宁想到，也许就是复旦大学校长谢希德的父亲谢玉铭教授。

很凑巧，几天后，谢希德自美国西海岸打电话来讨论学术交流的事情。杨振宁趁机问她，谢玉铭教授是否曾于20世纪30年代初在加州理工学院访问，并曾与Houston合作。她说："是的。你为什么要问？"杨振宁兴奋地告诉了她书中的故事，再问她："你知道不知道你父亲那时的工作很好，比Lamb的有名的工作早了十几年，而且Lamb的结果证明你父亲的实验是正确的？"谢希德回答："我从来不知道，当时他只告诉我，在从事很重要的实验。"

又一个失之交臂的遗憾——中国卓越的物理学家谢玉铭，曾与诺贝尔奖擦肩而过。

燕东园的陆志韦先生

文 | 徐泓

（北京大学新闻与传播学院教授）

> 研究燕京大学，除司徒雷登之外，陆志韦先生是无法绕过的一位历史性人物，如果算上1951年毛泽东的亲自任命，他曾三度担任燕京大学校长。

一

陆志韦先生是燕东园资格最老的住户，前后住了近20年。20世纪30年代，他住在桥西37号；40年代，他住在桥东27号。

燕东园始建于1927年，1930年大局成形。从那时至1952年7月全国高校院系调整，它一直是燕京大学中外籍高阶教职员工的住宅区。1945年9月燕京大学复校后，我的父亲徐献瑜担任数学系主任。1946年11月，我家搬至燕东园40号，与陆志韦先生成为邻居。

燕东园桥东27号是一座两层砖木结构小楼，据说是典型的南洋风格。每层有200平方米左右，处处不讲对称，南窗大，东西窗小。小楼南面一层东部有一个阳台，阳台顶部嵌有花岗石小饰件，这个设计源于欧洲古典建筑檐口下的装饰图案。整个小楼东部呈曲尺形，小楼西北部还凸出一个小侧楼，它与整栋别墅实际是连着的，现在新加坡还能看到这样的房子。

我只记得他家的大阳台，还有阳台前的大草坪，可能是燕东园诸家院子里面积最大的草坪。陆伯母请园子里的孩子们到她家吃冰淇淋，就设席在阳台与草坪上。冰淇淋从一个圆木桶里用装在桶面上的手柄摇出来。然后，陆伯母举着一个冰淇淋勺，挖出一球一球的，放在我们各自的小碗中。手摇冰淇淋很时兴，我还去燕东园、燕南园其他人家吃过，但记忆中味道最好、请客场面最大的，还是陆伯伯陆伯母家。

陆志韦先生比我父亲年长16岁，他俩是湖州同乡，又先后毕业于东吴大学，还有一个共同的嗜好：下围棋。因此，桥东桥西，两人经常相约手谈，切磋"黑白之道"。他们还有另一位棋友，下围棋的瘾更大。那是住在燕东园西门外蒋家胡同2号院的历史系教授邓之诚先生。据《燕大校友通讯》中的文章披露：一次，历史系全体同学在邓之诚教授家聚会。突然，陆志韦先生也来了。大家都知道陆先生喜欢下围棋，棋艺也很高超。学生们在这边包饺子，他和邓老在那边下围棋，愉快地度过了一个下午。

陆志韦住桥西37号时，与36号宗教学家赵紫宸为邻。两家关系非常要好。当时园中各家之间以松墙相隔，陆、赵两家的松墙间留有一个小口相通，可以更方便地往来。赵紫宸先生有三子一女，女儿即著名翻译家和比较文学研究学者赵萝蕤。她的弟弟赵景伦先生85岁高龄时，写下对燕东园的两篇回忆文章，多处谈到陆志韦一家人：

陆太太刘文瑞，陆先生叫她Mary。五个孩子：卓如（Daniel，绰号"大牛"），卓明（陆太太叫他"萌萌"——明明的变音），卓元（陆太太叫他"馁馁"——元元的变音），瑶海和瑶华。卓明琴弹得不错，曾在姊妹楼表演，弹德彪西的《月光》，我给他鼓掌，听众为之侧目。

陆先生是心理学家，常拿一套一套的问题来测验我们这些邻居孩子。奖赏是邮票。他是集邮大家，把重套的邮票作为奖品，送给接受测验的孩子们。

陆志韦先生喜欢集邮，也被燕大的学生们知晓。我在编辑《燕大校友通讯》时，就注意到几篇来稿都提到陆校长还会托学生搜集一些晋察冀、陕甘宁边区发行的邮票，当收到这些平时不易见到的邮票时，会如获至宝，十分高兴。

陆先生是乐天派，常常嘴里哼着曲调。他和胡经甫先生、我的父母是牌友，晚饭后，常招来作四圈的"竹城之战"。

燕京校友回忆这些先生们说过：那些老学究都是牌王。这句话说十人有九人是准的。打牌包括麻将、桥牌，还有扑克，花样翻新。比如麻将，一条龙、门前清，玩的都是新章。经常晚饭后在陆志韦、赵紫宸、胡经甫三家开打，而桥牌也是以陆志韦家为中心的。

1945级哲学系学生陈熙橡在《忆燕园诸老》一文中说：每个礼拜总得有一两晚在陆家打桥牌，牌手有梅贻宝先生，梅太太，金城银行的汪经理，林启武先生，廖泰初先生和外文系的吴兴华。

当发现梅贻宝、倪逢吉夫妇是到陆家打桥牌的常客时，我很惊喜，因为又多了关于我母亲五姑父梅贻琦的弟弟、被称为"小梅校长"梅贻宝的信息。复校后，他任燕京大学文学院院长，家住朗润园。在母亲口中，以及我的姨姨韩德庄的日记里，"梅老叔"和"倪姑姑"都是她们最尊敬的长辈。

陈熙橡在回忆文章里，披露了燕大教职员桥牌队八人四组的阵容：梅氏夫妇一对，林启武、廖泰初一对，汪经理、吴兴华一对，他和陆校长一对。他说：我们常与清华和北大的教职员队三角比赛。记得有一次进城，到北大钱思亮先生家里去比赛，大伙儿坐学校那辆黑色大房车，临起程时，陆先生对我说："我带有好东西，今天一定赢。"什么东西呢？他未说。到比赛展开后，他拿出一罐新开的"加力"烟，真是战意为之一隆，结果当然胜利。

那么，这位写下《忆燕园诸老》的陈熙橡何许人也？

1941年燕京大学秋季学期开学，一年级学生不分系科先上通识课，课程之一是国文作文课，几百名新生用文言文写作同一个题目"自述"。老师们看完卷子，把好的送给陆志韦评阅。陆先生选出两篇，评说：李中以肉胜，陈熙橡以骨胜。

"以肉胜"的李中是经济系的新生，后来改名为李慎之，20世纪90年代曾担任中国社科院副院长兼美国所所长。他一生以毕业于燕京大学为荣。1998年3月在致许良英的一封信中，李慎之说：我的母校燕京大学的校训是"因真理，得自由，以服务"，我以为是世界上最好的校训。

"以骨胜"的就是陈熙橡，他是哲学系的新生。抗战胜利后，他再度考进燕大，投张东荪先生门下读研究生，兼做助教。张东荪先生住在燕东园34号，陈熙橡说：我常到张家吃饭，因为有好些哲学系高级课程只得我一个学生，所以不用到课室上课，到时候便到张家吃饭，饭后随他到书房一坐，听老人家指导一番，从他的书架上拿走一两本书去念，过一两个星期再来吃饭，再讨论，这样子念书，相信更胜于剑桥大学的导师制也。这是我在燕园前后八年最值得回忆的乐事。

二

研究燕京大学，除司徒雷登之外，陆志韦先生是无法绕过的一位历史性人物，如果算上1951年毛泽东的亲自任命，他曾三度担任燕京大学校长，只不过前两次是私立燕大，第三次是短命的国立燕大，一年以后，燕京大学就永远消逝了。

作为燕大校长，陆志韦先生对学生进步运动总是支持的。赵景伦的文章写道：

太平洋战争爆发，他跟我父亲赵紫宸一道，坐过日本人的牢。后来，他当了燕京大学校长。1947年"反饥饿，反内战，反迫害"运动，学生上街游行，他为学生们的安全操心。当时我是经济系助教，也参加了学生队伍。陆先生派林启武老师跟随学生上街，生怕出事。国民党特务到燕京抓人，他想方设法保护学生。

1948年11月底，平津战役开始。国民党军队节节败退。12月13日，北平西郊已炮声隆隆。燕京大学宣布停课，提前放寒假。为防止败退的国民党散兵进校抢劫破坏，学校大门紧闭，学生按系组成护校队，在校内日夜巡逻。燕东园地处校外，位于燕园与清华园之间的成府一带，虽有虎皮墙围住，但终究四周民居散落，胡同与道路交叉，安全度很低，因此一些人家开始各处寻找避难场所。我父亲就把母亲和我还有不满半岁的妹妹，送到城里六姑邝家，他一个人和大师傅张贵留守。

父亲讲过那几天的情景，他说："形势不明，确实有些紧张。桥下的大沟里夜间有人流车队过往的声音，不知是哪一路的队伍。白天常常有炮声枪声。一打炮，张贵害怕，就喊：'徐先生，钻桌子底下去！'等炮声完全停了，他和张奶奶才从饭桌底下钻出来。"我们好奇地问："那你干什么呢？"父亲说："下围棋。或者陆志韦先生过来，我和他对弈，或者我自己打谱。"

当年12月15日，北平郊区战火蔓延，枪炮声更加杂乱紧急。清华园内的国民党军队及炮兵于凌晨悄然撤去。

下午，解放军一部开进成府、海淀一带。12月16日清晨，燕大西校门内张贴出以十三兵团政治部主任刘道生署名的安民布告，特别写明为了保持正常的教学工作，任何军人不得进入校园。当天下午，陆志韦先生召开全校教职工会议，告诉大家我们已经解放了，并说这是个伟大的变革，是比中国历史上任何一次改朝换代或者革命都要伟大的变革。

燕大历史系学生夏自强，当时已加入中共地下党，他回忆：北平西郊处于战争前沿，为了保护好学校，地下党组织和校行政一起，组织师生开展护校活动，我经常看到陆志韦先生在指挥部的身影。12月16日燕园解放了，他和师生一起欢欣鼓舞。1949年2月3日解放军入城式以及10月1日开国大典，燕大师生都是清晨三四点钟起床，到清华园火车站乘车进城，进行宣传和庆祝活动，我也看到他冒着严寒在车站上欢送燕京的队伍。

一个新世界就在眼前。1949年至1951年间的燕东园，处在极其微妙又急剧变化的历史时刻。可惜当时我年纪尚小，对外界懵懂无知，留在记忆里的只有一些破碎、斑驳的画面：

一个是1951年，我家突然多了好几件家具。一对西式高背床替换了父母房间里的铜杆大床，还有两个西式柜子，一个矮，三层抽屉，一个高，五层抽屉，深棕色硬木，与床是配套的；还有几把椅子，圆形椅面，带有一个略呈弧线的小椅背，没有椅子把手。床上还多了几条毛毯，两条白色的，一条墨绿色的，厚实又柔软，边角上隐隐有英文字母，父亲说这是美国大兵用的军毯。我们最兴奋的是，楼道那间储藏室里突然多了大批美国罐装奶粉和番茄汁。当然自己不能拿，一律由母亲拿给我们喝。我就是从那时候爱上了番茄汁。奶粉、番茄汁罐头好像吃了两年多，而床、柜子、椅子还有毛毯，使用至今。

母亲告诉我，这些东西是燕京的美国教授回国时留下的。燕京的外籍教授大多住在燕南园和燕东园。

1948年年底，在燕京的外籍教授和职员还有30余人。他们是走还是留，始终在徘徊中。陆志韦先生在当时政策允许的情况下，尽量为外籍教师提供方便。他应他们的要求，征得了北平军管会的同意，临时组装了一套发报机，按国际业余无线电爱好者的频率，向美国呼叫。美国业余无线电爱好者收到燕大的电报，按收录的名单，把这些人安全无恙的消息转给他们的家属。对于回国的外籍教师，陆志韦先生让他们带走全部财产，并帮助他们办签证、买机票，派车送他们到机场。

1950年11月初，中国人民志愿军出兵朝鲜。中美两国兵戎相见。燕京外籍教师的命运急转直下。12月19日，中共中央发布了《中央对教会学校外籍教职员处理办法的指示》，根据文件精神，燕京大学的外籍教师必须全部走人。

老住户搬走之际，还有新住户搬进来。1949年夏天，我家正对面的桥东30号，搬进一家会讲广东话的新邻居。当它的窗口突然飘出小提琴和钢琴的美妙旋律时，消息不胫而走，原来著名小提琴家、作曲家马思聪先生，还有他的夫人钢琴家王慕理女士带着二女一子，搬进了燕东园。

燕东园里有钢琴的人家很多。从海外归来的燕京教授们，大多具有较高的西方古典音乐修养，并惠及子女教育，陆志韦先生就是其中的佼佼者。他的几个孩子自幼都学过钢琴，其中二儿子陆卓明琴技最高，并且承继了父亲对古典音乐的鉴赏能力。陆志韦先生还收了赵紫宸先生的女儿为干女儿，赵萝蕤也是自幼学习钢琴，她16岁考上燕大英国文学系，同时副修音乐。20世纪30年代，她已能演奏贝多芬的《热情奏鸣曲》、肖邦的《幻想即兴曲》。在有关的回忆文集中，还能找到她在燕东园36号家中客厅钢琴边的留影，那时她16岁，一袭纱裙，飘飘若仙。

有以上背景，就不难理解，陆志韦先生为什么盛情邀请马思聪先生到燕京大学任教了。1949年4月，马先生与一批爱国人士，从香港回到北平。陆志韦先生敏锐地抓住时机，立即把他拉到燕园，向他提供了优厚的住房与薪水待遇，要求是"每个月在贝公楼礼堂开一次演奏会"。

马思聪住进燕东园的第二年，就创作出脍炙人口的《中国少年儿童队队歌》。燕东园21号与30号同在桥东，两家院子之间只隔一条小马路。住在21号的林朱，林启武先生的大女儿，当时12岁左右，还记得马思聪伯伯几次叫她到家里试唱这首歌曲，至今她仍然能脱口唱出。由郭沫若作词、马思聪作曲的这首歌曲被定为《中国少年儿童队队歌》，1953年中国少年儿童队更名为中国少年先锋队，于是这首歌同步更名为《中国少年先锋队队歌》，嘹亮高亢的旋律响彻20世纪五六十年代。

三

据陆志韦先生第二个儿子陆卓明回忆，1948年春天，胡适夫妇和一位美国老者曾经来到他家：

> 父亲当然知道胡适先生的来意，未等他开口，就吩咐我带领胡伯伯去游燕园。胡先生忙说："燕园早就游够了。你带他（指美国老人）去吧。"我带美国人在校园里慢慢走了一圈，回到燕东园时，胡适夫妇已在

我家院门外告别。胡先生说:"这次(从南京官场)回来只有四天,特地来看看你,明天就走,不知以后何时再见。"他的语气并不高兴,父亲也板着脸。母亲调和说:"你们一见面就吵,分别还要吵!"他们走后,父亲叹口气说:"他也劝我走啊!"

尽管明确表示了不走的态度,但今后怎样走革命之路,燕园怎样迎接解放,陆志韦先生心中并不清楚。他在晚间从储藏室架上拿出叶剑英送给他的崭新的平装书《新民主主义论》和《论联合政府》,读着,想着。两本书说的大原则谁都看得懂,但是具体到燕大该怎么办,仍想不出个头绪。陆卓明说:"父亲自言自语地像是在问我,我自然更不懂。"

回忆中提到的两本赠书,还是抗战胜利后军调部在北平时,中共代表叶剑英送给陆志韦先生的毛泽东著作,陆卓明说,赠品中还有一条延安生产的毛毯。

其实,陆志韦先生与中共领导人早有接触。以下这段故事有两个说法,一个来自陆志韦子女的回忆:

> 三十年代中期的一个夏日,美国教员包贵思邀我们一家去吃晚饭。我在那里第一次见到了行踪不定的

斯诺。饭前，斯诺忽然要孩子们去北屋看望一位"因病而不能到院子里来和大家一起吃饭的妈妈，但是不可以多说话"。我们遵嘱只和这位衣着俭朴、面容憔悴的妈妈说了几句上学的事情。我们不知道她是谁，只是猜想她是在农村教书回校治病的燕大毕业生。直到1943年，我们已被日寇赶出燕园而住在校外的时候，先父才偶然对我说："那次见到的妈妈就是共产党领袖周恩来的夫人邓颖超，日本人不恨燕京才怪呢！"

另一个说法来自中共燕大地下党：1937年，邓颖超同志因患肺病化名在西山疗养。出院后，由斯诺介绍到燕大美国教员包贵思女士在燕南园的家中休息，再从那里去天津转赴解放区。当事人回忆说，此事陆志韦先生是完全清楚的、默许的。他曾让孩子们代表他去看望帮助。

这两种说法，被发生于北平解放后的一件事情都证实了：1949年六七月间，邓颖超专程来燕园拜望陆志韦夫妇，感谢他们的"无私之心和热情"。

此前，1949年3月25日下午，中共在西郊机场举行阅兵式。毛泽东在阅兵式后，接见了民主人士代表，其中包括陆志韦先生。在新华社所发出的新闻图片中，他站在朱德的左边。

1949年9月28日至30日，陆志韦先生作为特邀代表，出席了第一届中国人民政治协商会议。

据陆卓明回忆，父亲和中共文化教育部门的一些领导人也有往来。1949年年初，西郊刚解放，周扬、张宗麟等人就来到燕东园27号，那份清华大学、北京大学暂时管理办法就是在陆家草拟的。1950年，钱俊瑞、张宗麟又一次走进燕东园27号，这次是来说服陆志韦先生继续争取美国托事部的拨款。

陆卓明回忆：

> 在我家谈这个问题时，父亲说："用美国的钱，不但我不同意，我的儿子也不赞成。"张宗麟同志就把我叫去说："现在刚解放，人民政府还没有钱。你们每次到教育部去听政治经济学讲座，教育部都请你们吃饭。其实教育部自己每天只吃两顿饭，尽量省下钱来办教育。你年轻，不懂事。"

1950年2月12日，教育部接管燕京大学。当年12月20日，中央人民政府委员会召开第十一次会议，决定任命陆志韦为燕京大学校长。接着毛泽东签发了任命书。此后，毛泽东还为燕京大学题写校名。

毫无疑问，陆志韦先生是燕京大学的灵魂人物，燕东园也充满了陆志韦气质。

1952年，全国高等院校院系调整全面展开。包括燕京大学在内的13个教会大学全部撤销。燕京大学被一分为八：机械系、土木系、化工系调整到清华大学，教育系调整到北京师范大学，民族系调整到中央民族学院，劳动系调整到中央劳动干校，政治系调整到中央政法干校，经济系调整到中央财经学院，音乐系调整到中央音乐学院，其余各系调整到北京大学。

新的北京大学校址就是原燕京大学校址。陆志韦先生被调到了中国科学院语言研究所，当研究员。

这一年夏天还未过完，陆志韦先生全家就无声无息地搬出了燕东园。

胡氏伯仲的恩师

文 | 胡舒立
（媒体人）

> 胡愈之正是在鲁迅与《新青年》思潮的影响下走上了革命潮头，曾经的师生成为同道。胡仲持观察到恩师"严守人我之间的界限"，日后成为他一生给自己设定的做人标准。

刘琴樵：教学有方

我的外公胡仲持（1900—1968）来自浙江上虞的一个大家庭，家中兄弟五人。他是老二，长兄胡愈之（1896—1986），他们即此文所称"胡氏伯仲"。

按照书香之家的传统，胡仲持六岁便在家中开蒙，塾

胡氏伯仲的恩师

师是曾经给年长四岁的哥哥胡愈之开蒙的本家堂兄胡达斋,教的是章太炎编的新《三字经》——"今天下,五大洲";再教《论语》——"子曰,学而时习之,不亦说乎"。当时只顾得滚瓜烂熟地背下来,意思是没有也不可能弄懂的。在他的记忆中,自己总是一边听课,一边听隔壁母亲做点心的吱吱锅响,然后谎称要撒尿溜出去,向母亲讨点心吃。那时在他的心里,方块字就是冤家对头。

八岁那年,胡仲持入父亲当校长的巽水小学念书。可惜好景不长,学校在1910年关门了。于是,胡仲持回到家中,和兄弟们一起,在父亲从附近尼姑庵借来的一间大房里读了两年新式私塾。

尼姑庵就在丰惠东大街北门,今年4月我去采风时曾路过。灰瓦木窗的旧房舍紧贴街道,夹在民居的白墙中,很不起眼。从庵门可以看到一座玉带桥,据考为20世纪80年代新修;附近还有一座名为"科第坊"的半截石牌坊,系明代遗物。

在这间新式私塾,胡仲持遇到了恩师刘琴樵(1880—1946)。那年刘琴樵30岁,胡仲持10岁。

刘琴樵比我的曾外公胡庆皆(1878—1924)小两岁,他们是挚友,同样考取过秀才,也一样早有了维新思想,对当时流行的《幼学琼林》《秋水轩尺牍》这类读物很不屑。他教胡仲持这些学生读的是《左传》《诗经》和《礼记·檀弓》，还有数学、历代文选和唐诗。因为他书读得通透，讲得有趣，而且能够谈古论今，学生们越来越喜欢念书了。

刘琴樵天天安排学生习作，而且有个教作文的特别办法：他把文中的普通文言常用字词摘出来，要求学生作文时必须把字词嵌进去，内容无论是家庭小事、历史评论、游记或是胡思乱想都不限。这门课就叫"嵌字"，每天不断练习，如是两年有余，胡仲持就觉得运用方块字越来越容易了。就是在这位刘琴樵先生的教导下，胡仲持过了"国文关"，与方块字"渐渐变成好朋友了"。

刘琴樵的女儿后来嫁给了外公的四弟胡师柳，也就是我的四外公。1996年，四外婆还在，我回上虞老家时，见到这位90多岁精瘦清秀的老太太。她的儿子胡序威，就是我的堂舅，中华人民共和国成立后是中科院地理所研究员、经济地理部主任。他回忆说，小时候练习作文，也请他的外祖父刘琴樵修改指导，外祖父在当面指出文章的某些不足之处后，总给予一些正面鼓励。但在背后却悄悄地对四外婆说："看来霞飞（堂舅小名）将来的文笔可比不上他二爹了。"

不知"二爹"胡仲持知也不知刘琴樵对他的认可。要紧的是，刘琴樵做人也对胡仲持影响极大。

1947年，就在刘琴樵故去次年，胡仲持著文，对恩师赞叹不已。他说学生对老师的要求不会违拗，"是因为他的学问，尤其是做人的风度，真正地引得了我们从心底的热爱"。

你顽皮吗？他比你还顽皮。他有着诙谐的天才，他从现实的人情世故中间，随时编得出笑话故事来刺你，也就把你的顽皮征服了。他的声带似乎是上帝造定的，笑起来咯咯咯咯响个不停。这是真正愉快天真的笑。尴尬的笑、勉强的笑在他是从来没有的。

为什么没有呢？因为他对自己非常的严格，对人家非常的体谅。在现实的势力社会中间，他严守着人我之间的界限，也就陷不进尴尬的泥沼去。他一清早就起身，每天把自己责任范围以内的事情，处理得有条不紊。他看事情看得很准，主意打定了，什么花言巧语也动摇不了。他是一点虚荣心也没有的，冬天的时候单独穿着半旧的布棉袍，混在绸皮袍的朋友们中间，精神抖擞地对他们的小弱点调侃一阵，兴致比什么人都要好。他的生平，无论如何找不出一件小小的缺德的事来，可是他没有一副圣者像，对朋友们的调

侃也就谑而不虐，极尽人情，不会招怪的。（胡仲持：《国文第一关》，香港《青年知识》杂志，1947年6月）

他观察到恩师"严守人我之间的界限"，不为花言巧语所动的品格，日后成为胡仲持一生给自己设定的做人标准，足见老师对他的影响之深刻。

鲁迅：严厉有加

就在外公胡仲持受教刘琴樵先生的那一年，我的大外公胡愈之从县立高等小学堂毕业，考上了绍兴府中学堂，直接插班到二年级。

绍兴府中学堂坐落在当年绍兴府仓桥试院，正是当年胡庆皆、刘琴樵考秀才的考场。这所创办于1897年的学校，原名绍郡中西学堂，曾由在京城任翰林院编修的蔡元培担任校长，在越东领新式教育风气之先。

从上虞到绍兴40公里水路，乌篷船哑哑咿咿要走一天，码头正对着绍兴府中学堂。1911年1月，天气还冷得瘆人，胡愈之在码头下船，从此开始了新生活。

老师中日后对他影响最大的是鲁迅（1881—1936），在府中学堂任博物教员兼学监。鲁迅那时的名字叫周豫才，

30岁,留日七年回国不久,文名未起。在胡愈之这个年级,鲁迅每周只授生理卫生课一小时;但作为学监,他每晚都要到自修室巡查。逢辛亥革命前夜,鲁迅穿西装、持洋杖、留髭无辫,让学生印象很深。走路得得有声,"目光炯炯,识人隐微",以严厉出名,没有一个学生不怕他,当然也不仅是怕——

> 那时,绍兴府中学堂的校长陈子英先生和学监周豫才先生,都是日本留学生,学生们都知道他们两人和同盟会及徐锡麟有过关系,虽然逢着圣诞日,他们都戴上了假辫发,率领学生向万岁牌跪拜,但学生们都明白他们是革命党,是不得已而为之,因此都对他们起了敬意。(胡愈之:《我的中学生时代》,上海《中学生》杂志,1931年6月)

当年的绍兴府中学堂,如今是绍兴市第一中学,浙江省重点高中。学校已搬离旧址,在绍兴城西北10公里之外,建起占地200亩的园林式校区。我走在通往学校西门的路上,隔着碧波荡漾的池塘,远远就看见校园里的鲁迅纪念室,昭显着名校的文化血脉。

在绍兴城里,鲁迅教过书的白色二层小楼原址至今犹在。进楼一层右侧,有一间鲁迅居住兼办公的"监学室"。楼后一株鲁迅栽种的紫玉兰已是百年老树,一抱树干,绿叶婆娑。这处绍兴市文物保护单位,连同历年翻建的教学楼,如今属于一所初中,以"第一初级中学教育集团"之名,守护着昨天的地界,使之绵延。

新旧两处校园都设有鲁迅的展览,但居然都有一幅画,就是身为学监的鲁迅如何"教训"胡愈之。画的解说词说鲁迅"要他好学",其实是很客气的。事实是16岁的胡愈之到了府中便是"孩子头"——

> 有两次我被他查到了在写着骂同学的游戏文章,他看了不作一声。后来学期快完了的时候,一天晚上我和几个同学趁学监不在,从学监室的窗外爬进屋子里,偷看已经写定的学生操行评语,鲁迅先生给我的评语是"不好学"三个字。这可以想见我在中学时的荒懒了。(胡愈之:《我的中学生时代》,上海《中学生》杂志,1931年6月)

薛朗轩：为人方正

暑假过后新学期不到两周，胡愈之得了伤寒，回老家上虞养病，病愈后再没回绍兴念书。他先在杭州修习了半年英文，后来因为家中财力渐衰，便回家在父亲安排下专攻国文。这一回，胡愈之有了一个"私教"或称"师傅"，他就是绍兴名宿薛炳，字朗轩（又记阆轩）。

薛朗轩与蔡元培是私塾同窗，又是连襟，甚为交好。他比蔡元培长两岁。蔡元培1896年所作旧体诗《和薛大见怀韵》，题中的"薛大"即是此人。

薛朗轩授课胡愈之是在1913年，薛时年47岁。他同时还在其他学校执教。薛朗轩学问很深，精通经学；他又有一身傲骨，蔡元培22岁中举之后，他决心不再应试。他一生穷困，穷到只有一件蓝皮袍，家中时常连伙食钱都没有。他面部凹陷瘦削可怕，指甲有半寸长。但是，在胡愈之眼中，他非常亲切可爱，"像是一个大孩子，而自己是一个小孩子"。

师从薛朗轩一年，胡愈之的国文受益匪浅。1914年夏天，父亲带着18岁的胡愈之到上海投考商务印书馆。他只交了几篇作文便获通过，成了商务编译所的练习生。

薛朗轩的发小蔡元培少年显达，后因主张维新变法，发起戊戌政变，流亡国外，参加排满革命。而薛本人则是保皇党，主张尊王攘夷，反对建立民国，还经常和主张革命的同事或学生辩论。但他为人正直，胡愈之曾写文回忆说——

> 时值光绪皇帝驾崩，各学校奉谕要设立皇帝牌位，早夕举哀。薛老师和校内少数保皇派教员设起牌位来，行三跪九叩首礼。谁知当天深夜，皇帝的牌位已被校内师生移去，丢到毛厕里了。第二天早晨，薛老师起身看见皇帝牌位不见了，又重新恭恭敬敬地写了一个，供在礼堂上。在当时损毁皇帝牌位，是大逆不道，要凌迟处死。就是知情不报，也有杀头的罪名。薛老师当然知道学校里的某些教员和学生都是革命党。
>
> 他在校内时常和他们辩论。要是他去报了官，立即会兴大狱，而他自己如此忠于清室，也一定会有官做。可是薛老师不但没有向官府告密，而且他还对学校内有革命组织存在这件事，向外面严守秘密。薛老师明知道万一东窗事发，他知情不报，也要被牵累，可是他宁愿受累决不出卖持不同政见的同事；他坚持保皇党的主张，但决不利用统治势力，去对付敌党。

（胡愈之：《我的老师》，新加坡《南侨日报》，1947年12月6日—17日）

薛朗轩有个座右铭："守旧守弊，维新维利，中立而倚，奄奄无气。"胡愈之觉得这四句话可以看出他的为人。

蔡元培在民国初年出任教育总长，曾想对薛朗轩有所"安排"。数年后，蔡元培出任了北京大学校长，请薛到北大当教授，还寄了路费。他终于去了，但不及上任，便因为身体羸弱很快在北京去世。胡愈之很悲伤地说，"再也见不到亲爱的老师了"。

1946年，胡愈之在南洋写了一篇纪念长文。他后来回忆自己的人生道路时承认，"多少受到他的为人和中庸思想的影响，使我在后来一段时间里，虽然同情和拥护革命，但却埋头于研究学问，没有投身于革命斗争的第一线去"。

这是他对自己人生一个不可忽略的注脚。

冯君木：好古敏求

1912年，首批公费出国留学、回国后任京师大学堂（北京大学）教授的何育杰，以及两江师范教授叶秉良，提议在宁波创办新学，兴学图强，得到了一批甬上名流的热烈支持。效实中学应运而生。

"效实"之名，出于严复翻译的赫胥黎的《天演论》，严复用"效实""储能"等自创名词，来阐释达尔文的进化论，包含着探索自然真理与自强求存的精神。

1916年，胡仲持从上海南洋中学转学，到宁波的效实中学继续读书。

效实中学当年建在宁波城西，北斗河畔，在原育德工农学堂校址上。后经几次扩建，至1916年胡仲持入校，已经有学生近百名。这是所私立学校，学费较绍兴中学更为昂贵。我今年4月前往宁波采风时，研究校史的王老师告诉我，当时的学费是每年七石大米。

这是当时最好的中学之一，学校甚至在1917年与上海复旦大学和圣约翰大学签下合同，毕业生可以不经英文考试直接入学，足见英文实力之强。胡仲持1919年从效实毕业后，21岁到上海就业并从事业余译著，当年就发表了文学翻译作品《青鸟》。此后数年中文学译著不断，固然与本人刻苦好学有关，也可以看出效实不俗的教学质量。

不过，胡仲持在这里遇到的让他没齿难忘的老师，则是教国文的冯开。

冯开（1873—1931），原名鸿墀，字君木，浙江慈溪人。光绪二十三年（1897年）选拔贡生，朝考二等。逢清政不纲，无意仕进，遂就教职。后一直在慈溪、宁波、杭州各地任中学教师。他精通经史辞章，诗文学问及文采极佳，被称为"慈溪四才子"之一。民国初年，他曾与友人在宁波后乐园（现中山公园）创办国学社，招徒十余人，讲授经史文学，文风鼎盛。

冯君木教学，常谈到"古人以读书为文，今人但以读文为文"，勉励学生多读书。在这位宁波诗人的国文课上，胡仲持再度感受到压力。他过往在上海读书时，国文常获首肯，以为自己足够好了；不想到了冯君木门下，所作文章又有了"无数的缺点""课卷上的朱字甚至比墨字还多"。这使他方知国文的难关是"过了一重又一重的"，国文的教与学也深不见底。

冯君木不仅精通辞章，好古敏求，而且极富爱国正义感，是真性情中人。1919年五四运动时，他推动效实中学学生成立学生自助会，更奋身带领学生参加全市学生爱国运动，冲到道尹公署手递说帖，游行演讲日夜不辍。胡仲持成为学校《自助周刊》的主编，冯君木亲题刊名，并按期撰写评论和小说剧本（沙孟海：《冯君木冯都良父子一事》，《沙孟海论书文集》，第786页，1997年6月）；胡仲持也在此发表了自己创作的小说《密卡陀》，正是师生同道。

冯君木在宁波的老宅有书斋，名"回风堂"，其门人算是"回风堂弟子"，例如陈布雷、冯定、沙孟海等，胡仲持亦名列其中。

冯君木因文章学问声名日隆，北京师范大学、广东中山大学均邀其出任中国文学教授，他却惮于远行未就；1925年移居沪上，就任上海修能学社社长，1931年在沪去世，时年59岁。胡仲持是先师追悼会筹委会执行委员。他还参与组织了回风社，是社章的起草人之一；后回风社筹刻冯君木遗作《回风堂诗文集》，胡仲持则出任总发行。他对于师恩念念不忘。

效实中学现在仍是宁波重点中学，去年（2022年）刚刚过了110年校庆。这所学校20多年前迁到了三里之外的宁波白杨街，郁郁葱葱一大片校园，紧邻藏书楼天一阁和碧波如镜的月湖。我们参观了名人如林的校史馆，原来诺奖获得者屠呦呦也是效实的骄傲。我在效实校史馆见到了冯君木年轻时的照片，又在宁波教育博物馆见到他较年迈的画像，俱是清瘦有精气神。

胡氏伯仲的恩师

殊途同归，师生同道

就在胡愈之缠绵病榻之时，中国发生了辛亥革命。这年底，受到革命精神感召的鲁迅完成了他的小说处女作《怀旧》，1913年发表在《小说月报》上。1914年，胡愈之以练习生身份进入商务印书馆。1918年，白话体小说《狂人日记》在《新青年》发表，鲁迅不仅蜚声文坛，更是成为新文化运动的旗手。胡愈之就是在《新青年》思潮与鲁迅的影响下走上革命潮头的一代人。

胡氏兄弟两人20世纪20年代以后在上海时，与鲁迅往来颇多。我的大姨胡序同曾写过回忆：

> 一次周末由父亲带了去虹口公园。出来后转到内山书店，看到鲁迅先生，父亲给我做了介绍。我不由自主地向他鞠了一躬，我从内心钦佩他。鲁迅先生看我那土里土气的样子，说："是家乡刚出来的吧？好，好。"（胡序同：《永远的怀念》资料集纳，第21页，2000年7月）

那是1935年。胡仲持对鲁迅虽无乃兄般直接受教的经历，但崇敬之至，视为导师。他后来说过——

> 鲁迅先生的作品，对于我，是有这样的功效的：每逢我感觉着寂寞的时候，读一读它，我就不寂寞了。每逢我情绪恶劣的时候，读一读它，我就神清气爽了。每逢我对于自己胡里胡涂的时候，读一读它，我就能够知道我自己了。每逢"无物之物"阻塞了我的思想的时候，读一读它，我就豁然贯通了。（胡仲持：《〈鲁迅全集〉出世的回忆》，香港《文艺丛刊》1946年12月）

至于胡愈之，可以说，从20世纪20年代到30年代，他在上海从事的主要进步文化和社会活动，都获得鲁迅的认可与支持。

1936年初，胡愈之从香港专程回到上海，与鲁迅在虹口北四川路一家咖啡店会面，告知苏联想邀请鲁迅先生前去疗养，并表示将陪同前往。虽然被鲁迅谢绝，也足见二人关系密切。

这年春天，冯雪峰从陕北到上海秘密重建党的组织，遵中央安排先找鲁迅和胡愈之等人。冯雪峰到上海住在山阴路大陆新村鲁迅家，与胡愈之会面安排在静安寺附近胡仲持家，两地相距甚远，恐怕也是为鲁迅的安全考虑。

胡氏兄弟对鲁迅执弟子礼，往来时鲁迅也会有些不经意的批评，虽非特别"正式"，他们也都很在意。

胡愈之1932年出任《东方杂志》主编，在1933年1月号编辑了"新年的梦想"专号，极为轰动。他因此与商务印书馆的老板闹翻，被迫离任。多年来胡愈之的"硬气"被称颂，但晚年他在回忆中却说，"《东方杂志》是一个很有影响的刊物，失去这个阵地是很可惜的，后来鲁迅先生也说没有必要搞这样一个'梦'的专栏。今天回过头来看，当时我们如果做得更策略一些，保持这块阵地，对革命文化工作发展更有利"。（胡愈之：《我的回忆》，第23页，1990年7月）从中可见鲁迅的批评他听得进，而且引其反省。

美国女作家赛珍珠1931年发表长篇小说《大地》，次年获普利策奖。胡仲持的译本1933年9月即由开明书店出版，在当时影响很大，半年内便再版。后来，赛珍珠到上海，还在旅馆约见了胡氏兄弟二人。1938年，赛珍珠获得了诺贝尔文学奖，开明书店在当年11月再版《大地》胡译本。但是，因为鲁迅不太喜欢赛珍珠的作品，甚至有过几句负评，胡仲持便没有翻译三部曲的另外两部《儿子们》和《分家》，而是从1939年开始翻译斯坦贝克新出版的小说《愤怒的葡萄》，于1941年由大时代书局出版，亦曾风靡一时。

据舅舅回忆，胡仲持当时日以继夜地翻译，也考虑到自己一旦被迫逃亡，要"留下安家费"。而斯坦贝克本人1940年获得普利策奖，时隔20多年，1962年也摘取诺奖桂冠，足证胡仲持眼光和水平不俗。但他始终没有摘"更近的果子"，是出于对先师意见的重视，应是肯定的。

1936年10月鲁迅去世，冯雪峰策划安排葬礼，前台由救国会出面，操盘者是胡愈之。后来，兄弟二人在家中创办复社，靠一众进步人士相助，抢救出版了《鲁迅全集》。这些都是后话。

2023年是胡氏伯仲的恩师冯君木诞辰150周年，薛朗轩诞辰157周年，刘琴樵诞辰143周年，鲁迅诞辰142周年，是以为前人记。

潘光旦——铁螺山房前世今生

文 | 张冠生

（文史学者）

> 一介书生，无论穷达、沉浮，尽力念书、抄书、教书、写书、买书、藏书、管书……不亦乐乎？一生一以贯之，不亦君子乎？

偶读《铁螺山房诗草》，记录了潘光旦先生1941至1946年间的诗作。潘先生诗如其文，清通，旷达，意趣盎然，可诵可品。卷首有照片，潘先生夫妇立于后，四个女儿在前。小女若有所思，余五人皆笑，父母尤其开怀。真正全家福。

多年里，我一直惦着这地方。

2020年初秋，赴昆明讲座，有了机会。一个周末，和两位朋友一路寻访，找到了那个院落——大河埂133号。

一

早饭后出发，途中遇雨，想起个掌故。

某年某日，清华园赵访熊教授结婚，当天大雨。"礼成"一刻，声势更大。一众宾客，多人仰天皱眉，怨"天公真不作美"。潘先生却道："既云且雨，天地交泰之象，是天公在为新婚夫妇现身说法，大可贺也！"

潘先生善解人意，妙解天意，出于幽默，也源自其学术关怀。这是后话。

西出昆明市区，边问边走，见前面有大河埂地铁站牌，知已趋近。按路人指点，进了一个大停车场。走到尽头，有一座小铁桥，长约五六米，桥下水急。雨中过桥，脚一落地，进入另一世界，是村中街道、集市。顺着一个窄巷前行不远，忽然开阔。周围砖瓦楼房中间，一处院落低矮破旧，淋在雨中。这就是当年潘先生住处了。

进院前，行注目礼，拍全景照。"大河埂寓所"前世今生，样貌如斯。那一刻，心里有声音：潘先生，我们来看您了。

脚下湿滑，西宁的朋友体贴，过来拉着手，踩准砖茬瓦块，踮脚越过。昆明的朋友说，这儿本来是门楼，上次来时还在，这次塌成这样子，真是可惜。

院落废弃多年，静寂，破落。站在中间位置拍照。正房，厢房，灶间，门墙，号牌，楹联，屋脊……

不多时，雨歇。房东后人先后闻讯，来人渐多，态度都和善。其中一位李姓大哥，穿制服，乃当年房东之子。他早年见过潘先生夫妇，近年见过寻访者，乐意交流。问"高寿"，答71岁。算起来，潘先生始租其祖屋时，他八九岁，已记事。

我们亟待多闻当年，问东问西，主人坦诚作答，乡音亲切，简洁明快。院落平素沉寂，这会儿有了人气、笑声。

昆明的朋友说，上次来，看见过一个牌子，是"文保"凭证。问牌子还在不在。主人即进屋，拿出一块长方形牌子，白底红字，上有"西山区文物保护点，不得改动、损坏。西山文物管理所"字样，落款时间是2001年1月。

主人说，这些年里，来过好几拨人，东量量，西量量，看着是要准备整修了。下回又来人，还是看看、量量，就是不见动工。

我们想上楼看看。李大哥说，房子长年失修，有点危险，家里人很多年都不上了，对远道来客则不忍拒绝，只是要小心。

楼梯在正房厢房拐角，二尺来宽。往上看，泥土沿着阶梯自上漫下，木阶覆成了土坡，占去台阶右侧多半，是长年漏雨冲刷所致。我们踩在容脚处，逐级登至二层。房屋虽破败，地板尚觉结实。

打开窗户，借自然光看室内各处。对着屋门的墙上有个镜框，普通书本大小，挂得周正。照片是房东家人的黑白合影照，已明显泛黄。这一下，我们有了意外收获，李家众人也面带惊异乃至惊喜。有人说，不知道楼上挂着这个镜框，更没有见过这幅照片。现场好几个人都在照片上，早年模样定在那里。

镜框左侧一米开外，室内设室，又隔出一间小屋，像个大型木箱。进去看，光线更暗，仅可容纳一窗一桌。屋顶有个小天窗，长不盈尺，宽不足一拃，正好是一片屋瓦大小，上有枯黄的落叶。墙上有一扇对开式小木窗，挂着锁。听李大哥说，这一间专门为潘先生所设，忙问：铁螺山房是不是这里？他有点憾然，回说不知，也没有听父母说过。

幽暗中，窗台上有个竹编篮筐，精致小巧，一掌可托，是旧物，已发黑。想：如果能带回北京，给潘先生的女儿看看，是不是母亲当年手边的针线筐。如果是，设法高仿一个，完璧归赵（潘夫人姓赵），该多好？昆明的朋友帮助说出这心思，主人朴实、爽快，一口答应。

捧着小篮筐，回到一层。李家人也带镜框下楼来，围在堂屋檐下，七嘴八舌，辨认彼此，一时成中心话题。看他们萦绕于亲情，我们也高兴。

二

回到北京，即找铁螺山房相关信息。

读《潘光旦日记》，不得究竟。读《梅贻琦西南联大日记》，梅校长与潘先生过从甚密，多有往访大河埂记载，未及潘氏书斋。读《潘光旦选集》，得见《铁螺山房记》，大喜。

这篇短文，八百字不到，有"铁螺山房"来历——"战事益亟，空袭渐多，复移居西北郊龙院村之大河埂，前有山曰铁峰坳，相去可四五里，后有螺蛳峰，则近在眉睫……余即欲易斋名曰'铁螺山房'。"

因移居而"易斋名"，在潘先生，迄已数次。"复移居"之前，曾移居。卢沟桥事变后，潘先生家随清华一路南迁，从北平到昆明，住清莲坡学士巷。他描述新居说，"屋之第三层为一阁，高出余屋，东背华山，西临翠海，晴朗之日,可远眺西山之一角……阁四面皆窗,可敞开,云影湖光……偶忆《华严经》有'光云四照常圆满'之语,因即名之曰'四照阁'。"

四照者,亦光亦云。潘先生名字有"光",潘夫人(赵瑞云)名字有"云"。人名加斋号,光云四照。这组合!论巧妙,可比"秋之白华",论意蕴,似还多些余味。无奈战时日机轰炸,国土军兴,为避炮火,不得不再度搬家。迁到昆明西郊大河埂,又得新景观。"四照"斋号这么如意,不得长寿。一叹。

"四照"之前,潘先生书斋另有其名。其时他在清华园,住新南院,门前是藤萝架,种有瓠瓜。1936年,架上长出一对并蒂葫芦,极少见。植物形态学家张景钺院士说,葫芦长成这样,亿兆次不见得一遇。闻此言,潘先生特请舅父沈恩孚手书"葫芦连理之斋",制成匾额,挂在书房。谁曾料,隔年北平即沦陷,清华南渡,一去八年。"葫芦连理"寿数之短,甚于"四照"。

更早些时候,潘先生在上海教书。彼时,他住两层公寓小楼,顶阁作书房,名"胜残补阙斋"。这斋号,要说到潘先生早年伤残一事。

1914年,潘先生就读清华学校中等科一年级。一次体育运动致腿伤,发展成骨结核,不得不作右腿截肢。《潘光旦日记》记得清楚，截肢那天是1916年1月18日。后来，他说自己"幼有孙子之厄"，即指此事。

孙子膑脚，兵法修列。潘子膑足，现代中国学界得一巨匠。

1922年，潘先生获公派留学。他选定优生学方向，专攻生物学，主修自然科学，如动物学、古生物学、遗传学等，辅修社会科学，如人类学、社会学、心理学等，还选修犯罪学、日本历史、德国思想等课。四年里，他在美国达特茅斯、哥伦比亚大学，连取本、硕学位。放弃读博，翩然回国。独腿未成障碍，反增另样风采。

多年后，胡起望教授问起当年情况，潘先生说，独腿使自己得到更多读书时间，也成了他人容易识别的标记。

出国前，潘先生即与闻一多交好。同校，同学，一起参与学生运动，遇刁难时共进退，是挚友。归国后，潘先生到上海，任教于暨南、东吴、大夏、光华等大学，还曾在复旦、沪江等大学兼课，讲授优生学、遗传学、进化论、心理学、家庭问题等课程。

闻一多当时也在上海，初学治印，刻出"胜残补阙斋藏"一方印章，赠潘先生。借斋号，说心愿，寄友情，铭高谊。闻先生原名"闻多"，是潘先生添上"一"字，世上才有"闻一多"。

潘先生说过，"余读书之斋凡四易名"。上述铁螺、四照、葫芦连理、胜残补阙，即其四易过程。居一处，易一名。串起来看，是潘氏书房史，也是其生命史。一介书生，无论穷达、沉浮，尽力念书、抄书、教书、写书、买书、藏书、管书……不亦乐乎？一生一以贯之，不亦君子乎？

写到这里，脑中跳出一个场景——1947年4月27日，清华复员后首次校庆。《大公报》（天津版）报道："各部门开放，被称道最盛的是图书馆，复员后，遗失书籍收回大半。潘光旦馆长拄双拐笑立礼堂前，谦谢恭贺……"

三

潘先生书缘深厚。若溯其源，远处说，有"世代教书"家庭耳濡目染。近处看，母亲影响深巨，妻子倾力支持。

潘母沈恩佩，知书达理，相夫教子有方。丈夫去世早，她独力抚养三个儿子，督责他们读书成器。家族中有传说，某年逃难，从宝山县罗店镇到上海，她将家中细软统统舍弃，只带四担书上路。有母如此，身教如许，潘先生能不爱书？

学生时期，有一段，潘先生常参加课外集会。潘母为此告诫："人不是蛔虫，何以作此生涯？"潘先生听到心底，此后"利用分分秒秒,图书馆跑得最勤"。多年后,某会期间,潘先生闻熟人都忙着开会,想起母亲当年讥讽,不由慨叹:"事隔三十年,不想此种生涯,竟成部分人士生涯常轨。"

1939年潘母去世,潘先生独处"四照阁"三天,不曾下楼和家人共饭。

潘先生早年就读清华时已订婚。腿伤截肢后,对方提出退约。潘母开通、大度,即表同意。有表亲赵瑞云钦慕其人品学问,乐意作嫁。潘先生因祸得福,衍生出融融一家。他写诗:"一事平生差自慰,家人卦占最谐和。妻兼婢事休嫌懒,女比儿柔不厌多。"

《潘光旦日记》中,不时记其与书商来往,常赊账购书。潘夫人从不因拮据而劝阻,且尽力节用、织补,促其早日还账。其时袜子是棉质,易破,她用废灯泡撑起袜子,飞针走线,也用双肩撑起家庭日常,保持温馨欢乐。

潘先生1922年赴美读书,带有一套《十三经》。1926年自美国返,带回一套《达尔文全集》。这套书,据说当时国内大图书馆才会购藏,私人买者极少。潘先生临近回国,倾其所有,狂购群书,最为珍视者,是这套。船抵上海,潘先生口袋里只剩下一元钱,不敷市内路费。书生几分尴尬,书界一段佳话。

日积月累，书满四壁，数量逾万，文理兼备，中西会通，博览杂取，时常有人登门请教。1952年，我国高校院系调整，潘先生奉调往中央民族学院。书太多，家里放不下，学院在研究楼专辟一间给他存书。即便如此，部分藏书仍须延伸至走廊，时有散失。

费孝通是潘先生的学生，共事于民族学院时，又是邻居。他把潘先生当《辞海》："我每有疑难常常懒于去查书推敲，总是一溜烟地到隔壁去找'活《辞海》'。他无论自己的工作多忙，没有不为我详细解释的，甚至常常拄着杖在书架前，摸来摸去地找书作答。"

潘先生藏书，有两次大劫。一次是北平沦陷，一次是十年浩劫。

1937年7月28日，日军机轰炸西苑，有炮弹落到清华园，全校震惊。潘先生准备南渡，"将先世遗墨及家谱旧稿等，汇装一篚，于第一次进城时送存报房胡同寓所……全部藏书，逐日装存，一星期始毕，共二十八箱；先行护送入城藏妥，徐图南运"。此事载潘先生《图南日记》。

遗憾的是，这批书事实上没能南运，全部散失于战乱。清华复员后，当时散失的部分藏书，重现于旧书摊，被潘先生陆续买回，重归"葫芦连理之斋"。

1947年1月21日，北平大雪。潘先生写下日记——"葫芦连理之斋"匾额又悬挂起来,"与战前同,地点则自客室移书斋西壁正中;书斋布置至此告一段落,今后将于图书上再事充实"。

潘先生书房里,常高朋满座。听父亲和客人交谈,是潘先生女儿们的赏心乐事。来访者络绎不绝,朋友、同事、学生、校外来客……多数是学者。有自然科学界的,有社会科学界的。谈话内容海阔天空,上下左右,古今中外。潘先生辩才无碍,自称有讲演瘾,乐交流,说到开心处,常大笑。最小的女儿跟着开心,曾爬上潘先生肩膀。一幕温馨,访客心醉。

潘先生的次女潘乃穆教授回忆说:"书房总是孩子们的乐园……当然有功课,至今还记得清楚的是乃穟和我每日要耐住性子写毛笔字大楷小楷各一篇。她临的是颜真卿《多宝塔》碑帖;我临的是柳公权《玄秘塔》碑帖;小楷则都临的是《灵飞经》……写字要端正姿势,身体坐正,笔杆垂直对准鼻尖,写大字时要提手,胳膊肘不得支桌子……磨墨的规矩是顺时针转圈平推,磨剩的一端应始终保持整齐的平面而不可呈斜面或弧面。"

四

潘先生的祖父潘启图,家乡塾师,"终日督课,不少懈"。父亲潘鸿鼎,1898年中进士,在翰林院力求新知,学"法政",赴东瀛,回家乡创办新学堂。幼年潘光旦先读私塾,后就新学,这一经历影响到他一生治学方向和方法。

20世纪初叶,潘先生带《十三经》去美国,带《达尔文全集》回中国,像是一个隐喻。故国遗产,西方新知,都在念念。书随人走,学在课堂,思虑八荒。所谓进化,不就是赓续古今,增益新知,生命节节演进?所谓适应,无非是保旧创新,取长补短,协和天人之际。

留学时,潘先生主修自然科学,辅修社会科学,兼修跨学科课程,合中西,通古今,隐着一个大题目:人类运程。这题目,源自他幼年兴趣。

十岁上下到二十岁前后,潘先生对性问题有持续兴趣,看了不少东西,发现"性爱的说部与图画也许有些哲学、道德以及艺术的意义,至于科学的价值,则可以说等于零"。这是潘先生十多岁的见识。12岁上,他读到一本性卫生知识书,系父亲从日本带回。潘父开明,开导鼓励,潘先生兴致更高,大量涉猎相关科学书籍。入读清华后,馆藏丰富,他如鱼得水。霭理士著《性心理学研究录》皇皇六大本，他一一细读，对弗洛伊德也深入体察。依据西方性科学原理，对照熟稔的稗官野史素材，他发现一个范例，开始研究冯小青的故事。

当时清华学校高等科鼓励学生研究性学习，梁启超讲"中国历史研究法"，要求学生提交读书报告。1922年，潘先生交上《冯小青考》，梁启超激赏，写评语说："持此法以治百学，蔑不济矣。以吾弟头脑之莹澈，可以为科学家；以吾弟情绪之深刻，可以为文学家。望将趣味集中，务成就其一，勿如鄙人之泛滥无归耳。"

梁先生所说"此法"，即考证中国传统文献，运用西方科学知识，提出关键问题，作出科学解释。潘先生初出茅庐，已露大家气象。待其留学归来，奠定百科全书式学术根基，巨匠可期。

中国传统思想浩瀚如海，潘先生沉潜多年，提炼出"位育"概念，他说："'位育'，不错，是一个新名词，但却是一个旧观念。""《中庸》上说：'致中和，天地位焉，万物育焉'；有一位学者下注脚说：'位者，安其所也；育者，遂其生也。'所以'安所遂生'，不妨叫做'位育'。"

这一概念，从来源看，是生物学与中庸之道合璧；从主张看，尊重普遍人性，无问西东。它提出于20世纪20年代中后期，时值两次世界大战间歇。即便潘先生只讲学术，不涉政治，仍无妨"位育"学说超越民族国家的深刻和高远。

近百年后，全球化浪潮消长，疫情肆虐，洪水滔天……"安所遂生"之盼，笼罩了所有国体、政体、群体、个体。古老的人类命题，横亘眼前。

人类可怜至此，有前因。1946年，潘先生《说乡土教育》一文，认为"一切生命的目的在求所谓'位育'。这是百年来演化论的哲学所发见的一个最基本最综合的概念。这概念的西文名词，我们一向译作'适应'或'顺应'，我认为这译名是错误的，误在把一种相互感应的过程看作一种片面感应的过程。人与历史的关系，人与环境的关系，都是相互的，即彼此间都可以发生影响，引起变迁，而不是片面的。说历史与环境完全由人安排，是错误。说历史与环境完全支配着人，也是错误。近来常有人说到'历史的必然性'和'潮流必须顺应'一类的话，不止当看法说，更当金科玉律说，显然是犯了后一种的错误"。

错而不自知，错而无人指谬，错而自信满满，便如盲人瞎马夜半临池。这段历史还不远，白纸黑字在案，欲知详情，检索方便，无须多言。说起来，人类已有高科技全套武装，基因能编辑，火星可取物，似乎无所不能。事实上，一种病毒及变异毒株，轻易就把人类打回原形。

1946年，潘先生就说："我们窥见了宇宙的底蕴，却认不得自己；我们驾驭了原子中间的力量，却控制不了自己的七情六欲；我们夸着大口说'征服'了自然，却管理不了自己的行为，把握不住自己的命运。"如今，这话像是先知预言。

像预言的文字，《潘光旦文集》中不少。比如："教育没有教一般人做人，更没有教一些有聪明智慧的人做士，没有教大家见利思义，安不忘危，没有教我们择善固执，矢志不渝，也没有教我们谅解别人的立场而收分工合作之效。我以为近代的教育不知做人造士为何物，是错了的，错了，应知忏悔。"

这段文字，潘先生写于1936年。迄今为止，不知谁听过应有的忏悔？

潘光旦，又有多少人知道、熟悉？其警世通言，其醒世恒言，其新人文史观，寂寞至今，就像昆明大河埂133号，像铁螺山房。

"铁螺山房"名号，始于1941年潘先生安家大河埂，毕于1946年清华复员回北平。1947年初，清华园新南院11号复挂"葫芦连理之斋"。

换一居处，易一斋号，是潘先生多年习惯。复员是回归，移居仍是事实。"葫芦连理"重张，斋号有待新名。于是有"存人书屋"。君子之道，一以贯之。

改朝换代之际，潘先生斋号"存人"，应有思索，有寄托。1952年，知识分子改造触其灵魂，院系调整致其再度迁居，改住中央民院，斋号却不见更新。

一生习惯，戛然而止。书斋名号，止于"存人"。

人尚存，道已断。书屋"存人"，社会存照。

其时，潘先生深度沉默，作何想，不得知，只知他1922年出洋求知，迄已百年。对照这段历史，左看右看，"存人"二字，真是意味深长。

第二辑 山谷有回音

林徽因——"山谷中留着，有那回音"

文 | 张琴

（哈佛大学费正清中国研究中心合作研究员）

> 一百年前，她在宾大留下了很多照片，甜美的笑容，别致的服饰，显示了年轻大学生的活泼快乐。然而她在宾大的求学经历却没有那么风和日丽。

2024年5月18日，宾夕法尼亚大学设计学院授予百年前毕业的林徽因建筑学学士学位证书。

的确，林徽因生前并没有获得建筑学学位证书，但她坚持自己作为建筑师的职业追求。倾其一生，她在克服由于性别给自己带来的不公平，具有非凡的勇气。在她去世后，她的丈夫梁思成亲自设计了墓碑，写下了她一生最适合也是最心仪的三个字——建筑师。可惜这块墓碑已在特殊年代被毁。

建筑学家吴良镛院士，在2001年曾经撰文纪念自己的恩师林徽因。他感慨清华大学建筑系成立之初，"林先生对这个系的成长操心最多，但教师名单中没有她的名字"；他也曾经发问："在清华大学建筑学院的门厅里，要不要在梁先生塑像旁，补上林徽因先生的像？"

作为宾大补授林徽因建筑学学位的参与者，我亲历了这一事件的缘起以及其中的全过程，我为林徽因和她的家人深感欣慰。在典礼的发言中，我说："对于任何建筑师来说，在这一时刻、这一地点发表讲话都是一种至高无上的荣誉。然而，我并没有压力，因为我是一名追随者。这不仅是一个庆典，更是一个开始。"

是的，这位生于1904年，卒于1955年，只活了51年，原名为林徽音的中国女性，总是有说不尽的传奇。

曲折的求学之路

一百年前，林徽因在宾大留下了很多照片，甜美的笑容，别致的服饰，显示了年轻大学生的活泼快乐。然而她在宾大的求学经历，却没有那么风和日丽。

1923年12月，美国宾夕法尼亚大学艺术学院院长赖尔德（Warren Powers Laird），收到中国妇女出国留学委员会秘书长麦米伦夫人（T. D. Macmillan）的来信，推荐中国女性林徽因，使用特别学生身份就读建筑系。赖尔德院长在回信中表示，他无能为力。因为建筑系不招收女学生的规定是校董会决定的。他提出两条建议：一是建议林徽因申请麻省理工学院、哥伦比亚大学或康奈尔大学的建筑专业，它们都招收女生；二是进入宾大艺术学院美术系后，选修建筑系的课程。赖尔德还随信附上了《艺术学院公告》。

林徽因之所以决意进入宾大建筑系，是因为1920年她随父亲游历欧洲，在伦敦受到房东、一位女建筑师的影响，遂立志学习建筑学，而当时宾大建筑系声名显赫，在全美是最顶尖的；与受她影响选择建筑学的恋人梁思成同校学习，也是她选择宾大的重要原因。

接到赖尔德院长的拒绝信后，身为外交官的父亲林长民联系了中国驻美大使馆，使馆致信宾大，希望建筑系通融录取林徽因。

次年3月，麦米伦夫人再度致信宾大，表达林徽因进建筑系学习的强烈愿望。信中说，林徽因已经做好了准备，愿意作为唯一的女性与一大群男生在图房朝夕相处；甚至她可以不被授予建筑学学位，但希望给予她特别的准许。因为以美术系学生的身份，无法注册建筑系最重要的课程。

快要开学了,她仍然在做最后的努力。同时,中国驻美领事馆受林长民之托,也再次致信赖尔德院长。

赖尔德院长并没有被林徽因的坚持以及她动用的人脉资源所打动。4月,他在给麦米伦夫人的回信中,重申了建筑系不招收女生的规定,并将此信作为第二次给中国驻美大使馆的回信的附函。中国驻美公使施肇基亲自过问了林徽因入学建筑系的可能性,同样没能得到赖尔德院长的支持。赖尔德院长建议她入读美术系,并选修建筑系的课程。

1924年7月到8月,林徽因参加了康奈尔大学的夏校,选修绘画(Drawing S2,S3)和代数(Algebra),为入读宾大美术系并且同时选修建筑系的课程做准备。康大夏校的课程,之后换取了宾大四个学分的绘画和三个学分的综合课。

9月,林徽因抵达宾大所在的城市费城。从保存在宾大设计学院档案馆的成绩单来看,她的课业负担相当重。宾大建筑系当时由明星教授保罗·克瑞(Paul Philippe Cret)领衔,将巴黎美术学院的布扎教育(Beaux-Arts)与美国的文理教育相结合,成为独树一帜的典范。在相当长时间内,宾大建筑系学生的获奖数量超过其他所有学校的总和。相应地,建筑系的课程设置、学分要求比美术系高出很多,学生通宵熬夜是常态。

林徽因显示了她惊人的毅力和出众的才华，尤其是1925年春季学期，她选了10门课共22个学分，取得了3个优5个良的好成绩。

与许多留学生一样，承受学习压力的同时，林徽因也饱受思乡之苦。1925年冬，父亲在东北中弹身亡。林徽因自小与父亲感情深厚，丧父之痛不但让她精神上遭受创伤，而且也面临经济压力。

12月27日，梁启超致信梁思成："徽音遭此惨痛，唯一的伴侣、唯一的安慰，就只靠你。""徽音留学总要以和你同时归国为度。学费不成问题，只算我多一个女儿在外留学便了，你们更不必因此着急。"

林徽因从小被父亲视为长子对待，12岁时，父亲便在信中写道："儿当学理，勿尽作孩子气。千万。"父亲遇难后，林徽因致电梁启超，表示她要放弃学业，即刻回国承担家庭责任。梁启超显然对自己未来的儿媳相当了解并赏识，让儿子说服林徽因："他要鼓起勇气，发挥他的天才，完成他的学问，将来和你共同努力，替中国艺术界有点贡献，才不愧为林叔叔的好孩子。"

最终，林徽因决定留下来继续学业。她更加刻苦，除了美术系必修的学分，她完成的建筑系学分与梁思成不相上下，成绩也难分伯仲。在继续繁忙学业的同时，她还担任了兼职建筑设计助理和兼职设计指导。这两项兼职既为她带来一定经济收入,又为她积累了教学经验。

在这年夏天,她还利用暑期选修了心理学课程 1(概论)和 2(身心)。可能她一边学习,一边在自我疗愈丧父之痛。在其后生命里大部分时间,她都面临着巨大的挑战和考验,包括原有生活状态和秩序的突然剧变,但她从来没有放弃过自己的专业和工作。

将近三年之后,林徽因从宾大美术系毕业,并获得艺术学学位。她身披学士袍、面带微笑的照片,登上了1927年2月24日《纽约时报》副刊 *Mid Week Pictorial*:"艺术学学士林徽因来自中国北京,在宾大获得学术荣誉。"赖尔德院长为林徽因写的推荐信上说,她每年的学习科目多于一般的学生,由于成绩突出被选为兼职指导教师,"我由衷地赞扬她"。

迟来的学位证书

此后近百年间,对于宾大而言,林徽因几乎是一个陌生的名字。她和同时代进入宾大留学的中国同学的档案,长久落寞地存放在设计学院档案馆内,除了偶尔有中国来访者查阅,几乎无人问津。

2022年1月，全球尚未完全走出新冠疫情。寒冷的雪花飞舞的冬季，名为"中国建造：现代建筑百年对话"（Building in China：A Century of Dialogues on Modern Architecture）的展览，在宾大设计学院（原艺术学院）开幕。展览分成两个部分，第一部分历史板块，呈现了从宾大毕业的中国第一代建筑师归国之后的建筑作品；第二部分当代板块，是具有代表性的业余建筑工作室和非常建筑事务所的作品，这两个事务所的合伙人王澍、陆文宇和张永和、鲁力佳，都是宾大建筑系毕业生的再传弟子。

在一组长达15英尺的中国留学生的黑白照片中，林徽因是唯一女性，也是唯一没有拿到建筑学学位的学生。这引起了宾大设计学院院长弗里茨·斯坦纳（Fritz Steiner）的注意。

弗里茨院长对中国有很深的感情。他的父亲未成年时加入部队，参加了反法西斯战争，曾远赴太平洋战区抗击日本军队，经历重重困难和危险后，平安回到家乡俄亥俄。

他决定要为这位中国女性正名。

花费了一年多时间，弗里茨院长对于林徽因在宾大的学习过程进行了详尽的历史回溯和资料研判，领导着一个团队完成了所有的论证和审批流程。"随着我们研究的不断深入，她没有被授予学位的原因很清楚，就是她的女性身份。这是一个历史遗留错误,是时候来纠正它了。"

原计划在 2023 年毕业典礼时完成此项工作,但流程和手续比预想的复杂。他需要尽可能找到所有的资料,证明林徽因有资格获得学位。事实上,越来越多的档案资料显示,林徽因不但合格,而且非常卓越。她当年的努力和成绩令所有人震惊并且感动。

为林徽因补授学位的提议,在 2023 年 2 月 1 日获得建筑系全体教师通过,2 月 15 日获得执行委员会同意。在设计学院层面,包括城市规划、城市设计、景观建筑等各系的教师们,在 2 月 22 日讨论中也一致同意。

2023 年 3 月 20 日,弗里茨致信宾大教务长贝茨,请求学校同意追授林徽因建筑学学位。信不长,但有九项附件,从这些材料可以推测出宾大设计学院是如何快速高效地推进此事。附件中有与林徽因同期的三位学霸的成绩比较,他们是美国泰斗级的建筑师路易·卡恩(Louis Kahn,1924 年获得宾大建筑学学士学位)、中国的童寯(三年修满六年学分,1928 年获得宾大建筑学硕士学位)和梁思成;还有林徽因和梁思成的成绩单和对成绩单的分析,以及维基百科中林徽因页面截图;等等。

这些资料证明,尽管入学建筑系存在障碍,但林徽因完成了建筑设计的全部课程,尤其是工作室(Studio)建筑学1、2、3、4，以及所有必修的历史、理论、绘画（包括徒手和水彩绘画）课程。唯一的例外是手绘图5，即写生课程，该课程要求学生在有男性裸体模特在场的情况下完成。

还有一项附件是哈丽娜（Halina Leszczynska）的成绩单，她是宾大首获建筑学学士的两名女性之一。距离林徽因入学整整十年后，1934年秋季，宾大建筑系才开始招收女生，进行完整的建筑学课程学习。另一位女生贝蒂·雷·伯恩海默回忆说，她和哈丽娜被要求在教室一楼一个单独的房间里，而不是和男同学们在二楼的图房工作，因为她们的存在被认为会分散男同学的注意力，对男同学来说是一种干扰。

在学校批准前，学院还需要得到林家人的正式同意。林徽因和梁思成有两个孩子，儿子梁从诫已去世，女儿梁再冰年事已高。

2023年4月21日，宾大副教授林中杰代表学院与梁家后人，以及童明和我开了视频会议，通报了学院所做的各项工作。梁从诫的儿子梁鉴，梁再冰的儿子于晓东、女儿于葵，代表梁林两家家属表示赞赏学院的提议。

2023年6月22日，弗里茨院长宣布，补授林徽因学位的动议经校长正式批准，相关证书定于2024年5月18日在设计学院毕业典礼上正式颁发。这一年恰逢林徽因诞辰

120周年、入学宾大100周年。

8月22日,于葵和丈夫倪震与我相约访问宾大。当弗里茨从信封里拿出早就制作好的学位证书、校长签名的批准信、系主任的签名信,在座的人无不感到惊喜。

弗里茨院长说到做到,终于纠正了100年前的错误。于葵以探寻的表情看向我:这一切是如何发生的?她在中国的母亲梁再冰得知消息后也很激动:"我的母亲用自己的一生证明了她是一位出色的建筑学家。"

她无需站在梁思成身后

在典礼上致辞时,弗里茨院长满怀深情地回顾:"100年前,1924年,一位年轻女性从上海,经伦敦、伊萨卡(康奈尔大学所在地)来到费城。她的名字叫林徽因。她那年20岁,和她的伴侣梁思成一样,对建筑学满腔热忱。作为一名天才的作家和艺术家,她暂且搁置了文学研究,来这里师从保罗·克瑞……林徽因不但对中国而且对全世界的建筑界有持久的影响。"

弗里茨回顾往事,讲述了林徽因在毕业十年之后,曾经致信学校,要求为她注册建筑师提供证明。她写道:回国后与丈夫,也是宾大毕业生的梁思成一起从事建筑设计和教授建筑设计；进入梁思成担任法式部主任的营造学社工作。他们一起在中国进行调研，进行比较研究，发现了很多早期的重要建筑，其研究成果发布在学社刊物中，并且也已定期发给母校，另外也有一些专著和书籍。当时的院长科尔（George Simpson Koyl）致信中国大使馆，高度评价了她，认为在任何国家和地区她都是一名合格的建筑师。她在学校的成绩非常出色，非常高兴地推荐她。弗里茨说："今天我也给予她同样的评价。"

"总有人说，每个伟大的男人背后都有一个伟大的女人。我们中的一部分人都曾在成长过程中听到过这样的说法。这以一种不完美的方式认可了女性，在支持丈夫工作和抚育孩子中的无偿劳动。林徽因和梁思成都是伟大的建筑师。但今天林徽因不用站在梁思成后面。"话及此处，弗里茨院长突显哽咽，停下来。片刻之后，他调整了自己的情绪说："我很荣幸把林徽因的建筑学学士学位证书颁发给她的外孙女于葵。"这时，于葵已在工作人员引导下站在台上。院长拿出装着学位证书的镜框，递交给于葵。两人在全场热烈的掌声中合影。

"林徽因一直是我们家庭的楷模。作为她的后代，我们钦佩并欣赏她在追求艺术梦想时的无畏精神。百年之后，看到她能够获得母校这般认可和荣誉，我们家人深受鼓舞，也倍感自豪，愿我们的前辈林徽因地下有知。"于葵代表林徽因家人作了如此发言。

百年前，宾大建筑系不准许女性注册入读，而如今，此前担任同济大学建筑系主任的胡如珊，是宾大建筑系有史以来第一位华人女性系主任。她在致辞中朗诵了林徽因1932年的诗作《别丢掉》的英译段落：

> 别丢掉，
> 这一把过往的热情，
> 现在流水似的，
> 轻轻
> 在幽冷的山泉底，
> 在黑夜，在松林，
> 叹息似的渺茫，
> 你仍要保存着那真！
> 一样是明月，
> 一样是隔山灯火，
> 满天的星，只有人不见，
> 梦似的挂起，
> 你向黑夜要回
> 那一句话——你仍得相信

林徽因——"山谷中留着，有那回音"

山谷中留着

有那回音！

胡如珊在第二天的研讨会演讲时坦陈，自己在成长过程中并没有听说过林徽因，直到在普林斯顿大学读书时，才偶然看到费慰梅写的关于梁林夫妇的传记。演讲中，她又朗诵了林徽因的另一首诗《除夕看花》。随后她说到弗里茨院长在这两年中的工作，突然泪崩，院长夫人也开始抹眼泪，院长的眼圈也红了。可见，两年来，弗里茨院长以及不遗余力推动此事的宾大所有人，他们的工作不无艰辛。

宾大东亚语言与文明系教授、宾大博物馆中国艺术策展人夏南悉（Nancy Steinhardt），曾为中国听众举办过"超越中国都城的中国都城"系列演讲。她在发言中说，在哈佛读博士期间，自己受费正清影响，对中国文化和历史产生了浓厚兴趣，通过费氏夫妇与梁林夫妇的友情，与林徽因有了深厚的渊源。

威廉·维特克（William Whitaker）是宾大建筑档案馆馆长，他对于林徽因可谓如数家珍。他走入观众席，现场展示了林徽因的成绩单等历史资料。他说，自己最开心的就是把历史与现今联系起来。确实，台下大多都是年轻的面孔，虽然时代不同，这纵贯百年的话题并不陈旧。

老来依然一书生——费孝通的万千问号

文 | 张冠生
（文史学者）

费孝通的文章中，问号成串，剥茧抽丝式的提问不算少见。他留下的问题，看上一遍，或看一半，再不济，只看十分之一，也会有所知，有所悟。

费孝通自认"性喜写作"。1985年7月7日，他为《社会学文集》写"自记"时说："自从1924年在《少年》杂志上发表了我的第一篇习作之后，到1957年实际上没有间断过。"1957年中断的写作，1980年始得接续，到2004年收笔，可说是失之东隅，收之桑榆，著述等身。

晚年，一次作珠三角实地调查，在深圳歇脚。市长请他吃饭，他赠市长一本刚出版的《行行重行行（续集）》

（1997）。市长留意其中的案例、数据，问："费老，您书里的这些材料都是怎么来的？"费孝通答："都是我一点一点问出来的。我要学的东西太多，要找老师，没有学校肯收这么老的学生了，只好自己去找。每次外出作调查，就是出门找老师。我的老师遍天下啊。"

市长听了，频频点头，感慨不已。

1998年4月24日，费孝通作京九沿线地区农民生活调查。衡水深州一个座谈会上，有人说起农民用传统方法窖藏水果，错季节销售，提高价钱，增加收入。费孝通当场问："是在哪个村子？由谁先做起来的？"一下把人问住了。当天下午，费孝通走进火头村，坐在村民王满乾家，当面请教：你是怎么想起来用这个办法储藏水果的？从电视上看的？外出打工的孩子回来讲的？串亲戚听说的？刚开始的时候要花多少钱作投入？你的钱够不够？不够的时候，你是怎么凑钱的？能不能从农业银行或者合作社里借钱？找亲戚或是邻居能不能借到钱？现在在村里借钱还需要保人吗？如果需要保人，保人要有什么样的资格？……

在官方座谈会上得不到解答的问题，在农户家里，费孝通一一听到答案。

站在宽广这一边

一

《费孝通文集》十六卷,卷卷有问号。第一卷第一页,就有好几个问号。这是作者一生发现问题的开始。粗略作手工点算,到卷终,累计有将近7000个问号。《费孝通晚年谈话录》中,还有1500多个。另外,他留学伦敦时写的小说《茧》,他在非常时期写的"交代""检讨"等没有收入文集的文字,也有不少问号。最近新发现费孝通晚年谈话的多盘录音带,仍能听到很多问号。更重要的,费孝通辞世前一年多,人在病床,心事浩茫。他告诉亲属,想到的问题"多得很",可惜已不可能落在纸上、写成文章。费孝通的临终思索中,有过哪些题目,抵达怎样的深度,我们都无从确知了。这些问题,是他漫长、曲折学术生涯的一份特殊记录,也是他"老来依然一书生"的一个印证。

费氏问题起于民生,尤其民瘼。1925年年初,《新年的礼物》一文:"几条敷着雪的山路","一个白发的老人倚着树发抖"。费孝通不由得问道:"老先生!你为什么这么老还要自己出来采薪火呢?"

此时费孝通尚未成年,初涉世事,悲悯在心。从一人之苦,见众生之苦,他视民如伤。这段时间里,费孝通笔端常染人性温热。对世道人心的敏感,对不幸人事的伤感,写入其多篇少作。祖母的怀抱，母亲的针线，草木枯荣，亲友生死，清明纸灰，心底悲欢……随着他笔下场景的转换，由一问而十问，而百问。

1932年8月20日，费孝通写《中日战争目击记》"译文前言"，追问连连——"肃杀的西风已刮到了东亚……哀号，悲泣，染着血腥，不是已逼人四至？数千年悠然地安于田野，家园生活的民族，在此烽火遍地之际，还有哪一点不像绿阴如盖的梧桐，猝遇秋风，纷纷叶落？我们中华古国，以敬以爱，矢诚矢勤的文化，就将在此残杀，争斗，火拼，人吃人的战雾中消灭了么？和平和爱，在世界上从此就没有地位了么？我们的民族从此就永远地，没有翻身地，被注定于死，沦亡，消灭而完了么？"

费孝通心里翻腾这些问号，早于卢沟桥事变五年。理解他一生心志，这段文字可接通不二门径。

二

1943年，费孝通第一次到美国作学术交流，回来后，出了一本《初访美国》（1946）。书的开篇就有费式提问："我们是维持着东方的传统呢？还是接受一个相当陌生的西洋人生态度？东方和西方究竟在什么东西上分出了东和西？

这两个世界真是和它们所处地球上的地位一般,刚刚相反的么?它们的白天是我们的黑夜,它们的黑夜是我们的白天?它们的黑暗时代是我们的唐宋文彩,它们的俯视宇内的雄姿是我们屈辱含辛的可怜相?历史会和地球一般有个轴心在旋转,东西的日夜,东西的盛衰是一个循环么?我们有没有一个共同的光明?这光明又是否全盘西,或是全盘东?这又会成什么东西?"

这本小书年代久了,通体黑黄。限于当年技术条件,字迹有点模糊,但问题依旧清晰。

在普通读者看来,这是人类学家的问题。在这位人类学家看来,则是每个人都可能面对的问题。写下这串问号前,费孝通说,这是"每一个认真要在现代世界里做人的中国人,多少会发生彷徨的一个课题"。他说的是事实。他一直在做社会调查,了解并尊重自己的同胞。

费孝通写的《乡土中国》,1948年4月初版,印数3000册;6月再版,印数2000册;7月三版,印数2000册。他写的《乡土重建》,1948年8月初版,版次、印数和《乡土中国》如出一辙。翻开书,《乡土中国》讨论"文字下乡""差序格局"和"无为政治"等问题,《乡土重建》讨论"基层行政的僵化""再论双轨政治"和"现代工业技术的下乡"等问题。这类题目,在兵荒马乱、衣食堪忧的年代，能吸引那么广泛的关注，读者们该有怎样的关怀？或是因此，费孝通才有信心向他的读者提出"有没有一个共同的光明"的课题。这一信心的另一前提，是在他的理念中，衡量"有没有"的依据，最终要落在每个国人的衣食住行、柴米油盐和喜怒哀乐上面，而非理念、主义和口号之类。

1934年5月10日，费孝通写《复兴丝业的先声》一文，说得清楚：

> 我们中国国民所遭遇的问题，实在远超于选择哪一种主义，抄袭哪一种成法……就是在最小的一个角里，我们亦可以看到我们的重任和巨艰。但是我们要抬着头，勇敢地向前走，新时代的创造是在血汗中，不是在叫嚣中，更不是在标语上！

三

1933年到1935年，费孝通在清华园读体质人类学，写出《复兴丝业的先声》，是研一期间。写的是丝业，眼光在社会。文中另一句话，近年越来越受关注："社会是多么灵巧的一个组织，哪里经得起硬手硬脚的尝试？"民国时期，一个学生，已能提出这样的问题。

费孝通提出这问题，是他看到了"硬手硬脚"的后果，看到了标语漫天。

1934年2月7日，他专文写《社会组织》说："中国社会组织是在深入的、急速地变动着，革命的感觉已打动了每一个和新环境接触着的人……谁对于这个人生能有把握地生活？不是都感着空虚，感着紧张，感着不安？谁能有把握地了解他人？我们天天遇着的不是都是使我们不能明了的人么？我们的生活随时都好像要我们立主意来决定，步步艰难，举足踟蹰？小至穿衣，大至婚姻、职业都没有一定可以依据的办法。我们不是时常觉得不知做什么是好么？……这些都是一个社会组织体解时，个人难免的感受。究竟中国将如何产生新的组织？新组织是什么模样？"

又一串费氏问题和费式提问。盯着这些问句，时常有点恍惚，不知今夕何夕。不由得心里也有了问号，想多看看费孝通当年的问号。

1941年1月12日，费孝通在昆明写《劳工的社会地位》，说起"士农工商"，思索"在市镇里，再穷也不能把长衫当去，长衫代表什么？""靠肌肉为动力的时代的劳动，本是牛马的事。人们和牛马做同样工作，哪里会被人看得起呢？"

1943 年 4 月 10 日，费孝通在呈贡写《清明怀故乡》："老母翻开补了又得再补的春衫，针上穿了线，又停住，春风吹来怎么还是这样冷？儿女们带去的棉衣，已经五年了，破得不知成什么样，线没有这样长，有谁在替他们缝补？"

1947 年 11 月 26 日，费孝通在北平写《损蚀冲洗下的乡土》："回头看看一般谈政治和经济改革的人，眼睛却大多只对着中枢政策，这一大片广大苦海里在法外特殊政治机构中苟延喘息的老百姓的惨景，连提都没有人提一提，怎能不令人痛心？"

1948 年 2 月 16 日，费孝通在清华园写《所谓家庭中心说》："我们所谓以家庭作为生活中心的说法有多少事实根据？我们一天里有多少在家里？一天里接触的人中有多少是家里人？更具体一些，夫妇之间坐在一起谈话说笑一天有多久？亲子之间又怎样？"

1949 年 8 月 31 日，费孝通参加北平各界代表会议后，写下政权鼎革前夜的思索："究竟怎样才算是一个民主的社会呢？"

当年，他相信所学知识可以为建设新社会服务；他期待春风吹来不再觉得还是冷；他切盼"谈政治和经济改革的人"紧盯百姓疾苦；他乐见夫妇之间坐在一起谈笑的时间足够绵长。

政权鼎革后,费孝通的社会地位变了,文风变了,1952年院系调整后,学术专业也变了,写作仍在继续,提问也仍在继续。他写《我这一年》(1950),写《大学的改造》(1950),写《兄弟民族在贵州》(1951),写《重访江村》(1957),直到被迫搁笔。

四

1980年春,费孝通在美国丹佛接受国际应用人类学会马林诺夫斯基纪念奖的仪式上演讲。国际学界在费孝通沉寂20多年后又一次听到他的声音:"我早年所追求的不就是用社会科学知识来改造人类社会这个目的么?"关注费孝通的人,又听到久违的费氏问题和费式提问。同年,在一次高层座谈会上,费孝通的"右派"问题得到"改正"。

1982年8月19日,费孝通在吉林社会学学会座谈会上讲话,担心"到2000年很多老年人靠谁生活呢?……现在强调生一胎,到将来就更复杂了,由谁来挑起这副担子,怎么个办法挑起来,是我们现在就要想到的问题"。

1985年6月24日,费孝通在旅途中写《港行漫笔》:"有多少人能真正如实地理解香港的地位的来由呢?……人间怎么会出现这个奇景?将来又会怎样?五十年、一百年以后的事不说，十二年以后的事总得多想一想吧。"

1987年10月31日，费孝通在梁漱溟思想国际学术讨论会上发言说："环顾当今之世，在知识分子中能有几个人不惟上、惟书、惟经、惟典？"

1990年8月16日，费孝通在莫斯科十月广场科学院招待所写《红场小记》："久仰的'圣地'果真出现在眼前。摆弄了我一生的风暴，不就是从这里起源的吗？"

1995年4月25日，费孝通在漯河市郾城县黑龙潭镇半截塔村访问农户，想起多年存疑的问题："过去说中国人民站起来了，我们是站在什么地方？现在说摸着石头过河，我们摸着的石头是什么？"

1999年9月30日，费孝通回顾重建社会学人类学二十年历程时说："我们这一代人，正经历着人类历史上一次最激烈和最巨大的社会文化变革……它正在发生些什么变化？怎样变化？为什么这样变？"

2002年8月6日，费孝通参加中华炎黄文化研究会座谈会，提出自己暮年里想得最多的问题："人类发展到现在已开始要知道我们各民族的文化是哪里来的？是怎样形成的？它的实质是什么？它将把人类带到哪里去？"

费孝通留意、思索的问题，从锅碗瓢盆到人类命运、宇宙进化，从家乡江村到无穷远方，从农舍父兄到无数世人，这些都在其关怀和寄托中。费孝通是个什么样的人？他留下的八九千个问题，看上一遍，或看一半，再不济，只看十分之一，也会有所知，有所悟。

对这些问题的关注、发现、提出、分析、解说、反思，贯穿费孝通学术生命的始终。提出问题，是为解决问题。他素来尊重实际，民胞物与，学术为本，实证为法，躬身田野，如实记录，为当局者作"善谋"，摆事实，讲道理，出主意，想办法。为此，承平日子里甘于奔波，风餐露宿。山雨欲来时，不避风险，廓然大公。残酷打击中，逆来顺受，保持思考。一旦有条件恢复正常生活和学术研究，他立即回归田野，回到民众生活中，为他们提高生活水平作调查，写文章，提建议。

从 1980 年被"改正"问题，到 2003 年年底住院，费孝通以老迈之身不停奔波了 23 年。他边走边写，留下《行行重行行》（1992）、《人的研究在中国》（1993）、《学术自述与反思》（1996）、《行行重行行（续集）》（1997）、《从实求知录》（1998）等晚年著述，继续提出大量问题。

五

少年早慧，青年成才，中年成器，盛年成"鬼"，晚年得道，暮年回首前尘，费孝通一生劳作，有著作等身可作安慰，也有到老未化解的心底遗憾。

费孝通有足够的入世热忱，却多次碰过意外的冰凉。他感慨"我们这个社会总教人做好人，可是总不准备奖品"。1957年，他深切地体会了受误解的滋味。1998年12月21日，费孝通说起当时，"晚上还会做梦，那东西还来。好像一下子给人家……说不出来了。受冤了"。

当时境况是，"我能不能划在人的圈子里也成了问题"。这话写在《费孝通散文》（1999）的序言位置，该多沉痛？他说自己"和'正道'格格不入"，"入不了世人所规定下的圈子，不能甘心在别人划下的框框里做个顺眼的角色，成了圈外人物"，该多悲凉？

1998年9月20日，在苏州南园宾馆，费孝通又说起这个话题。他说："我就是这一辈子没有嫁出去。'圈外人语'，这个话意思很深。唱戏要有台子，我没有，只是清唱。清唱一生。别人不为我搭台子，我自己搭。搭来搭去，快搭好了，别人就拿去了。"

这种经历，物来顺应。费孝通平时不计较，不往心里去。到了生命终点，蜡炬成灰，一生难消的隐痛浮上心头，应是人之常情。他不是过不去，只是想起了。说到这里，读者也许可以惊艳一下，费孝通1934年就把他人生最后一幕写出来了，他说："我早预备走，但心里梗梗地好像总有什么放不了的。这世界还有放不了的？自己也难信。今天才恍然，原来是你。但是放不了的不还是要放了？"

属于个人际遇的，放不了的也还是要放了。属于公众事务的，放不了的还是放不了。比如，社会学的学科发展，人类学的普世使命，费孝通放不了，还有自责。他说："我写了这么多年，60多年，好像还只是在表面，不是深层的。深一层的东西还不敢碰它，适可而止了。超过了当时的文化高度，人家也不能接受你的东西。"

费孝通的孤独感，很早就有，很少流露。1936年，他在江村作调查时，曾在《江村通讯》最后一篇中说："读龚定盦的书《书金伶》，竟使我有些害怕，曲之高者，真不是闹着玩的。话说得太远，没有经验过的当然不知道我在说些什么，若是本领更强的或早已超过了这种境界，只有在这边际上的人物才会觉到这种情绪，不幸的就是我老是在'边际'上过活着！"

这段文字，是费孝通孤独感的早期表达，也是他一生"圈外"状态的预言。从他带着江村调查资料到英国，到他于1938年完成博士论文，马林诺夫斯基为论文写序言，再到1996年费孝通重读这篇序言，他的孤独感一直默存于心。

蓄之既久，不妨最后一说。费孝通在长文《重读〈江村经济〉序言》（1996）最后一节说："我回头看我自己可能就属于后者（应用科学的研究）。这一点，马老师在《江村经济》的序言里实际上已经点明。介绍我时首先是他说我是'中国的一个年轻的爱国者'，他同情我当时关心自己祖国'进退维谷'的处境，更同意我以我这个受过社会人类学训练的人来进行为解答中国怎样适应新处境的问题。从这一点出发我提出要科学地认识中国社会文化的志向，为此我走上了这一条坎坷的人生道路，一直坚持到暮年。实际上，真正了解我学人类学的目的，进入农村调查工作的，在当时——甚至一直到现在，在同行中除了马老师之外，为数不多。我在西方的同行中长期成为一个被遗忘的人。我有一次在国际学术会议上自称是被视为在这个学术领域的一匹乱闯的野马。野马也者是指别人不知道这匹马东奔西驰目的何在。其实这匹四处奔驰的野马并不野，目的早已在60年前由马老师代我说明白的了。"

六

2003年年底,"四处奔驰的野马"收住老迈脚步,住进医院。病床上,费孝通静卧冥想,又念及60年前。

1943年3月,在费孝通一生学术研究高峰期,在昆明呈贡古城,他为《生活导报》写《鸡足朝山记》末篇,最后一句是:"这叫我去问谁呢?"他已积有多年困惑。

1928年,费孝通入成年,有不解:"何怪乎在我生命道上会有重出无穷的荆棘怪兽来阻我吓我呢?"这个问号之后,从青年经中年到暮年,一路上确有荆棘怪兽,确是重出无穷,确曾亦阻亦吓,虽没有危及费孝通一生职志和奔赴,却使其学术生命出现大片空白。

2005年春,荆棘、怪兽、阻、吓,都已远去。费孝通日趋大安静。

他对1928年自己确定的"唯一的责任",已恪尽职守——对"荆棘蔓蔓的人生道上"经历的"许多值得留意的事情",他尽力如实记录,留下信史素材。"后面很努力赶来的同类们",正接续着对中国与国际社会变迁动态的观察、记录、思索、表达、交流。

1995年,费孝通提出人类学、社会学、民族学"三驾马车"的构想,促进了同行间的研讨和实践。以《人类学之梦》（2016）象征的学者群体，以《走出乡土》（2017）代表的同业个体，都在"努力赶来"，且有超越前人志向。

前有古人，后有来者。许倬云洞察这一传薪续火的场景，表达感想说：费孝通、杨庆堃的工作，"要到三个世代以后""才有人真正接下去"。

许倬云应属"三个世代"之间实质上的连线人物。费孝通已辞世近20年，他晚年留下的话题，能接得上、谈下去、谈开来的人，尚不多见，《许倬云十日谈》（2022）引人瞩目。其中古与今、中与西、人与天之间的广泛话题和恢宏气象，不妨看作费孝通暮年话题的延续和拓展。更可贵的是，经由"十三邀"节目的网络传播，一代学人的关怀和思索，越出学界，触动年轻人。90岁感染了19岁。借许倬云的话头说，三个世代以后，大陆青年才听到他的心事，让人难过。三个世代以后，他有机缘"在晚年开了新的门户，有机会跟国内的青年才俊一起讨论问题"，且感同声相应，同气相求，使人欣喜。

这样难得一见的"传灯"场景，我们有幸见证。至暗时刻，这是微光。

费、许相续，带动一代青年仰望星空，聆听天籁。世间扰攘，这是"楚声"。

费孝通当年写下"这叫我去问谁呢？"是问询桃花源的

踪影。他知道那是乌托邦，问号只是自忖，并不曾想真去问谁。如果他仍健在，读了许倬云十日所谈，听听他讲人类如何建立"理想国"，也许会想：不妨问问许先生。也许还是保留自忖状态，迹近坐忘。

1993年2月16日，费孝通写《〈史记〉的书生私见》一文，留下一句话，两个问号："让这台戏演下去吧，留个问号给它的结束不是更恰当么？更好些么？"

送别杨绛先生

文 | 徐泓

（北京大学新闻与传播学院教授）

> 他们的幽默与众不同，有股通达世情又超然物外的味道，使人仿佛置身于一个智慧世界里。

5月18日的晚上，听到一个揪心的消息：杨绛先生病情危重，又不让抢救，恐怕难过去了。

远在深圳，七天来我多次默默面向北方，为老人家祈祷。

5月25日凌晨1点，杨绛先生走了。一家三口终于在天国团圆。

一

杨绛先生，在我的父亲口中，始终唤她"季康"。而杨绛先生称呼父亲"献瑜学长"。

他们之间有过一段大学的同窗之谊。

更巧的是他们的生日相隔一天。父亲是7月16日，杨绛先生是7月17日。

杨绛先生对父亲说："你九十大寿之后，我才知道你的生日和我只差一天。不过年份不同，你庚戌，我辛亥。"

2010年父亲过百岁生日，之前很早就收到了杨绛先生的贺卡：

> 好一尊老寿星。
>
> 多福、多寿、多子、多孙
>
> 一家人和和顺顺无比温馨。
>
> 今日寿星百岁生辰
>
> 料想贺客盈门
>
> 人人喜笑欢欣
>
> 我也一片至诚
>
> 祝贺您
>
> 万福万寿万事如意称心。

送别杨绛先生

二

1928年,杨绛先生从苏州振华女中,父亲徐献瑜从湖州海岛中学,同时考入设在苏州天赐庄的东吴大学。第一年入学的新生只分文理科。一年的学业修成,杨绛先生是文科第一名,父亲是理科第一名。

1931年九一八事变,日本侵略军占领了东北三省。国土沦丧、时局混乱,学潮风涌,东吴大学于此际停课。1932年2月下旬,杨绛先生和父亲、沈福彭、孙令衔、周芬五人结伴北上,来到北平燕京大学借读。

在吴学昭的《听杨绛谈往事》一书中,对这段行程有过记述:他们是坐火车到南京,由渡船摆渡过长江,改乘津浦路火车,路上走了三天,到北平已经是2月27日。费孝通(父亲在东吴大学、燕京大学的双重校友)接站,到燕京大学东门外一家饭馆吃晚饭,饭后,踏冰过未名湖,父亲等三个男生住进未名湖北岸的男生宿舍备斋,杨绛先生与周芬住进了未名湖南畔的女生宿舍二院。

杨绛先生在六年前写给我父亲的一封信中感慨:"我们同到燕京借读的五人,如今只剩你我两个了。"

父亲向我讲过五人中的沈福彭先生。他和父亲是湖州同乡,中学时就曾一起结社,把湖州世界书局的新书几乎都看遍了。他1932年毕业于燕京大学理学院化学系，1937年获比利时布鲁塞尔大学医学博士学位，并留校任教。1939年，他和在美国留学的父亲都放弃了国外优越的工作条件，返回祖国。沈福彭先生是山东大学医学院的创始人之一，但1957年在其49岁年富力强的时候，被错划为"右派"，被迫离开了讲台，1979年，错案才得以彻底纠正。

杨绛先生和父亲回忆更多的是五人中的孙令衔先生，他是钱锺书先生的表弟，后来与杨绛先生的妹妹杨青结为夫妻，和我们家同住在燕东园多年。孙先生1934年获燕京大学理学硕士学位。1937年获美国康奈尔大学哲学博士学位。他也是在1939年前后回国任教，是精细有机化工方面的专家。"文革"期间，他不堪凌辱，自杀三次未遂，历经折磨去世。

杨绛先生向父亲感叹，五人中他俩是幸存者。

三

杨绛先生写的书，父亲每本必看。最早的《干校六记》，我就是从父亲那里知道的。他对母亲说："季康写的，一定要看，文笔太好了。"当时，我还没有把"季康"和杨绛先生对上号。

送别杨绛先生

杨绛先生的《洗澡》1988年先在香港、台湾面世，当年底三联书店出了样书。我那时已经是中国新闻社的一名记者了。杨绛先生是看在我父亲老同学的面子上，打破了不接受记者采访的惯例，让我完成了对这本书的报道。

第一次见到钱锺书伉俪的情景，我永远难忘。

走进钱宅，只觉满室书香。

他们的客厅与书房合二为一了，主要空间都被书柜书桌占据着。两张老式的单人沙发挤在一隅，权且待客。

除了书柜，屋里必不可少的还有书桌。一横一竖，两张旧书桌，大的面西，是钱锺书的；小的临窗向南，是杨绛的。

"为什么一大一小不一样呢？"我问。

"他的名气大，当然用大的，我的名气小，只好用小的！"杨绛回答。

钱锺书马上抗议："这样说好像我在搞大男子主义。是因为我的东西多！"

杨绛笑吟吟地改口："对，对，他的来往信件比我多，需要用大书桌。"

我看到钱先生的案头确实堆满信札和文稿。他坐在桌旁，举着毛笔告诉我："每天要回数封信，都是叩头道歉，谢绝来访。"

两位老人待客热情，毫无架子。那天我落座不久，钱锺书先生就很周到地提醒杨绛："人家报道了你，让你笔下扬名，笔下超生，该贿赂一下，送人一本《洗澡》呀！"

杨绛先生赶忙快步走进里屋，取书、题字，然后交到我的手里："这是我送的第一本书。"

四

听两位老人谈话，妙语清言，议论风生，真是一种享受。尤其那逸兴遄飞的淘气话儿，时不时地似珠玉般涌出，令人忍俊不禁。他们的幽默与众不同，有一股通达世情又超然物外的味道，使人仿佛置身于一个智慧世界里。

我告诉钱锺书先生，不少人看过《干校六记》都觉得杨绛先生是一个非常可爱的人。钱先生狡狯的目光在厚厚的眼镜片里闪动着："可爱与否，要由她的老公来说。"

话题不知怎么转到中西文化比较，那段时间正以此为时髦，许多人赶浪头似地大谈"比较"。

钱锺书先生憎恶这种学风，愤愤然起来："有些人连中文、西文都不懂，谈得上什么比较？戈培尔说过，有人和我谈文化，我就拔出手枪来。现在要是有人和我谈中西文化比较，如果我有手枪的话，我也一定拔出来！"

在一旁的杨绛先生，马上伶俐地从书桌上的笔筒里抽出一把锋利的裁纸刀，塞进他的手里："没有手枪，用这个也行。"

两位年已耄耋的老人，思想和应答的机敏，竟如年轻人一般。

五

父母亲从此和他们有了联系，通过我的信互相传递着问候。

钱锺书先生的签名很独特，三个字合一。他用毛笔写，杨绛先生用钢笔写，一手娟秀、柔中有刚的小字。

1990年我的母亲病逝。这以后，杨绛先生还时有信函问候父亲。

7月酷夏，她在信中说："请问候你爸爸，天气闷热，希望他善自珍摄，你自己也保重。"

1998年钱锺书先生病逝。2003年杨绛先生出版了《我们仨》。

这本书刚一面世，父亲就催着我们马上买回来。这本书在他手里停留的时间很长，经常不忍卒读，长长叹气。反复看完以后，他让我们收起来，此后再也不去翻动。

2009年以后,杨绛先生和我父亲开始通信往来,她给父亲寄来几张自己的照片,信中一一注明这是哪一年拍摄的。其中1997年的一张照片,背后写着几行字:

"1997年1月在三里河南沙沟寓所,钱锺书在医院里,1998年12月去世(北京医院)。女儿在西山脚下医院里,1997年3月去世。1996年11月我方知她病情。学校、医院和女婿都一直瞒得紧腾腾,我以为她的病一定会好,到病危时方才告诉我,但我还是很镇静。"

父亲反复看,喃喃自语:"季康啊,季康。"

六

2010年7月16日,父亲百岁生日。

第二天,7月17日是杨绛先生的生日,父亲特意打电话问候。两位老人因耳朵都已不大灵光,没有多谈,但从父亲的第一句问候:"季康,你好勿啦。"两人就开始用吴侬软语交谈。

三天以后,父亲因肺炎高烧住院,三个月以后,10月23日父亲病逝。

所以,这是父亲生前打过的最后一个电话。

在病重住院期间,父亲高烧时曾有幻觉,总觉得他对面的墙上有字。有一次，他问："这是季康的信啊，你们回了吗？"这是其中幻觉之一。

父亲收到杨绛先生的最后一封信，大约是在当年5月里，信挺长的，两页纸说了不少老古话忆旧，还问了一些当年的事情。

杨绛先生特意说明："你不耐一一回答，让你任何儿女代答，或打个电话就行。"

父亲办事从来认真，何况是对老同学老朋友的来信，于是他口述，让我妹妹代笔回复，还特别叮嘱我看看，话说得是否妥当，回答的问题有无遗漏。

回信早已发出。但冥冥之中，父亲最后还在牵挂。

父亲去世后，我和杨绛先生通过几次电话，一直想和妹妹们去看看她。她都说"见到你们会难过的"，婉拒了。

她在电话中说："1932年同到燕京大学借读的五个人，只剩下我一个人了。"

如今，杨绛先生也走了。

大雅宝的故事

文 | 张寥寥
（诗人、画家）

中央美术学院家属院——这块牌子做工极为精致，四周的纹饰也颇为讲究。一直过了许多年，我才知道，这牌子是画《大闹天宫》的著名画家张光宇伯伯做的。

北京东城区和朝阳区交界之处，老地名叫哑巴路。距今约70年前，这里搬来了一位城防大员——黄绍雄将军。他嫌这个地名不太雅，便改为雅宝路。这条路由南小街从西向东走一里地，被一个城隍庙挡住，只好分为南北两条路，南边的路称为"大雅宝"，北边的路称为"小雅宝"。

这大雅宝居中向南的一个小红门，内有三进套院，其门前右首钉着块木牌，上书五个字：大雅宝甲二号。下有小楷一行：中央美术学院家属院。这块牌子做工极为精致，四周的纹饰也颇为讲究。一直过了许多年，我才知道，这牌子是画《大闹天宫》的著名画家张光宇伯伯做的。

进了院子，就是看门的赵大爷家。他家左起一溜四间，西屋是董希文家，他家的长子沙贝是我哥的好朋友。他家顶北的三间是我家，屋后还有一间小厨房，各家的猫咪每天傍晚都到这开会，吵闹到天亮。

后院就是黄永玉叔叔的家，这里是名副其实的小动物园，是我们的活动中心。黄叔叔的儿子黑蛮，和我的年龄一样大，我们每天形影不离。

他家北面住着李可染伯伯和祝大年伯伯。李伯伯的儿子李庚，是我们的讲演家，祝伯伯的儿子毛毛，是我们的书法家。大伙儿每天在一起玩，谁家有好吃的，就在谁家用膳。最经常去的是黑蛮家，热情善良的黄妈妈给我们做地道的广东菜，那个美味，至今忘不了。

黄叔叔家是个小动物园，是我们最喜欢的地方。他家南房窗下有两只活蹦乱跳的小梅花鹿，窗台上并列一排蛐蛐罐，里边养着油葫芦、纺织娘和蟋蟀。墙根儿小箱子里有一对胖胖的荷兰猪，对面房檐下还有一只小猴子，每天攀着木架、翻着筋斗，大家有好吃的都会想着它，可它吃什么都只咬一口就扔了，是个小淘气。门廊上还蹲着一只猫头鹰，一动不动，像只毛绒玩具，我去看它时，它只睁一只眼，懒洋洋地看着我，它一定是个夜猫子，现在还没睡醒呢。

每天我都要去看它们，时时惦记着它们。听黄妈妈说，等小鹿长结实了，就让它们回大森林去。我听了心里不安，不知是盼着这一天到来呢，还是害怕那一天到来，说不清。

一天，父亲叫我去李苦禅伯伯家送封信。他家住在宜宾街，其实以前叫羊尾（音 yi）巴街，走路不用一顿饭的工夫。刚进门，瓢泼大雨就下来了，正好送奶的老头儿也在廊下躲雨。李伯伯笑着说："这叫'人不留客天留客'。"他回身让保姆给我俩上茶。这会儿，李伯伯的儿子李燕笑着走过来侃大山："寥寥好。你知道吗，我最近养了一只猴儿，是个墨猴儿。我画画之前裁纸，它就一心一意地帮我研墨，还给我当模特呢，等我画好画，它就把砚台舔干净，又回到笔筒里睡觉去了。"送奶的老头儿张着嘴听着，连茶都忘喝了。我想，我回家一定叫孃孃也给我找一只这样的墨猴儿。

回家来，大伙儿在一起听广播，我趁着人多，说起了新闻——墨猴的事，大家顿时羡慕不已。黑蛮说，明天就让他家的猴子练习研墨。妈妈听了笑着说，鲁迅先生在《朝花夕拾》那本书中就讲过墨猴的事。大家这才明白，最早有墨猴的原来是鲁迅伯伯啊!

这时,妈妈指着收音机说:你们快听,这是育才学校的诗歌朗诵会。接着就听见我哥哥郎郎的声音:我要像狼一样地吃掉官僚主义(马雅可夫斯基写的诗)。

当晚吃饭时我问:"为什么要吃掉官主义?"这时黑蛮跑过来,神神秘秘地说:"关主义就是夏天在胡同口卖蝈蝈的关大爷。"

我近来有件最担心的事,想跟黑蛮说。

前些天去他家,他伸出食指示意我要小心,我俩跐着脚走进北屋,好!

屋里黄叔叔坐在小凳上,身前是一块油渍的大灰帆布,上面摆着一排乌黑锃亮的钢管,那是拆散了的双筒猎枪。黄叔叔衔着并没点着的烟斗,仔细擦抹着那些物件。最靠近他脚边的是一排像中药丸那么大小的红色枪弹。

"怎么样,"黄叔叔眼睛看着枪管对我说,"最近是不是很听话?我要侦察清楚,才能决定是不是带你们去。"我的心一下子提到了嗓子眼儿。

这天接到了黄叔叔的正式通知:可以带我去打猎了。

我兴奋得心都快要跳出来了。下午,黄妈妈骑车带着我和黑蛮,黄叔叔骑车带着一大堆东西在前面开道,就这样出发了。

一路从天安门往西，出了复兴门，再往北拐，进了一片树林。抬眼向远望去，竟然有一大片墨绿的水。时时传来清脆的鸟叫声。

我们穿过草丛，找到一处没有树的小土坡，黄叔叔决定在这里安营扎寨。

清晨，黄叔叔身穿猎装，脚蹬一双长筒皮靴，肩背双筒猎枪，真和电影里的猎人一模一样。

我和黑蛮人小，跟不上他的脚步，只听见几声清脆的枪响，却看不见什么。接着就是树杈断裂的声音，还有大鸟翅膀扑飞的声响。

只看见一团黑色的毛团从树梢上坠落下来，黑蛮跑过去拾起装入猎袋中，小声跟我说是只大乌鸦。

再后来，听见阵阵枪响，只看见哗啦哗啦地掉树叶。我想，我要是有一杆枪，清闲时跑到林子里，对着树叶放一放，也真过瘾。

第二天，黄妈妈不负众望，一早就煲好了野味儿。整个院子香气四溢，各家的猫咪都来了，也要等着分点儿美味。大伙儿像过节一样热闹，我端了一大碗野味儿回家了。傍晚纳凉时，众人交口称赞。

李庚的二姑对我嬢嬢说：黄妈妈的野味做得真好啊，就是有点像来亨鸡的味道。嬢嬢大笑，对二姑说：好吃就是了,是什么鸡你还要管它呐!

周末正赶上是中秋节。那天,我和黑蛮在幼儿园苦苦地等待着回家。黄叔叔终于来了,他一手还是举着并不燃烧的烟斗,嘴里大声说:"好啦好啦,准备回家!"

穿过大操场,黄叔叔却将自行车一直推到了北墙根儿——跳高用的沙坑旁,他用烟斗点了点沙坑说:"今天在这里比赛摔跤,三局两胜,胜者有奖。"我和黑蛮早就商量好了,就是一起倒地,好双双得奖。这次的奖品就是大串的葡萄。我急切地盼着到家,可心里想:前几天还去看过黑蛮家的葡萄架,数了数,才有小小的三串儿……

我们到了大门口,被大门上的装点吸引住了。木门上原来有的灯泡不见了,挂了一盏小灯笼,还是个兔子灯呢。

进了院子,静静的,什么也看不清,只有葡萄架上被月光映出几块明绿。忽然一声响,灯火齐明,只见葡萄棚架上挂满了大串大串的葡萄,紫色的、白色的、绿色的,一个个晶莹剔透,挨挨挤挤地在灯光照映下闪着彩色的光。葡萄架下坐满了人,欢笑和掌声顿时响起,葡萄月饼晚会开始了,李燕扶着李伯伯来了,四周的小朋友也来了。

大伙儿互相问候着,围着一个小方桌坐下。桌上摆满了各种各样的糕点和水果,堆得像小山一样。二姑和孃孃把各家搬来的小竹椅、小板凳集中到四周。忽然,黄叔叔放了一个"老头滋花"炮，顿时天空中金光万道、五彩缤纷、劈劈啪啪地响着，闪闪烁烁，照亮了每个人的脸。

有人大声说，请李先生（李苦禅）唱一段《夜奔》。李可染伯伯不知什么时候拿出了自己的京胡，葡萄架下悠扬地飞出了紧凑的过门儿。伴随着李伯伯那苍劲的唱腔，我已在这美妙的音韵中渐渐睡去，在朦胧中，看见李伯伯正在虎虎生风地耍弄丈八长矛……

有一天，黄叔叔持着依旧不点火的烟斗来跟我说："寥寥今天哪儿也别去，咱们集体行动，去文化宫，参加宋庆龄儿童基金会举办的绘画比赛。现在呢，有蜡笔的，回家去拿，没有的呢，和蛮蛮到我家里拿。"

景山少年宫真是太大了，我们排上队走进去。一声铃响，大家打开桌上的纸条。我那条子上写着《难忘的一天》。

又过了几天，上午全院儿的朋友都在玩儿"木头人儿"的时候，黄叔叔来了，他说："有一个好消息，大家听好，我们大雅宝的三个调皮鬼，李庚、寥寥和黑蛮，上次去画画儿啊，有了名堂……"

这时黄叔点着他的烟斗了："我们先让李庚来说说，他画的画儿是什么内容。"

李庚说："我画的是'张飞卖西瓜'。"

"寥寥呢？"

"我画的是京戏'武松打虎'。"

"蛮蛮画的是'列宁爷爷打猎'。"黄叔叔说。

我们问起李庚："你是怎么想起来画'张飞卖瓜'的？《三国演义》里并没有这一段儿啊。"

李庚说，"罗贯中的《演义》里是没有，可实际上他先前不是屠户，而是卖西瓜赚了些钱后，才开始卖肉的，那会儿，关羽是卖豆腐的，刘备是卖草鞋的，当时都在农贸市场工作。"

黄叔叔点点头说："《三国》的各种版本太多了，可是说起这个'攒'字来，《水浒》最厉害，武松到老年后还独臂捉方腊。"

李庚笑了笑说："我喜欢张飞的粗犷豪放，为朋友两肋插刀。我画张飞卖瓜的时候，常去胡同口的瓜摊，看那个卖瓜的老头儿招揽生意，后来就把心里的和书中的瓜摊合起来了。"

李奶奶说："我明白了，小弟怎么买瓜一去就是半天光景呢……"

我们又问黄叔叔："你真的带黑蛮去过列宁打猎的地方吗？"

"蛮蛮跟我去过伊尔库斯克的大森林，那里有个一望无边的大湖——伊塞克湖，湖边的白桦树上落满了候鸟。列宁被沙俄流放在这里时，写了《国家与革命》。在著书的空闲，就拿枪到大树林里狩猎。蛮蛮呢，他就开始自己的构思了；把发生过的事情画成一幅画儿，比讲故事舒服多了，它更直接嘛。"

大家都不说话了，像在想象着遥远的大树林，那各类美妙的动物……

我进了厨房，嬢嬢问我为什么画"武松打虎"。

"他们让画一张我忘不了的事情，我就画了这个。是妈妈让我在东安市场等她，那天那儿没说相声什么的，演的就是《武松打虎》。本来那个戏园子能有一小半人就不错了，可是那天是满满当当，我正往里边钻，就听见舞台上有人报幕：《武松打虎》——盖叫天，不得了，全场都站起来，又是鼓掌又是叫唤。"

嬢嬢好一会儿才说："你原来有这种福气呀！别的人没看到过，你画了给你的朋友们看看，一同乐乐。"

一大早就听见赵大爷喊："李可染先生电话！快来接！"

待我吃早饭的时候，梅溪阿姨就来找嬢嬢说："一会儿你带寥寥和黑蛮玩，我们把院子收拾一下，今天要来客人，不是来我家，是去李可染先生家。"嬢嬢说："好。"

半晌午，乱哄哄地来了许多人，我和黑蛮在后面跟着看热闹，路经黄叔叔家时，梅溪阿姨小声跟我们说："你们一起在窗外看齐（白石）老先生画画儿吧。"

大家进了李庚家客厅。院子里静静的。我们爬上了葡萄架下的小石桌，正好看见李家的画室，一位老先生正在条案上画画儿。旁边站着看的都是院儿里的叔叔、伯伯。那位老先生，白胡须长长的，精神健爽，半天才下笔，七下八下，就听见大家轻声叫"好"，一张画就画完了。

我的同窗挚友李政道

口述｜叶铭汉
（实验高能物理学家、粒子探测技术专家、中国工程院院士）
整理｜张冠生
（文史学者）

> 在西南联大我们成了同班同学。吴大猷教授给他什么题目，他都能做出来。我的叔父叶企孙对他说：我的课你不用上了，看你的书，但实验课你必须上。

听说李政道8月4日逝世的消息，我是在医院里。小桌上架着平板电脑，里面有他的照片，旁边是他的文字。我看着他，他看着我，西南联大时期的两个老同学，友好、同行80多年，还一起搞出来大科学装置，很不容易，也很宝贵，很难忘。

说起来，李政道的求学经历比较曲折。他是有钱人家的孩子，家里比较富裕。小时候，把教师请到家里，功课之外，还打拳，练武术。他一直身体好，跟早年训练有关。

他读小学的时候，家在上海南市。日本侵略中国，打进上海后，他家就搬到了法租界。在法租界上学后，他跳级进了初中，说明他成绩很好。后来，租界的学校也被日军侵占了，他要离开上海。因为对形势估计得太简单，家里给的路费不多，他和哥哥兄弟俩半路走散了。

当时，对逃难的人，政府有补贴。学生可以跟着学校走，由学校给生活费用。他的成绩好，可以教低年级的学生，学校也提倡，他就又多了一点代课收入。

李政道一路走，一路学。走到贵阳的时候，初中、高中课程他都学过了，就想报考大学。听说浙江大学好，他又从贵阳步行到了湄潭。湄潭是浙大西迁落户的地方。他经过选择，确定攻读物理专业。

王淦昌是浙大物理系的教师，很喜欢李政道。束星北也喜欢他。正常课程之外，他们为李政道"开小灶"，每个月讲一次，一对一地交流、讨论。他就这样读了一年。

这时候，他的母亲从上海逃难到了重庆。他去重庆见母亲。母亲看他穿得像个"叫花子"，给他换了衣服，并且有了去昆明的打算。当年的路不像现在，又是战时，交通不便，只能家里花点钱，坐"黄鱼车"。

抗战期间，很多青年投笔从戎，从学校直接参军。李政道也想参加青年军，去打仗。他见过母亲，从重庆回浙大的路上，汽车一个轮子出了问题，翻车了，把他压在底下，受了伤。是当地人和浙大分校的教师救了他。

他在王淦昌家里养伤，王淦昌的夫人照顾他，他还想着去当兵的事。束星北说：别人都可以去，李政道绝对不能去当兵。束星北把他送回重庆，由他的母亲照顾他养伤。大概是半年多吧，李政道伤好以后，束星北建议他去昆明，读西南联大。吴大猷为他写了信，说他是个好苗子，条件够了，会很有前途，因此希望他能插班，进校就读大二的课。西南联大有规矩，这种情况，只能当旁听生。可是当时校内也比较乱，他得到答复说：可以插班读书，但是要通过考试。

李政道就这样读了西南联大，我们成了同班同学。我现在还保存着一张照片，是我和李政道、楼格、陆祖荫的合影。吴大猷经常给他出题目，做指导。当时我的叔父叶企孙是物理系老师，教电磁学课程，李政道选修了这门课程。

有一天上课，他看别的书，被同学议论了。下课后，叶企孙问他：你看的什么书？他说是《电磁学》。叶企孙知道这本书很深奥。他就对李政道说：我的课你不用上了。

名义上还是上我的课,实际上看你的书,但实验课你必须上,这门课占20%的学分。有了这样的要求,李政道规规矩矩上实验课。有一次,他把电流计的一根丝弄断了。一共是五根丝,断了一根,四根就不够用了。有人为此很不高兴,叶企孙主张人人都有试错机会。他是要为好苗子提供条件。

李政道遇到了好老师,成了一个特别优秀的学生。吴大猷给他什么题目,他都能做出来。这是名师给他机遇,另外还有时代机遇。

当时已经有原子弹了,蒋介石也想搞。他手下人说,这东西很不简单,需要从培养人做起,物理的,数学的,化学的,都要培养。蒋介石接受了建议,派人去学,每个人给五万美元学习经费。

这里还有个故事,是我到纽约的公寓看望叔父叶企孙时听到的。抗战胜利后,西南联大宣告结束,北大、清华回北平。叔父放在箱子里带回了一张李政道的考试卷。这张试卷中最后一道加分题他回答得很好,叔父给了他一个高分。原来,在考试之前,有一天他早上醒来突然想起这个问题,就一天没去上课,躺在床上想了一天,把这个问题想清楚了,没想到考试时正好考了这个题目。所以,这张考卷一直被我叔父保留着。

"文革"时抄家，这张卷子被抄了出来。当时不好解释，现在好说了。原来，1946年，中华民国国民政府制定研制原子弹的"种子计划"后，吴大猷选人，想选李政道，比较为难，原因是他没有文凭，怕有文凭的人不服气。吴大猷去找叶企孙，叶企孙说：当然要选李政道。但是叶企孙也怕人不服，就用考卷去说服人，选送李政道去美国学习。

当年从南京去美国求学，是当时中美通航的最后一年。李政道走了以后，航线就断了。他运气是真好，晚一班飞机就去不成了。

李政道到了美国，去芝加哥大学读书，又是因为没有文凭，只能当非正式生。好在他成绩优异，尤其是量子力学成绩突出，被推荐到费米门下。费米很赏识他，收为弟子，还有奖学金。奖学金很丰厚，李政道拿到后问：我是不是拿多了？校方答复说：学校给你的，就是应该给你的，你尽管拿就是了，别的事你不用管。结果，有蒋介石给的一份，学校又给一份奖学金，他收入就很高，很阔气，还买了一辆汽车。他又很大方，车不光是自己用，只要是有中国学生到美国读书，李政道都是自告奋勇，自己开车去机场接。他遇到后来的妻子秦惠䇹，就是因为接机认识的。

他在美国学得好，后来有大成就，得诺贝尔奖，说明吴大猷、王淦昌、叶企孙、束星北这些人有眼光，培养得好。这些大家都知道，不用多说。

我和他后来的合作，是中国要造加速器。造加速器，投资比较高。当时中科院高能所的所长带了所里的14位专家去美国考察，第一站就是看一个高能加速器。通过交流，他们知道这个加速器能量高，造价低，但是风险大。调查的结果，没有信心，不敢启动这个项目。

李政道知道了这个事情，他的态度很积极。有一位美国科学家要来中国，出发前，他去找李政道讨论。李政道认为，对当时的中国来说，造对撞机最好，其他加速器造价太高，中国那时还承受不起。他还对另一位美国研究所的所长说：中国一定要搞，适合搞对撞式的加速器。

后来他写信给中央领导，又来国内访问，见邓小平，说给他听，表达自己的主张，结果就推动了这个事情。但是国内一些老专家反对这个事，说怎么一步就跨到那么高的地方？

我本来是搞低能加速器的，所里当时也没有懂对撞机的专家。能不能搞高能的？中央已经定了要搞，李政道很有信心，我们是老同学，他也比较信赖我，就把搞高能加速器的软件抄给了我。当时正好所里领导任职有变化，我成了新任所长，又被他信赖，就能很好地合作。

我记得当时的一个困难，是每一片磁铁尺寸都要一样，精度要求很高。按过去的生产方法，我们很难做到。但是这个问题的最终解决却不算难，关键是买了进口测量仪器。有了精密测量仪器，加工精度就比较容易达到了。我们后来真的搞成功了。这是中国科技发展的一个大事，李政道既推动决策，也支持施工建设，出了很大力量。

他设计并组织实施的CUSPEA（中美联合招考物理研究生）项目，也是个大事情，是个很好的事情，是好办法。当时国内也有人质疑这个事，说你把人都派到外边了，国内的事情怎么做？这说法不符合实际。实际上，派出去的学生多数都回来了，都是回国干活儿的。他们没有不回来。眼光远大一点，尊重事实，实事求是，多一点科学精神，就不会有这个顾虑。

CUSPEA项目，是中国这批学生的机遇，也是中国科技事业的机遇。李政道说过：一个人的发展，要看机遇。我的机遇就好，所以有了成绩。这个道理很简单，在我身上证明了。我就是要为更多人提供机遇。

他是这么说的，也是这么做的。今天大家应该看得更明白了。

前些天，李政道的儿子来看我，带了他父亲的文集。

我也把写我的一本书送给他,请他转交李政道。这是我们最后的交往。

以前,我写过李政道的求学经历,现在就是怀念他,并不想去写他。这点零碎记忆,就算是对他的纪念吧。他知道那个地方,他去了。

李政道获诺奖之后

文 | 赵天池
（基本粒子实验物理学家、传记作家）

自从1962年5月之后，李政道的基本粒子物理研究进入了快车道。在之后的5年时间里，他独自或与同事合作，收获了40余篇论文，远超过前15年的总和。

8月1日，刚刚探望父亲回到香港的李中清说，父亲已进入生命的最后阶段，催促我把我写的《李政道全传》书稿寄给他，便于尽快联系出版。我说待我再审核几处细节后马上就寄。话音未落，就读到网上铺天盖地传出李政道逝世的消息，我只能感叹噩耗来得太快。值得庆幸的是，书的初稿纸版，已在去年圣诞节期间寄给去旧金山的李中清带给父亲过目。

不幸的是，李中清那次旧金山之行，让他和父亲双双感染新冠。高年感染病毒，李先生本已十分衰弱的身体雪上加霜。其实数年前，年逾九旬的李先生身体还很健康，每天在住所附近的金门大桥之下美丽的海滨公园散步。笔者 2017 年 12 月出版的《李政道评传》，先生仔细阅读后甚是喜欢，欣然题词鼓励，只是指出了两处笔者的疏忽。

一处是书中提到他的同学沈宝棣在回忆录中说，李政道逃难落脚赣州时携带着《达夫物理学》。李政道说那是他二哥的大学物理课本，路上由他背着，当时并没有读过。先生特别指出这个问题，是因为我书后面讲到，2007 年他接受诺贝尔委员会采访时说，他首次接触牛顿三大定律，是在赣州读萨本栋的《普通物理学》的时候。我书中说的显然前后不一致。先生说明的第二个问题是，我书中说他逃难途中染上了疥疮。先生说那是上海的鞋穿坏了，没钱买好鞋，光脚穿草鞋把脚磨破，伤口感染。

李先生的学术贡献宏大而深刻。本人 2017 年出版的《李政道评传》，限于出版社的规划和时间要求，把重点放在了李先生早期的学术贡献，包括从 1946 年在芝加哥大学时起到 1962 年他与杨振宁三合三分，共同署名发表了 32 篇论文。

从 1949 年读博期间持续到 2010 年退休，学术生涯 62

年，李政道共发表论文300余篇。他的合作者、理论物理学家兼科普作家伯恩斯坦教授曾说过，如果他自己有一篇李先生那样的论文，就可以骄傲一生了。他开创或者涉足并作出重要贡献的物理学领域达60个之多，分门别类列在2007年出版的2300多页两卷本《李政道科学论文选》中。

像李政道这样涉足领域广泛、高效率高质量产出的物理学家，在物理学史中可以说绝无仅有。在学术成就之外，作为社会活动家，他对中国科学教育发展的贡献有目共睹。李政道是天才加勤奋的典范。

找到新的学术合作伙伴

1957年秋季，李政道应奥本海默邀请，来到普林斯顿高等研究院访问一年，与杨振宁合作试图摘取超流理论这个凝聚态物理的圣杯。10月，他们获知宇称不守恒论文获诺贝尔物理学奖的消息，一时媒体采访、讲演邀约蜂拥而至。李政道的学术研究却依然高产如故，到1959年7月，一年半时间，他们发表了八篇重量级系列论文。

1960年秋季，李政道第三次应奥本海默邀请，离开哥伦比亚大学来到普林斯顿高等研究院任永久性院士。可惜与奥本海默的初衷和业界的厚望相反，李杨的第三次合作成果不尽如人意；从1962年5月底起，两人关系彻底决裂，学术研究也分道扬镳。1962年秋天，李政道返回哥伦比亚大学，重归基本粒子理论，主要与年轻同事合作。对于目标高远的理论物理学家来说，有一位志同道合的高层次合作者极为重要。互相讨论、互相启发、互相核查的效果绝对是一加一远远大于二。

1965年秋季，李政道凭自己在哥伦比亚大学物理系的影响力，邀请了前辈理论物理学大师吉安·卡罗·威克（Gian Carlo Wick，1909—1992）加盟哥伦比亚大学物理系。威克与李政道的结缘经历颇为曲折。早在1951年，威克曾邀请李政道去伯克利做博士后，担任他的学术助理；可在李政道赴任的路上，他自己却离职远去，把李政道晾在了陌生的新岗位上。

1986年，在哥伦比亚大学物理系为李政道举办的60岁庆生典礼上，威克坦承他在李政道很年轻的时候，对李政道做了一件很不地道的事，指的就是1950年李政道来伯克利投奔他，他自己却不告而别，辞职跑到了匹兹堡卡内基梅隆大学的故事。因为参会者大多数人都知道此事，威克点到即止，只是说当时他决定离职很仓促，并没有详细展开解释。

威克教授 1909 年出生于意大利都灵，年长李政道 17 岁。1930 年，他从都灵大学博士毕业，1982 年退休。50 多年间，他从欧洲到美国再回到意大利，曾在 13 所机构任职，如果加上短期访问过的玻尔研究所和欧洲核子研究中心，任职机构一共有 15 所之多，所以人称"游学先生"。1951 年，为了抗议学校强制忠诚宣誓，威克教授愤然从伯克利物理系理论部主任任上辞职，去了匹兹堡卡内基梅隆大学。之后，他游走于普林斯顿高等研究院、欧洲核子研究中心，直到 1957 年才安定在布鲁克海文实验室，成为实验室的理论部主任。

李政道和威克虽然没有正式的合作关系，但两人对理论物理学都有共同的理念，学术交往一直持续不断。1965 年秋季，威克成为哥伦比亚大学李政道的同事，使李政道如虎添翼，他们在合作的十年中完成了一系列原创性重要基础理论工作。

李政道说，他第一次听说威克是 1947 年上费米核物理课的时候。"费米讲解中子慢化的时候说，这个课题是威克解决的，威克是一个出色的物理学家。"中子慢化是一个非常重要的原子核物理过程，在包括核反应堆和原子弹制造在内的领域有极大的社会价值。中子慢化在原子核物理学史上被公认为是费米的成就，可是费米却把功绩归于威克。

威克和李政道之间这一段曲折的故事，当年在美国高能物理界传为美谈。威克对听众说："我去哥伦比亚大学那年56岁。一般理论物理学家到这个年龄，创造力已经低落，开始做一些价值不高的抽象数学物理。李政道的邀请和密切合作，使我在学术生涯走下坡路的年龄，又重焕青春。"

1984年，在威克退休纪念会上，李政道在概述了威克的学术贡献之后说："威克思想深邃，为人平易近人，温文儒雅，乐于引导青年后进。威克的物理工作，以物理概念深刻、数学论述严谨著称。"

创建李-威克标准模型

威克从20世纪30年代在罗马做费米的助手开始，到1965年至1975年与李政道合作，直至1984年退休，影响了理论物理学半个世纪。以他名字命名的物理定律和概念有威克定理、威克收缩、威克旋转、威克乘法、威克级数等等，一系列重要的物理定律刻印在物理学史册中。他与李政道深度合作，使他在对物理学的贡献中，又增添了一系列以李政道和威克联合命名的物理定律和概念。

为创造他们所追求的新基本粒子理论，对称性问题是首先要解决的。他们合作的第一篇论文［李－威1］完成于1966年，标题是《定域场论中的空间反演、时间反演及其他分立对称性》。这是一篇规模宏大的长篇论文，其物理概念和数学方法都很深奥。论文使用群论方法，对空间、时间和各种局域性对称群进行了普遍性论述，分别讨论了在对称性算符之下，弱、电磁和强相互作用的性质。这篇基础性的论文从分立对称性出发，为他们随后建立的李－威克标准模型奠定了初步的基础。

时隔三年，李政道和威克又连续发表了四篇历史性的论文［李－威2—5］，全面论述了他们筹谋已久的在希尔伯特空间中的具有不定度规的量子场论，史称"李－威克标准模型"。希尔伯特空间以德国数学家大卫·希尔伯特（David Hilbert，1862—1943）的名字命名，冯·诺伊曼在其1929年出版的关于无界厄米算子的著作中，最早使用了"希尔伯特空间"这个名词。这个概念听起来很神秘，超出一般人的理解能力。其实，它只不过是把我们所熟知的三维空间，推广到多维的虚拟空间，而且维度可以是虚数，也被称为高次元空间。希尔伯特空间在数学和物理学中都非常有用。据说，爱因斯坦曾经花了近七年的时间构思广义相对论而不可得其解，但在一次与数学大师希尔伯特的闲谈中受到启发，仅花短短两周时间，便完成了广义相对论。

李-威克标准模型中涉及的另一个术语"度规"（Metric）也是一个与时空密切相关的几何概念，在量子场论中有重要的应用。不定度规最早是理论物理学家、量子力学奠基者之一保罗·狄拉克（Paul Dirac，1902—1984，1933年诺贝尔物理学奖获得者）1932年提出的数学方法。1954年，李政道研究场论重整化发明李模型的时候就使用过，1962年研究电磁相互作用时也论证过。这正是他孜孜不倦追求解决量子场论红外和紫外发散时所依赖的数学处理方法。李政道和威克涉及这个课题的四篇论文，发表的日期从1969年到1971年。

当时基本粒子标准模型还处于初创阶段，有很多缺陷和漏洞。众多理论物理学家各自提出了理论模型，针对杂无头绪、互不相容的线索，提出各种各样的答案。李政道和威克的这四篇系列论文，建立了被称为"李-威克标准模型"的完整理论。这一理论没有当时其他候选基本粒子理论模型的四极发散，可以重整化，也符合各种条件下的守恒定律，使用负度规和可变度规就可以避免紫外和红外发散。从其中衍生出一系列与此模型相关的概念、定理和预测，包括李-威克场、李-威克幺正性、李-威克黑洞、李-威克玻色子、李-威克费米子、李-威克电动力学等等，为理论物理和高能实验界持续密切关注。时至今日，仍有不少理论物理学家在试图完善李－威克标准模型，基于它开发出新理论或作出预测。

自从 1962 年 5 月底李政道与杨振宁的学术合作彻底破裂之后，李政道的基本粒子物理研究进入了快车道。在之后的五年时间里，他独自或与同事合作，收获了 40 余篇论文，远超过前 15 年的总和。对高能中微子物理、中微子的电磁性质、CP 违背、量子场论的红外发散和紫外发散、弱电统一理论、场代数、量子色动力学等基本粒子理论的前沿领域，都有突破性引领潮流影响深远的成就。这些论文中具有重要历史价值的 12 篇入选《李政道科学论文选》。

大咖对决，败部折笔

在李－威克标准模型的创立过程中，发生过一件涉及两派著名理论物理学家论战的趣事。

1969 年 1 月 1 日，李政道和威克发表论文［李－威 2］，论证了负值的度规之下散射矩阵（S 矩阵）为幺正，应用于李政道 1954 年开发的李模型，则可能会出现因果性不可测的破坏，即负值的概率。4 月 1 日发表的后续论文［李－威 3］，进一步讨论了在不定度规之下，李模型 S 矩阵的幺正性。这两篇论文发表后，西德尼·科尔曼（Sidney Richard Coleman,1937—2007）和谢尔登·格拉肖（Sheldon Lee Glashow, 1932— ）立即发难，宣称李－威克模型中的负概率和S矩阵的幺正性是不兼容的，因此李－威克发展的理论具有根本性错误。

科尔曼和格拉肖年资都略低于李政道，但当时知名度已经相当高。格拉肖是理论物理界的大佬，是1965年诺贝尔奖获得者施温格的博士生。1966年，34岁的格拉肖就升任了哈佛正教授。与李政道发生争执的时候，格拉肖已经创建了几年后让他获得诺贝尔奖（1979年与阿卜杜勒·萨拉姆、史蒂文·温伯格共同获得）的弱电统一理论，正是春风得意之时。科尔曼也非同小可，格拉肖评价科尔曼说："虽然他不像公众人物斯蒂芬·霍金，可是他在理论物理界却像是上帝，他是评判其他物理学家的物理学家。"

面对挑战，李政道一点没有退缩之意，对方当然也很强硬。在电话讨论无果之后，他们相约暑假期间在欧洲日内瓦的欧洲核子研究中心对决；日内瓦见面，依然各执一词，不相上下，于是双方安排了一次公开辩论。

理论物理学家是人世间异类，他们对自己的专业能力非常自豪，对宇宙万事无所不知，而且对学术声誉特别看重。物理学界流传着这样的自我调侃——一个理论物理学家向另一个理论物理学家解释自己的一个学术发明，听者第一反应就是"你的理论是错的"；提出方进一步辩解，另一方就会退一步说，"你的理论没有新意，我早就研究过"；提出方说"这不可能"，那另一方就辩称"就算是对的，你这个理论也没有价值"——可见让物理学家认错有多么困难。尤其是物理理论的论证，其中有许许多多说不清道不明的复杂因素，何况，李政道和威克的理论的确有许多按常理难以理解之处。

公开辩论的结果是，科尔曼和格拉肖在众目睽睽之下认错，而且安排了有欧洲古典骑士风度的投降仪式。

古代欧洲骑士讲求尊严和道德。战败一方的首领，向战胜者投降，要呈交佩剑，然后由胜者折断，败方并不会受到过于苛刻的惩罚。1865年4月9日，美国内战败将、南方联邦司令罗伯特·李率团来到了弗吉尼亚州阿波马托克斯镇法庭，与战胜的北方联邦军司令尤里西斯·格兰特将军签署投降协议，条款中写明只要南军全体交出武器就可得到赦免。据传投降书签字后，李将军取下佩剑，交给了格兰特将军——也有人考证，格兰特只是瞟了一眼罗伯特·李身上的佩剑，为了对方的尊严，并没有开口索要。罗伯特·李将军的佩剑出自巴黎著名匠人之手，剑柄是用象牙和黄金制成的。这把宝剑长时间下落不明，直到最近由李将军后人捐献，陈列在聚光灯照亮的展览柜里，成为阿波马托克斯法庭国家历史公园博物馆的镇馆之宝。

铅笔对于理论物理学家来说，相当于骑士的宝剑。1969年6月16日，科尔曼和格拉肖，两位伟大的科学家，像战场的败将一样，模拟古代骑士的仪式，呼朋唤友，走到李政道办公室的门口，脱去鞋子，低着头走进去，各自将一支铅笔交给李政道。李政道收下，当众折断，注明日期后，封进一个欧洲核子研究中心的公文信封，交由历史评断。1998年3月11日，这个信封被拆开，由李政道20世纪80年代的学生任海沧见证了这一物理学界的历史公案。

科尔曼和格拉肖认错的诚意还不仅于此。他们不但认错，还将他们已经发表的论文撤稿，并在当年7—8月在希腊举行的国际高能物理会议上，在全世界理论物理学家面前认错。

从20世纪30年代，狄拉克、海森堡等大师起，经过施温格、费曼、朝永振一郎等大师不懈的努力，直到20世纪60年代，关于量子场论的红外发散和紫外发散，人们接受了重整化的数学处理，但问题并没有得到圆满的解决。量子场论进行计算时通常要对散射矩阵进行回路积分，积分区间的下限从零起，上限到无穷大。取零做积分下限造成红外发散，取无穷大做积分上限，造成紫外发散。李政道和威克试图从另一个角度来处理量子场论的发散问题，尽管这样会导致听起来不合常理的负概率。

费曼在1984年曾著文《负概率》，表述了他的看法："大致上20年前，量子场论能做到的只是把电动力学和相对论结合起来，再用一点不言而喻的假设。但是对于特定的计算，结果还是会无穷大。而这种无穷大用重整化方法，只能有限度地控制。我觉得问题出在那些不言而喻的假设上，其中之一就是负概率。说起负概率，假设一个事件发生的概率是负值，那很荒唐。初听到的时候会让我感到文化冲击，完全不能接受。但是仔细想想也就释然了。虽然很不幸，我自己20年也没有想出怎么用负概率来解决量子场论的危机，我还是想把我的这些年的尝试发表出来。"

费曼在他的评述性短文中表达了对负概率的看法之后说："量子场论解决红外发散和紫外发散无非是两种方法，或者施加人为的，但看起来合理的截止限，让积分下限达不到零，上限达不到无穷，或者施加某种干扰势能，产生负概率，让无穷大的结果不要发生。我多年来尝试过各种途径，虽然没有成功，但我希望我的这些研究，能对研究李政道和威克的理论对物理学造成的后果有所帮助。"

是对积分的上限或下限加以人为限制，还是接受负概率？两者哪个更合理呢？费曼没有给出确切的答案。笔者认为想开了，也许还是负概率更好一些。日常生活中，事情发生的概率一定会是零或者正值，但是在量子世界里却未必。量子世界中不能用日常生活中的常识解释的现象太多了，例如量子纠缠争论的百年，在一般人看来，还是乱无头绪。

倬云先生

文 | 冯俊文
（出版人、匹兹堡大学亚洲研究中心荣誉研究员）

> 我希望年轻人能了解自己、同情他人。要认识到自己不是工具，而是活生生、大写的"人"。要学会以心感受世界，以情覆盖世界。

"做一天和尚撞一天钟"

许倬云先生的儿媳归诗雅（Thalia Gray）在卧室用针灸为他治疗疼痛日甚的颈部，我和许乐鹏（Leo Hsu）及许归仁（Oliver Hsu）在厨房聊天。

乐鹏是先生的独子，和父亲一样，他喜欢摄影，擅长拍摄人物和静物。许先生80岁时，有幅非常传神的照片作为《家事、国事、天下事：许倬云院士一生回顾》台版的封面广为人知，那便是乐鹏作品。

记得刚到匹兹堡不久，先生指着书桌左侧墙上一幅照片说："这是 Leo 在多伦多拍的，天将破晓，水天相接一线。这种分寸感，时间和光线的把握，比拍人物更难。我常说'往里走，安顿自己'，这幅照片较能传达如此意境。……我小时候在长江边长大，想念故乡的时候，会看看这张照片。"

近四年，先生出版了四本新书、两本英译，讲了五个系列在线课程，与李善友、许纪霖、张维迎、余世存、刘擎、项飙、俞敏洪、陈东升、许知远、樊登、许宏、王石等进行了十几次谈话。

垂暮之年，寄身海外，他以如此高频的学术活动，在故国成为安顿人心的"精神坐标"：从致力于为常民写史的历史学家，跨越时空和代际，成为众人眼中的"宝藏爷爷"、长者、智者，陪伴、指引了许多孤独、困顿中的人，度过艰难时日。

然而，他自己已常年身处困顿。90岁那年，先生下肢瘫痪，背部神经剧烈疼痛，严重到吗啡都无法缓解。仅剩右手两根手指可以操作鼠标、键盘以及轮椅的操纵杆，上下床、吃饭、洗澡等无不需要人照顾。幸好儿媳已取得针灸师执照，帮他止住了疼痛。这段经历，使他越发感觉"时不我予"。我也因此才有机会在先生安排下，前来匹兹堡大学访问，在他身边工作、学习至今。

每次录制视频、线上谈话，先生都要以手臂靠在桌子边缘，勉力支撑一小时。"我的身体表面看还不错，其实已经只剩一个空架子，不知道哪天就走了。所以我不愿意欠债，总想赶着把事做完。"他常常自称"儒家的和尚"——"今生还没到终局，我能做的就是做一天和尚撞一天钟……这是我的祖国，这些同胞是我的手足，中国的建设与我休戚相关。我梦里都在想中国怎样才能更好，因此不辞冒昧，有求必应。"（《倬彼云汉》，2023）

面对工作，他依然保持高度专注。工作之余，却常感沮丧，觉得对不起师母的操劳。"我前半生是母亲护持，后半段就是曼丽了。她们是隐身的天使，我非常感激。……为了照顾我，曼丽确实比一般的妻子辛苦，这是我感愧终身的。"尤其从2017年开始，先后经历火灾以及先生身体瘫痪，师母长期劳累身体大不如前，这种"内在的愧疚感"愈发强烈。师母则显得淡然——"他是儒家，我是道家。我们彼此理解，相反相成。"

九十高龄，知交零落。2023年《〈思与言〉一甲子感言》中他说："似乎就只有我在茫然四顾，天天担心接到

悼云先生

故人殒落的消息。"撰写悼词,成为他不愿做却无法辞谢的工作之一。2022年冬末,台湾"大法官"马汉宝先生过世,先生口述悼文,行将结束,噙着泪水一字一顿:"汉宝,我不叫你大哥了。你我的交谊,超越阴阳界,梦中常相会。"2023年农历新年刚过,朱云汉院士病逝,悼文有种克制的哀伤:"云汉,你好好走!我找你们的时间也不会太远,在那边我们再见吧。"

好在先生精神依然健旺。无远弗届的互联网及电话,让他通过邮件,与亲友故交维持了相当固定的交往圈。哈佛大学王德威教授每周与他通一次电话,交换对时局、学问的诸多想法。新作《经纬华夏》英文版正在香港中文大学翻译,书名即是与王德威通话时确定:*Reorienting China*——《重新定位中国》。

他居住的公寓,坐落在德国移民的路德会教堂旧址,当年教堂的马厩和钟楼屋后犹存。困居家中,他的生活相当规律。每天早晨起床,在电脑上翻看《纽约时报》《大西洋杂志》,YouTube及百度、Google的资讯,获取考古、国际政治、两岸关系等他所关心的信息。用他自己的话,就是"做工"——工作的价值,在于工作本身,一点一滴、持之以恒的用心。也因此,对于这个快速变动的时代,他始终保持与时俱进的关切,大到巴以冲突、中美会谈,小到谷歌翻译的操作方法。去年秋天的某日，他忽然问："润"是什么意思？

普天下没有标准答案

2020年7月，《许倬云说美国》由理想国出版："六十年前，我满怀兴奋进入新大陆，盼望理解这个人类第一次以崇高理想作为立国原则的新国家，究竟是否能够落实人类的梦想。六十年后，却目击史学家、社会学家正在宣告这个新的政体病入膏肓。"这令很多知识分子感觉惊诧：一贯秉持自由主义立场的许先生，为何会对美国持有如此激烈的批判？甚至有朋友直接向我表达：我很尊敬许先生的学问，他这本书我无法接受。

其实，这种反思批判其来有自。攻读芝加哥大学博士学位期间，他就一直在"读美国社会这本大书"——参与当时风起云涌的民权运动，为黑人争取权益。1961年，肯尼迪当选美国第35任总统——这是美国总统竞选史上，首次利用广告手段包装、设计参选者形象，影响乃至操纵媒体舆论赢取选票。由此，他得以了解芝加哥政治世家Daley家族如何操纵选票。同时，他也切实体会到当时美国社会对于"人"的尊重："远溯希腊，近到美国独立运动和拓荒事业，社会上只有分工，个人没有高下……由总统到乡镇会议的主席，谁也不比旁的老百姓更圣明、更贤能、更该有职务以外的特权。"(《心路历程》，1964)

1962年芝加哥大学毕业，当时他是第一位学成返台的文科博士，同时在台大历史系、史语所和"中研院"任职，与马汉宝、沈君山、胡佛等人一起，深度参与了台湾政治转型及经济建设进程。正是有此切实的人生经历，在漫长的学术生涯中，他才尤为注重"文化比较"这一课题：既追随韦伯、雅思贝尔斯所开拓的道路，也有自身对人类不同文明形态和社会制度的悉心考察，最终发展为独具一格的"大历史观"。

1964年，出版方预支的散文集《心路历程》2000元稿费，他捐给了与胡佛等人创办的同人刊物《思与言》——从名字即可看出当年的办刊宗旨：既注重思想文化的探讨，也注重现实的关切与批评。虽然因此招致诸多政治压力，这本刊物独立运营至今。日前潘光哲来函，邀请先生撰写《思与言》创刊60周年贺词。他心心念念，依然是安身托命的海峡两岸：

> 我在美国生活了六十年。我看见当年一个人类设计的"理想世界"，在这六十年中一步步走向败坏。我

>也看见，当年在俄国出现的一个社会主义联邦，居然完全走到理想的反面……上述美国、俄国两个例子，都让我们警惕：海峡两岸都必须步步小心，不要掉入前面这两个前车之覆辙。

当年先生一方面在"中研院"和台大从事学术事务，一方面积极参与社会，主张政治民主、思想开放、学术自由。因为协助时任"中研院"院长王世杰先生处理公务，他与当时台湾主政者蒋经国相识，并有多次谈话，介绍西方民主政治、社会保障的现状，以及柏拉图所忧心的民主政治走向寡头政治、僭主政治、军事独裁等几种败坏的可能。

先生很早就意识到：民主并非一成不变，更非一蹴而就。现代以美国为代表的西方民主政治，只是西方近500年来的经验——既不完美，也非"普世"。

修订《经纬华夏》英文版时，他借围棋讲道："美国政府中缺乏具有战略眼光的围棋高手，面对乱局频发的全球问题，就只能穷于应付。"至于美国的前途，他持有一种审慎的悲观："美国正在进入缓慢的衰退期，全局性的变化，或许就在十年内发生。"我接着问道："为什么您自己还愿意住在美国？"他回答："《礼记》有一则故事，记载孔子路过泰山，碰到一位妇人在墓旁哭泣，原因是公公、丈夫、儿子都死于虎患。孔子问道：'何为不去也？'妇人回答：'无苛政'。这个回答，也正是我的心情。"

关于"理想"，先生曾经这样回答年轻人："理想就是尽我的能力，做我可以做的事情。……不要求高，但要求'尽其在我'。"对于"理想世界"，无论"左右"，他却始终心怀警惕："哪怕是我们认定的理想世界真正实现，随着时间推移，'新'变为'旧'，'旧理想'出现毛病，或者'旧理想'构建者懒惰、老化，我们不免又要追寻新的理想。……我不认为普天下有标准答案，同样也不认为人类社会有个终极'完美制度'可供遵循。"

如此反思，既是长程历史研究、中西比较融通得出的经验，更是对中国近现代化历程的深切反思——"近两百年来中国颠颠簸簸，挫折不断。这中间最大的错误，就是总盼着有一面镜子在眼前，我们如'螟蛉之子'一般，以为照样模仿就能走向现代化……中国走到这条路与日本不可能一样，中国也不可能完全照搬美国。"(《倬彼云汉》，2023）

不幸言中，台湾政治转型以后，现实的走向，无论政治还是经济，与许先生他们当初的期望和规划渐行渐远。他们苦心孤诣，努力将台湾建设到如此局面，如今自己居然成为"不受欢迎的少数派"。"日暮途远，人间何世"，这是庾信笔下的江南故国之哀，也是先生心中的凄怆伤心处。

理解如此"历史背景"，或许才能明白先生批判美国的立场：他是立足后现代、反观前现代，既有文化比较的历史反思，也有多年生活的切身感受，以及对于当前和未来深深的忧虑。他是以中西文化互为参照，这背后的眼光和关怀，一以贯之，直至今日——从世界看中国，从中国看世界。

天地之间，如此中国

先生曾经把自己一生研究中国历史概括为"两头"：上古史，以及近现代以来的中国史。前者想要解释的，是传统中国"天下国家"这一政治、经济、文化共同体，如何发展成形、熔铸一炉的过程；后者所关怀的，则是这一如此"早熟"的文明体，"为何到了近代两百年来，中国面对着西方，无法抗拒那些乘潮而来的欧洲人？在奔入世界大海洋这一关键性的时刻，为何中国文化的反应机制无法适当地感受变化，发展出应有的调节与更新？"(《经纬华夏》，2023) 于他而言，这是父祖两辈及至自身的切肤之痛。

去年开始，我们着手筹备六卷本三联版"许倬云学术作品集"的出版。借此机会，先生也陆续对过去的学思历程，进行了一些梳理。首先，是他的写作方式，时常被冠以"大历史"的标签。这种独特的写作风格，简而言之，有四个要点——长程历史的尺度、中西比较的视角、为常民写史的立场、呼应现实的问题意识。他的历史研究，其实是因为关注现代而寻找过去的因果。

先生自己认为，这种注重大尺度、长程的历史发展，以及比较研究的视角，固然有法国年鉴学派的影响，也是史语所的传统。傅斯年、李济之等先生，都是气魄宏大之人：李济之当年在哈佛的博士论文题目是《中国民族的形成》；傅斯年当年提出"夷夏东西说"，经历数十年考古发掘和历史研究的检验，愈发显出其眼光的锐利。先生在芝加哥大学的几位老师，顾立雅（Herrlee G. Creel）、威尔逊（John A. Wilson）、米尔洽·伊利亚德（Mircea Eliade）、彼得·布劳（Peter Blau）等名师，无一不是眼光宏阔、处理大问题的人。

中国传统的学问，本就注重"究天人之际"的贯通。先生学术方面最为重要的三本著作——《西周史》《古代中国的转型期》《汉代农业》，实质上是希望从政治思想、文化转型、经济结构三个角度，解释周、秦、汉这一"天下秩序"形塑的过程；他的观点，基本上着重在文化塑造与国家运作时，上述种种因素彼此纠缠而又呼应的复杂过程，而不仅仅是专门史的陈述。

从这次"古代中国三部曲"副书名的界定，也可瞻见先生上古史研究的旨趣：《西周史：中国古代理念的开始》《古代中国的转型期：春秋战国间的社会与政治制度的变化》[①]《汉代农业：天下帝国经济与政治体系的生成》。尤其《汉代农业》，经常被人误读——这绝非简单的经济史著作，其所处理的问题也不限于汉代，而是从精耕农业、农舍经济、贯通全国的道路交通和商品贸易网络，结合意识形态和土地制度等因素，解释中国之所以能整合为一的内在机制。

有一次我请教："自1980年《汉代农业》英文版出版至今，40多年过去了，您觉得这个领域还有可以往下做的空间吗？"先生回答："因为材料所限，这本书当年所论述的范围着重在中上层。近几十年来，随着考古材料的日渐丰富，尤其南方各种简牍的出土，使得秦汉时期基层治理的面貌愈发清晰，年青一代的学者或许可以补足这一层面的工作。"

[①]《古代中国的转型期》一书在2024年8月由三联书店出版时，定名《形塑中国：春秋、战国间的文化聚合》。——校注

《易经》中"变"的思想，是理解先生很重要的一把钥匙：历史是动态变化发展的过程，无法以某一个制度作为唯一、恒定的标尺。哪怕是被视为"普世价值"的民主制度，美国、日本、韩国、新加坡、印度乃至欧洲，都各有其特色，也有其各自所面临的问题。对于自己的学术风格，先生视之为"百花错拳"，本能地排斥"盖棺定论"式的陈述——"虽然已经90多岁了，我的思想一直在变化，我也无法断言自己哪本书、哪句话、哪个观点，是唯一正确、颠扑不破的所谓'经典'，因为时间在流逝。"

这种实事求是，不断在一点一滴中寻求进步可能的治学风格，让我在过去一年半里协助先生写作、修订《经纬华夏》的过程中，深感触动，受益终身。通常是先生口述，我笔录初稿，回家修订润色后，他再订正。三稿完成后，先生感叹："我终于可以随时走了。"

未曾料想，字斟句酌的修订，后面又进行了五轮，历时一年多；中间还邀请考古学家许宏教授等学者审稿，从结构到细节作出诸多调整。

2023年7月9日，临近印刷，他根据2018年7月19日《史密松博物馆杂志》对印度一处钟乳石洞里石笋的同位素分析结论，增补说明4200年前全球性普遍存在的长期干冷气候，对龙山文化往西、往南迁移的决定性影

响——这一发现，足以解释中国古史这一突然发生的"大流散"的成因。(《经纬华夏》，2023)

近年来的著作和讲课中，先生尤为注重传统中国文化价值："我强调中国文化的特色，一个是群己之间的关系，一个是不断提升自己的责任，在提升自己之外，还要帮助别人提升。"60年的美国生活，他深刻体会到极端个人主义之下，传统宗教团体、社工组织、社区结构、家庭伦理纷纷瓦解，个体走向"核子化"后导致的社会问题。

先生经常用一个比喻，来描述自己所见、所感的"现代性困局"："我们东方几乎所有的民族，坐着独轮车、汽车、马车，一个个进入了同一个辉煌的火车站；但是我们进入后，发现轨道已经生锈了，最后一班车已经走掉了，火车站后面是一些荒芜的坟墓……"(《往里走，安顿自己》，2022)

所以先生劝告年轻人："经营圈子使你温暖，扩大胸襟使你能够容纳世界。"也希望国人关注传统集体主义价值观中合理的部分，呼吁参考北欧诸国的模式，重建一个个以小社区为单位，邻里间守望相助的社会结构，以补救极端个人主义之下的困局。于他而言，这并非困居他乡的"复古怀旧"，而是洞悉种种"现代性"弊病后，清醒、理性的选择。他曾持续很多年，以自己的家庭为中心，组织本地华人定期聚会、讨论，直到疫情以前，身体瘫痪才告结束。

然而，重视个体与群体的互动，并不意味着他忽视个体的权利和尊严。作为一名自由主义知识分子，许先生身上令人感受最深刻的，恰恰是"平等"二字："一方面他对人，所有的人，包括年轻人，都非常尊重；另一方面，不会因为你是权贵，就有丝毫特别对待。"（《倬彼云汉》，2023）

同时，对于年轻人人生的困惑，他尽量有求必应："作为老师，我不能拒绝学生请教问题。哪怕是他所提的问题不明确，在回答时我也尽其所能，让他能有所收获。"

他也曾反复教导我，要注重"人"本身的价值：人不是机器，而是有情感的、活生生的个体。儒家所讲的"仁"，就是"人二"——两人相处同在。人与人之间的相处之道，乃至中国文化最基本的精神，就在于"忠恕"二字所体现的"仁"："'忠'，就是我心中最深处、最真挚、最诚恳的部分；'恕'就是将他人看作自己，将心比心。"他给孙子取名为"归仁"，即是希望他能以此二字，作为其一生行事做人的原则。

2022年12月19日的一场谈话中，余世存提问："您92岁的人生可以说是一个传奇，对于年轻人，您最想讲的话是什么？"先生回答："我不是传奇人物，我也没有资格做圣人，我要做个'人'。我希望年轻人能了解自己、同情他人。了解自己的短处，佩服他人的长处，可能赢得许多意料不到的朋友。更重要的是认识到自己不是工具，而是活生生、大写的'人'，要学会以心感受世界，以情覆盖世界。"

重阳节后，霜降日下午，先生驾驶轮椅从电梯下到车库，开上斜坡左转，穿过草坪进入后院，与太太对坐，享受了一个小时深秋红叶的景致。这是近三年间，他首次出门，不啻一场远行与冒险。事后他对我讲："原来中国人所说的'土气'真的存在，居家日久，出去就能感受到这股气息，让人很舒服。"

那天餐桌边短叙，乐鹏说："我没有想到，爸爸到晚年居然焕发出这么大的生命力。"这让我想起，鲁迅曾说过的："无穷的远方，无数的人们，都和我有关。"于是借此回答："其实你父亲的生命力一直如此充沛，过去是以文章和著述的方式呈现；近年来随着信息技术的进步，才以视频、短视频、直播等方式触达更多人。而他之所以能够被如此广泛的人群所接受，恰恰在于他心里的关怀足够大，大到整个世界，以及一个一个具体的生命。"

认识锺叔河先生

文 | 彭小莲

（导演、编剧）

> 我想象中的锺先生，就是这样强大、刚正不阿且善良的老人。他的坚强和感伤，总是不和谐地交织在一起。想读明白他，真不是那么容易。

一

《走向世界丛书》是锺叔河先生从 20 世纪 80 年代初开始主编的一套丛书。他把晚清最早走出国门的人写的游记、日记、随笔汇编成丛书出版，以至于像李普这样的老学人、大记者，都会写一封读者来信寄给晚辈编者锺叔河。那是 1981 年的夏天，他在信的末尾写道："八月十八晨三时，半夜醒来，不复成寐，乃写此信。"他如此急切地写信，是因为看了锺先生编辑的这套丛书，每一本都有一篇长长的叙论作为正文的补充和导读。

为了这些文字，锺先生甚至得罪了不少人。他白天在出版社编书，晚上回家查资料，把那些难以理解的历史背景、人物简介写给读者。他太"努力"了，于是遭人讨厌！锺先生说："长沙就像巴尔扎克小说里的'外省人'，格局小，是小地方出来的人；所以随便你想做点什么事都极其费力，得费力去说服。"这一写，最短的一万字，最长的四万字。他古文底子厚实，惜字如金，几行字里就蕴含了大量的信息。那时也拿不到稿费，他不计较。因为他实在是在写作中找到了一种乐趣，不仅是知识的乐趣，也是因思考而悟、修炼而觉的乐趣。

但是，有的主管和领导就不高兴了："我们不赞成搭车发表编辑自己的文章。"可是不写，现在的读者怎么读得懂这些旧文啊！要想赶紧把书出版，又不能跟他们有争议，锺先生会动他的小脑筋，把每一篇的叙论以笔名发表：谷及世（古籍室）、何守中（锺叔河倒转）、金又可（锺叔河之半），他实在不想制造"搭便车"的嫌疑。锺先生说："我从来不习惯跟在领导屁股后面察言观色，先意承志。领导想要出什么书我就出什么书，那我办不到。"于是就有了特例，锺先生自己选题，自己找书，自己编辑，自己加工，自己写前言后记，自己设计付印。他大声地告诉所有人："一句话，这是借前人的书，讲我自己的话，是我自己的编辑作品。"

当《走向世界丛书》要推出的时候，有的人又有意见，说是"一年最多让你出四本"——听听，"让你"，显然是不喜欢他的积极态度，让你出书，已经恩赐你了，怎么还想多出？锺先生是否表现得有点"出人头地"了，他这是在干什么？可是在锺先生看来，一下不推出十本以上，还叫什么"丛书"啊！就这么折腾来折腾去，书还是陆陆续续出版了，成了那个年代的大事。著名学者李一氓说："这确实是我近年来所见到的整理古文献中最富有思想性、科学性和创造性的一套丛书。"在完成张德彝的《三述奇》后，在石家庄市第十五中学任教的张德彝的孙子张祖铭，充满感激地写信对锺先生说："先祖遗物，除送交国家者外，由于众所周知之原因，业已荡然……若无先生之努力，先祖遗作恐亦无人能知，湮没于世矣！"

我们的时间在日子里常常是被掩埋了，日历也总是缺页的。寒天岁月，为了补上这残缺的一页，1979年底，锺先生跨出洣江劳改农场的第一步，就踩着残雪去北京图书馆寻找资料，终于寻觅到张德彝八部《述奇》的抄本，其中包括了最有价值的《三述奇》。张德彝一生八次出国，每次都完成一部日记体裁的"述奇"，而他的《三述奇》正赶上普法之战与巴黎公社革命。1918年张德彝去世时，他慎重地把自己的稿本交给了次子张仲英。到1951年，张仲英也觉得自己老了，没有能力保存，干脆将它们捐赠给国家。

北京东北角戏楼胡同1号的柏林寺，寺庙早就不见踪影，没有恢宏的建筑，只有一道旧木门，上面贴着铁皮的小门牌号，它是北京图书馆的古籍阅览室。在北图工作的、西南联大毕业的图书馆员张玄浩老先生的带领下，锺叔河去到了那个地方。仅仅是"西南联大"几个字，就让我们肃然起敬。他看见锺先生寻找卡片时的专注、认真，听说他想出版《走向世界丛书》后，热情帮助，立刻画了路线图，让他赶去柏林寺查找。又怕锺叔河有困难，自己都是上了年纪的人，随后却骑着自行车从老北图赶来。查找了好几天，终于找到了线装78卷本的《述奇》原稿，它们被蓝色布函护封得完整无缺。

柏林寺的工作人员，都带着老舍笔下老北京人的特点，操着最礼貌的语言："您走啦，走好嘞，您明儿早来！"屋子里没有空调暖气，工作人员的棉裤脚扎得紧紧的，穿着老式的黑色蚌壳棉鞋，生煤炉烧开水，弓着腰为锺先生倒水。搪瓷缸上的搪瓷脱落了，他们把茶叶放进去，冲进滚烫的热水。当杯子上冒起热气的时候，再寒冷的冬天，都被他们的礼数所温暖着。他们有教养、有礼貌且为人谦虚。北方清晨的寒气，透着干冷的清爽，让锺先生记忆犹新，特别是在那破旧的楼房里，藏着这么多珍贵的古书，让人无法不流连忘返。从月坛的北小街招待所出发，横穿整个老北京城，在那些躺着的线装书里，终于为读者寻找到时间，为我们缺页的日历打上了小小的补丁。大早进门，最后一个离开，真的是恋恋不舍！多少年以后，张玄浩先生早已作古，但是锺先生还与他的女儿保持着联系。

二

难得的《走向世界丛书》，留下了多少老人付出的心血，钱锺书先生一眼就看见了。当他看到每本书前的叙论时，觉得非常有意思，虽然他都不知道从哪里冒出来一个叫"锺叔河"的，他的古文、国学底子是怎么修成的，但还是觉得文章写得好看。于是，钱先生关照《读书》杂志的董秀玉，如果锺叔河什么时候从长沙到北京，带去他家见见。

这太让人匪夷所思了！

钱先生不要见人是大名在外，那些描述是非常仔细的。

他家的门上，挂着小链条，敲门以后，门是打开了，但是主人隔门缝朝外看，那小铁链就拉开了主人和外人的距离，多数的来者都被拒之门外。怎么就这个刚满五十岁的锺叔河，他的文章、文字会让钱先生产生兴趣？他邀请锺叔河做客不算，见了面还鼓励他，把那些叙论集结单行本，并表示愿为之作序。序言的开头原文是："我首次看见《读书》里锺叔河同志为《走向世界丛书》写的文章，就感到惊喜，也起了愿望。"这个愿望就是钱先生给锺叔河的信上说的："弟素不肯为人作序，世所共知，兹特为兄破例，聊示微意。两周来人事猬集，今急写就呈上，请阅正。"

在年轻的锺先生面前，信笺上，钱先生按旧式礼貌的习惯，称自己为"弟"，也吓了我一跳。多年以后，杨绛先生收到锺先生寄去他的新书时，钱先生已经去世多年。她在回信里说："他（钱锺书）生平主动愿为作序者，唯先生一人耳。"在这些"名人"的赞美之下，领导们也不再给锺叔河提要求了，那些笔名也得到转正，正大光明出现著者的名字。

等到我阅读钱先生的序言和《走向世界：中国人考察西方的历史》时，已经是20年以后。无地自容，20世纪70年代末到80年代初，我在北京读书，却不知道有这样一套丛书，更不知道有一个叫锺叔河的学者。现在，我老老

认识锺叔河先生

实实地读，读完了以后，又买了好多本送朋友，因为我交的也是一些没有读过这书的朋友，对于中国历史，我们都缺少基本的认知，甚至包括做历史研究的朋友。真想把微信上的那些小贴图，那个流泪或者是焦虑红脸的形象贴在自己的文章里——一份很深的羞愧感。

一位朋友认真看完书以后，立刻给我打电话，她说："我不同意锺先生说的，这不是第一次中国人出国对国外的描述和认知，早在中世纪的时候，就有中国人漂洋过海了。"我一听，觉得朋友说得有道理。这就是我们这些缺少常识、看书抓不住重点的人的"思考"。直到很久以后，我问锺先生这个问题时，他只用很简单的一句话就回答了我："是的，这不是国人第一次漂洋过海；但这是第一次，国人用文字记录下了他们到欧美后的所见所闻！"

看完这本书，我开始把锺先生出版的书一本一本买回家阅读。每次放下书，抬头看去，总是仿佛看见那个身材魁梧的人在我面前。他的步伐有力坚定，跟随着队伍中一个个昂首挺胸的战士朝前走。而我原本窝在台阶上看书，操场上列队整齐的年轻人，加上那响亮的口号声，让人会不由自主地站立起来，向所有迈着正步的人举手敬礼。人，就是这样被环境感染和改变，我一点都不觉得自己愚蠢，我甚至比走正步的锺先生更有一种仪式感，庄严得匪夷所思。

只是有一天，我站立在锺先生边上与他合影的时候，突然发现他不是那么高大，我的个子快和他一般高。我怎么也不会想到，这个古文底子那么深厚、对历史有着深切理解的人，曾经也是一个激进、天真，甚至单纯得有点愚蠢的阳光少年。

三

看了太多锺先生的书，实在忍不住想给他写信，因为锺先生不也是那种会给作者写信的读者吗？我一次又一次地跟朋友讲过锺先生给周作人写信的故事：被打成"右派"的锺先生在长沙城里拉板车，一天就是那么几毛钱的收入。有一天歇脚的工夫，他在街头的旧书摊上，看见一本《希腊的神与英雄》，随手拿起来读。读着读着，不仅忘记了劳作的辛苦，那文字的韵律，还有那种境界，竟然读出了仿佛周作人的气息。他把一天拉板车的收入全部付上，买下这本旧书。作者叫周遐寿，他不知道这个人是谁，问朋友，朋友也不知道，于是让朋友给出版社写信。出版社很负责，他们把信转给了作者。谁都不会想到，作者回信了，这才知道周遐寿就是周作人。

认识锺叔河先生

我不断跟朋友说这个故事，说得越来越细节化，以至于我甚至看见锺先生拉板车时，满身满脸的汗水，衣衫不整的样子。我自己都被这个故事感动得热泪盈眶，因为谁都没有想到，周先生在天之灵也不会想到，30年以后，正是这个拉板车的，将周作人的散文集，在1949年以后第一次结集出版。这个板车夫是怎么完成的？我常常会想，如果拍成电影，要下怎么样的功夫，才可以将这个充满戏剧化的故事让观众信服？这灵魂上的交流，会给予观众什么样的冲击啊？当时间、生命和死亡在一条平行线上拉开的时候，远在天上的周作人会有这样的期待吗？生活里，原来并不需要那么多传奇，幸福的生活应该是平庸的，而他们这些大师，为这些传奇付出了残酷的代价。

有一天，我跟锺先生对话的时候，他在电话里说："你说我有学问，我连周作人的笔名都不知道，我哪里有什么学问啊！"

跑旧书店是锺先生的一大嗜好。他说，当了"右派"以后，变得更加"肆无忌惮"，因为没有人、没有单位管了。那个"用一天拉板车的钱换来周作人的书"的故事，是我感动以后杜撰出来的，但也不完全是瞎编，我一定在哪里看见过相关文章。直到重读锺先生《小西门集》才知道故事原貌：他不是在马路上歇脚，也不是在地摊上，而是在旧书店，看见了周作人的《苦竹杂记》。那会儿旧书店里的书一般都是三毛钱一本，但是这本书开价竟然是五毛。他拿不出，转身就跑到隔壁的旧货店，毫不犹豫地摘下头上唯一像样的呢毡帽，人家说："这帽子值一块钱，回家拿户口簿去吧！"他着急，怕回家以后这本书就被别人买去了。他说："帽子，就作九毛钱卖给你吧！"因为一元以下的旧货，是不需要户口簿的。书，总算是买到了。

现在，锺先生手上不仅珍藏着周作人的书，还有他家的地址。于是，距离上次写信五年以后，1963年11月24日，他又给老先生写去了一封长信。那已经不是读书的年代了。锺先生依然在拉完板车以后，灯下读着周作人的书。为了给周作人写信，为了表达自己的虔诚，这个手无寸纸的"劳动人民"，特为跑到家对面的小店，买了几张一面光洁一面粗糙的纸、一小瓶墨汁和一支价格最低廉的羊毫笔，用老式竖写的格式，给周作人写了一封信，并且得到了先生的回复。

那时候谁都不会把这些东西保存下来，现在说给人家听，也是匪夷所思的事情。锺先生没有向周作人做任何解释，只是说自己"迫于生计"，无法购置稍微合适的纸笔。周作人没有询问，而是给他回信。在那个年代，他并不愿意提及自己的处境，因为这多少是有点危险的；但是在筹备出版《周作人散文全集》时，他和周作人的儿子周丰一常联系，有次周丰一发现了近30年前的锺先生去信的手迹，复印以后便寄给他了。他在信中写道：

> 从三十年代我初读书时起，先生的文章就是我最爱读的中国的文章……我一直私心以为，先生的文章的真价值，首先在于它们所反映出来的一种态度，乃是上下数千年来中国读书人所最难得有的态度，那就是诚实的态度——对自己、对生活、对艺术、对人生、对自己和别人的国家、对人类的今天和未来，都能够冷静地，然而又是积极地去看、去讲、去想、去写……
>
> 先生对于我们这五千年古国，几十兆人民，妇人小子，爱是深沉的，忧愤是强烈的，病根是看得清的，药方也是开得对的。二十余年来，中国充满了各种事变，先生的经历自是坎坷。然而公道自在人心，即使不读乙酉诸文，我也从来不敢对先生有何怨责，不幸的只是先生累数十万言为之剀切陈辞的那些事物罢了。

在那样的年代，给这样一个被认为是汉奸的人，写了如此深情的一封长信，他就不惧怕？这让我困惑了很久。

有一天，我在父亲彭柏山留下来的旧书里，发现一张读书卡片，日期也是20世纪60年代初期，他同样是抄下周作人的句子：

> 我所说的人道主义，并非世间所谓"悲天悯人"或"博施济众"的慈善主义，乃是一种个人主义的人间本位主义。用这人道主义为本，对于人生诸问题，加以记录研究的文学，便谓之人的文学。

当我看见这卡片时，背脊同样发凉，手上却湿漉漉地冒着汗水，虽然已经远离那个年代，可是我还是感觉到一种惧怕。我想象里的青海，总是那样穷困和阴沉，黑夜茫茫之中站立着父亲，看不见他的脸，因为对他我没有清晰的记忆，只是不明白，为什么他在青海的日子里，依然认定了"一种个人主义的人间本位主义"？为什么他和拖板车的锺先生，在那样的年代，都阅读着周作人的书？那时父亲已经是五十岁的人了，可是锺先生才三十刚出头，这些落入人间底层的庶人，怎么都在思考一个共同的课题？他们到底在寻找什么？

周作人果然将蔼理斯的话抄写给锺先生了：

认识锺叔河先生

> 在一个短时间内,如我们愿意,我们可以用了光明去照我们路程周围的黑暗。正如在古代火炬竞走——这在路克勒丢斯(Lucretius)看来,似是一切生活的象征——里一样:我们手里持炬,沿着道路奔向前去,不久就要有人从后面来,追上我们,我们所有的技巧,便在怎样的将那光明固定的炬火递在他的手内,我们自己就隐没到黑暗里去。

这里有太多伤心的体验,似乎父亲也是隐没在我的生活里的火炬手,他消失了,走得悄然无声,我没有看见他的遗容。他去世很久以后,我才知道父亲已经不在世上。他最后被发配去河南农学院,不知道是一个什么身份。我太小了,不懂政治,不懂父亲。他的劳动场所被安排在楼梯下,一个在生理上就不能抬起头的空间里,面前放着一张小桌子,桌上放着改锥和剪刀,他躬着背坐下,整日修补着图书馆里的旧书。不久,他死了,浑身是伤和瘀青,尸体在福尔马林的药水里浸泡了100天。1968年7月,我的大姐被通知去认领尸体,我没有机会给他送终。

回头看去,在黑夜里,只有父亲留下的书橱。这成了他传递下来的火炬,没有遗嘱,没有训导,只能再次上路寻找。而此刻,我不愿意看见锺先生的消失,他们这些有学问的人，怎么会落入生活最黑暗的地方？我想知道他们在黑暗中的体验，他们为什么要接过那个火炬？他们看见了什么？为什么还想在黑暗中举着火炬？朝前走向哪里？

四

我也给锺先生写了一封信，没有寄到出版社，请求朱正先生将信转去。

很快，我接到了锺先生的电话，在话筒的那一头，是我熟悉的湖南话。他叫我"捧笑脸（彭小莲）"，他说我跟你是半个老乡啊，你祖籍是茶陵，"文革"中我在茶陵服刑九年啊！隔着电话，看不见锺先生的模样，难以想象一个远方的陌生人说话的样子，但是我忍不住因乡音有一份感动。那种突然冲进我生活里的湖南口音，在提示我父亲的存在；那里蕴含着家庭温暖的气息，同时又散发出那种失去乡音以后的恐惧和陌生，它们混杂在一起，让我有一份倾听的渴望。

锺先生说话是不动声色的，但是幽默得让你接不上话题，他的第一句"认老乡"，就拉近了我和他的关系。我想象中的锺先生，就是这样强大、刚正不阿且善良的老人。他的坚强和感伤，总是不和谐地交织在一起。想读明白他，

认识锺叔河先生

真不是那么容易。

突然,我掉过头去,不再继续写下去,恨不能对着墙壁一头撞去,一种羞辱的感觉。丢人啊!我一下想起了2014年的春天,不知道着了什么魔,竟然冒出一个念头,为自己快要出版的新书,写信请锺先生题写书名。我得意洋洋,写了很长一封信,完全不了解锺先生,更没有意识到自己的庸俗和无聊。没有,一点意识都没有。我就是那么愚蠢地把信发出去了。

收到回信时,我就后悔了。他是那么有教养,有礼貌,他并不乐意,但没有拒绝。他说:"不给你写字,显得很矫情,我的字也没有什么了不起;写字的话,就是不要在书名下面题上我的名字,这是你写的书。"

我意识到了自己的无聊,真想回信说:"算了,不用写了。"但我想到契诃夫的"小公务员",那样的话我就更加矫情,人家已经答应你了,你什么意思?要和锺先生抬杠?信的末尾,他问我,是横着写还是竖着写。我说,各写一幅吧!很快,锺先生就用上好的宣纸,横排、竖排,各写了两个小条幅用挂号信寄来了。

出版方坚持要在锺先生书写的书名下题签他的名字,我不同意,这是我答应锺先生的条件,我和他们争执了很久,他们说:"没有他名字的题签,就没有意思了。""为什么没有意思，那么漂亮的书法！""字写得好的人多了去了。""我不认识这些人。""我们要的是锺先生的名字和名气。"一下就点到了我的死穴，难道我当初不也是带着这样的虚荣去要求的吗？现在，只有一个改正的机会，坚持我对锺先生的承诺。最终题签放在了书的内页。

书出版了。我让出版社给他寄去两本以表谢意。我再也没有和锺先生提起过这事，我想，在本质上我是虚荣的，尽管我坚持了原则，但是我的起点就是俗不可耐的愿望。我不好意思给锺先生写信了，不知道说什么好。我拖住我的搭档汪剑，任何事情都请她帮助，我几乎有点害怕直接跟锺先生在电话里对话，生怕不知道在什么时候又会流露出我的俗气。

第三辑 何日再见君

成名之前——张爱玲的香港大学

文 | 黄心村
（香港大学比较文学系教授）

> "每年夏天，我都想起1939年刚到香港山上的时候……"每年夏天，她都会重温那个开端，似乎是空落落的开端，却隐含着满满的期待……

1977年6月，住在南加州的张爱玲给远在香港的挚友宋淇、宋邝文美夫妇写信，信中有这样一段："前两天在附近那条街上走，地下又有些紫色落花了，大树梢头偶然飘来一丝淡香，夏意很浓。每年夏天，我都想起1939年刚到香港山上的时候，这天简直就是那时候在炎阳下山道上走着，中间什么事也没发生过，一片空白，十分轻快。"

这一段日常生活里的瞬间，与过去时光的记忆重叠，也唯有张爱玲特有的笔触，才能传达出这清晰而又恍惚的效果。如果拍成电影，此刻应该是一个空镜头。镜头随着树影晃动，更随着手持镜头的人下坡疾走而摇动，寂静里都是声音。这是 1939 年的香港，也是 1977 年的洛杉矶。

从圣玛利亚女中到圣母堂

1939 年夏天，张爱玲中学毕业，因为欧洲的战事，无法去伦敦上学，转到香港大学文学院。8 月注册，住进了港岛西半山新开张的圣母堂（Our Lady's Hall）女生宿舍。每日到校园的本部大楼上课或图书馆看书，都要从长长的蜿蜒的山道上下来；而回宿舍，则要爬上一个高高的坡，每一回都有要登顶的感觉。

宝珊道不长，是个东西向的缓坡，往西走不到 100 米，就到了宝珊道的西端。连着宝珊道的旭龢道也是一个缓坡，往东不到两百米，就到了校园在大学道的出入口。大学道的坡就陡多了，可以沿着大学道从校园的西侧进入校区，也可以取一条更加陡峭的，顺着山坡往下蜿蜒的长长的石阶小径，从当年的职员网球场和校长官邸之间穿过，然后从教职员宿舍六号楼和七号楼的右边绕过，一直通到本部大楼的东侧。这应该是张爱玲从半山去往本部大楼上课的最佳快捷方式。

可以想象，这样的环境对于刚离开上海的家的张爱玲是一种视野的开阔，上文引用的那段空落落的欣喜，应该就是19岁的张爱玲的心境。从1939年8月到1942年5月，她的大学生涯，不足三年。事实上，港战爆发的1941年12月，学校就停摆了，接下来五个月里的亲身经历对她有着"切身的、剧烈的影响"。

香港之战对校园毁坏巨大，但并非如张爱玲所言的"学校的文件记录统统烧掉，一点痕迹都没留下"。带有她证件照的学籍记录和两个学年的成绩单，最早被我的历史系同事管沛德博士（Peter Cunich）在撰写香港大学校史时看到。他随即叮嘱档案馆妥善保管，并在十年前即香港大学百周年纪念庆祝的时候作为校史资料展出，这些年来一直是学校档案馆的"镇馆之宝"。

从成绩单上可见，两年多里，张爱玲修的课程有英文、历史、中国文学、翻译、逻辑和心理学。英文和历史的成绩胜出其他科目，总成绩却并非如坊间所传的那般完美。一年多前，我为张爱玲百年诞辰策划的文献展上线后，有读者询问为何80分左右的成绩仍是资优生。答案是，当年港大老师评分十分严格，不像今天，分数普遍膨胀。可以确定的是，当年的张爱玲是不缺课的学生，考勤几乎完美。那张小小的证件照，深色旗袍，深色外衣，圆圆的眼镜片，面含微笑,曾经的短发长长了,是从上海圣玛利亚女校毕业的高中生模样。

资料里最让人眼睛一亮的是,1940年秋季和1941年秋季,在本部大楼前的文学院师生大合照。我找到当年的张爱玲,经过多方确认,让我欣喜万分。1941年的那张,时间恰是港战爆发前的几个月,此时的张爱玲已是大三了。大合影中的她,戴着一副厚厚的眼镜,长发,瘦削,没有一丝微笑。《对照记》里有一张她戴着同一副眼镜的单人照,多了一缕卷卷的鬈发和一丝丝的笑意;边上的文字说,大学时代的自己是"丑小鸭变成丑小鹭鸶",总是脱不出"尴尬的年龄"。

张爱玲在圣母堂住了两年四个月,其中包括两个暑假。暑假里,其他学生都回家了,她征得修女的同意,继续在那里居住。写于1944年的散文《谈跳舞》中有这样一段:

> 我在香港,有一年暑假里,修道院附属小学的一群女孩搬到我们宿舍里来歇夏。饭堂里充满了白制服的汗酸气与帆布鞋的湿臭,饭堂外面就是坡斜的花园,水门汀道,围着铁栏杆,常常铁栏杆外只有雾或是雾一样的雨,只看见海那边的一抹青山。我小时候吃饭用的一个金边小碟子,上面就描着这样的眉弯似的青

山，还有绿水和船和人，可是渐渐都磨了去了，只剩下山的青。

圣母堂作为港大女生宿舍的历史不长。战争一爆发，房舍位置太高，容易引起天上轰炸机的注意。《烬余录》中有一个鲜明的场景："同学里只有炎樱胆大，冒死上城去看电影——看的是五彩卡通——回宿舍后又独自在楼上洗澡，流弹打碎了浴室的玻璃窗，她还在盆里从容地泼水唱歌。"这个场景只可能发生在港战惨烈的17天里。

此时，修女们要回到铜锣湾礼顿道的法国修院学校参与救援工作，就让住宿的学生都撤离了。《烬余录》里的描写是准确的："一个炸弹掉在我们宿舍的隔壁，舍监不得不督促大家避下山去。在急难中苏雷珈并没有忘记把她最显焕的衣服整理起来，虽经许多有见识的人苦口婆心地劝阻，她还是在炮火下将那只累赘的大皮箱设法搬运下山。"没有到过港大和港岛西半山的读者大约无法想象，从圣母堂所在的高高的山坡上，于炮火隆隆之下，将一个累赘的装满衣物的大皮箱运下山去的壮举，所以这位来自马来半岛的医科女学生苏雷珈，在张爱玲的战争叙述中占有这样一个耀眼的位置。

那时的张爱玲，和其他外埠的学生一样，在大学堂的临时医院里做看护，以换来临时的住宿和食物。

香港的那个冬天，在张爱玲的笔下是从未有过的寒冷："我用肥皂去洗那没盖子的黄铜锅，手疼得像刀割。锅上腻着油垢，工役们用它煨汤，病人用它洗脸。我把牛奶倒进去，铜锅坐在蓝色的煤气火焰中，像一尊铜佛坐在青莲花上，澄静，光丽。"这是张爱玲特有的笔触，总是能在黑暗和污秽中挑出让人"心酸眼亮"的一个瞬间。

炮火之下：生死置之度外的阅读

比张爱玲晚一年进入港大文学院的黄漪湘（后改名黄晶），依稀记得张爱玲，说"当年她看上去总有那么一点伤感"。非常幸运的是，我最近经好友相助，找到了黄晶的同班同学莫绮莲，今年正好满100周岁的她在旧金山湾区安度晚年。

电话里她的声音依然清脆。"第一年在去教室的路上撞见了她。她和另一个二年级的同学一起走下坡来。她朝我微笑，戴着一副牛角框眼镜，镜片很厚。她的齐肩长发有点凌乱。其实，我跟她没有任何交往。之所以牢牢记住了这一幕，因为她居然对我微笑。通常二年级学生看一年级学生，就跟什么都没看见一样，好像你根本不存在，更别说对你微笑了。多年以后，我那时都七十多快八十岁了吧，在铜锣湾商务印书馆买了她的传记后，才知道当年对我微笑的二年级生原来就是她。"在说了好几遍她真的"很普通，很普通"后，又加了一句："当年她的镜片那么厚，又那样内向，不爱社交。可看那传记，她回上海后变化那么大，真是不可思议。"

相对于上海时期如日中天的名声，港大时期的张爱玲默默无闻。这对广大张迷来说，是难以接受的事实，但事实就是事实。大学时代的张爱玲极其用功，对课外活动没有兴趣。

《小团圆》第一章开篇是大考的季节。修女们在做弥撒，空气里弥漫着浓可可茶的香味。宿舍的底层原是私人宅邸的车库，潮湿，不能住人，因而改成食堂，而食堂的空间则适合看书、备考。女主人公盛九莉选在食堂靠窗的位置坐下，温习功课。此刻门窗敞开，可以看见蓝蓝的海湾，那正是圣保禄修女们笔下海雾缭绕的山坡景象。想象一下，底层的窗户打开一扇，仿佛就可以看见年轻的九莉坐在那里，她说："考英文可以背整本的《失乐园》，背书谁也背不过中国人。"《小团圆》前两章出现了很多文本，是小说为我们提供了线索。可以想见，大学时代张爱玲的阅读世界囊括了经典文本和边缘叙述。

通过这两年发掘的档案资料，包括当年港大文学院的阅读书单，可以拼凑出一个文本的世界，并且试图回答：是怎样的一个文学参照系为之后张爱玲的脱颖而出做了铺垫？

张爱玲的课外阅读书单到了港大之后变得非常长，因为她的老师们在课堂读物之外，都会向学生推荐正典之外的文学，很多是香港阅读文化中流传甚广的作家和作品，这些作家的作品大部分都在张爱玲之后的文字（包括书信）中提及。对她大半辈子文学生涯影响最大的萧伯纳、赫胥黎、H. G. 威尔斯、毛姆、劳伦斯、斯黛拉·本森等，除了萧伯纳，都不在文学院的必读书单中。而萧伯纳其实是她从小就从父亲的藏书中读到的。张爱玲的父亲和姑姑都是萧伯纳迷。1968年10月9日致宋淇的信中，她说："我从小'反传统'得厉害，到十四五岁看了萧伯纳所有的序，顿时成为基本信仰。"

开战后，本部大楼的礼堂改为临时医院和救护站，设了几百个床位。因为校园靠近港岛西的军事要塞，屡遭轰炸，被炸之后又遭抢劫，校园设施毁坏严重，遍地狼藉。本部大楼目标最大，一颗炸弹直击大楼左侧，掀掉了大半个屋顶。临时医院于是就搬到了大学中的仪礼堂，而救护站就搬到了冯平山图书馆。很多像张爱玲这样的外埠学生做了防空员，纷纷都去跑马地的防空总部报了名，同时也参与了最脏最累的救护工作。对很多青年学生来说，这是他们一生中最恐怖最惊险的经历。

战事之初，计有600名学生滞留校园。学校把男女学生统统安排在男生宿舍梅堂，白天在临时医院和救护站参加救护工作，协助收留因附近的玛丽医院额满而未能接收的伤员和病人。张爱玲大概也从圣母堂撤离后，就搬进了梅堂暂住几个月，直到次年5月离港返沪。有梅堂男女生同楼的居住经验，才有《烬余录》中这样的细节："男学生躺在女朋友的床上玩纸牌一直到深夜。第二天一早，她还没起床，他又来了，坐在床沿上。隔壁便听见她娇滴滴叫喊：'不行！不吗！不，我不！'一直到她穿衣下床为止。"也因而会有临时医院的院长担心，会有"战争期间的私生子"之类的描绘。

张爱玲被转到了冯平山图书馆内做防空员，按她自己的说法："究竟防空员的责任是什么，我还没来得及弄明白，仗已经打完了。"这显然是战乱中的一项闲职，每天有大把大把的时间，可以重新发掘阅读的乐趣。所以，对她来说，乱世里的阅读经验是埋头读书，海量的阅读，而且是生死置之度外的阅读。

> 在炮火下,我看完了《官场现形记》。小时候看过而没能领略它的好处,一直想再看一遍。一面看,一面担心能够不能够容我看完。字印得极小,光线又不充足,但是,一个炸弹下来,还要眼睛做什么呢?——"皮之不存,毛将焉附"?(《烬余录》)

同样的场景在她写于1968年的《忆胡适之》一文中重现,只是手中的书换了一本:

> 好几年后,在港战中当防空员,驻扎在冯平山图书馆,发现有一部《醒世姻缘》,马上得其所哉,一连几天看得抬不起头来。房顶上装着高射炮,成为轰炸目标,一颗颗炸弹轰然落下来,越落越近。我只想着:至少等我看完了吧。

这个场景,1955年尚在香港的张爱玲在致胡适的信中已经预演过一回,对于《醒世姻缘》的兴趣原来是得益于胡适的考证:

> 我记得在中学时代,刚买了《醒世姻缘》来的时候,和我弟弟抢着看。我因为刚刚看了您的考证,仿

佛这小说的内容已经很熟悉了，所以很慷慨地把第一本让给他看，自己从第二本看起。……在大轰炸下也在看《醒世姻缘》。从来没有一本中国小说有这样浓的乡土气息，我觉得全书像一幅幅的年画，颜色鲜明浓重。尤其现在在流亡中回想起来，更觉得留恋。

当年的冯平山是港大的中文图书馆，藏书丰盛。战火隆隆之下藏身于层层书库中，张爱玲应该看了很多书，虽然只挑出了其中的两部来描述。张爱玲在炮火下潜心阅读的，恰恰是当年的图书馆馆长陈君葆冒着生命危险抢救保存下来的部分古籍，其中应该有不少的线装书和善本。在大轰炸中阅读这些小时候就读过的旧小说，外部世界在大破坏中，小说中浓烈的年代色彩和气息则带有一种永恒的意味、安静的力量。有这样的阅读经验之后，又在漫长的流亡中回想和留恋，在诸多的不确定中似乎是一种定力，支撑着她继续她漫长的写作生涯。

"扼要的世界观"：佛朗士的近代历史课

佛朗士全名 Norman Hoole France，英籍，父亲是牧师，长驻香港，主持海员之家。1904 年，佛朗士出生在香港，在港度过了童年岁月后回英国上学,在剑桥大学圣约翰书院主修历史,成绩优异。毕业后,他曾在美国的普林斯顿大学做访问学者,随后回剑桥圣约翰担任助理导师。1931年初,英国教育部向港府推荐他出任香港大学教授,起步年薪是750英镑。除出色的学术背景,推荐理由中还加了一条,即佛朗士和香港的渊源。

佛朗士不是张爱玲笔下着墨最多的人,但关于佛朗士和港大的记忆,却萦绕着张爱玲的整个创作生涯。到了张爱玲后期创作的长篇小说《小团圆》中,佛朗士化身为安竹斯先生,译成英文是 Mr. Andrews。在同是后期创作的长篇《易经》的英文原著里,他变身为 Mr. Blaisdell,译成中文是布雷斯代先生。从佛朗士到安竹斯到布雷斯代,不是重复,是转换,是再生,多重叙述放置在一起,犹如层层叠影。

这个叠影似的人物在《烬余录》里有标志性的几笔:肉红脸,圆下巴,头发开始稀疏,嘴角总是叼着烟。在《小团圆》里,抽烟之外还加上喝酒,脸色成了"砖红",且"已经开始发胖了,漆黑的板刀眉,头发生得很低,有个花尖"。

外籍教员入住学校配给的房子,是在香港任职的一大福利。最好的地段,居所宽敞,环境幽美,山下的维多利亚港一览无余。可佛朗士偏偏不住，选了港岛另一侧深水湾的房子，意图回归农耕生活。"他在人烟稀少处造有三幢房屋，一幢专门养猪。家里不装电灯自来水，因为不赞成物质文明。汽车倒有一辆，破旧不堪，是给仆欧买菜赶集用的。"看了这样的描绘，待我在佛朗士档案里发现他曾经被驴咬伤的记录时，便一点都不觉得意外了。

许地山的女儿许燕吉在自传《我是落花生的女儿》中，印证了张爱玲的描述。许地山是佛朗士的文学院同事，也是来往最密切的朋友之一。"他家在香港岛另一面的一座小山上，养着一头驴用来驮水，养一群羊，还有奶牛、鸭子、鸡、鹅、兔子、蜜蜂，还有猫和狗，整个是个小畜牧场。后来，哥哥和我都学了畜牧专业，就是这时培养的兴趣。"

现实中的佛朗士正当壮年，而且热衷于社会活动。波兰裔的中共党员、记者伊斯雷尔·爱泼斯坦（Israel Epstein）在《宋庆龄：二十世纪的伟大女性》中，记述了当年在香港一起组织保卫中国同盟的经过。宋庆龄自己担任保盟中央委员会主席，而佛朗士的名字俨然出现在六位委员之列。

永远叼着香烟的那个佛朗士只存活在张爱玲的文字肖像中。《烬余录》里描绘的"跷板似的一上一下"的香烟，似乎是学生们在他课上的一个视觉焦点，随着烟雾的缭绕，红色火星画出的弧线,历史的脉络娓娓道出。《易经》第十二章里,烟雾里的布雷斯代先生讲到近代史了,却戛然而止,说:"多希望讲下去啊,可是没有时间了。"没有时间是因为快要考试了,也是因为真正的战争就要打上门来了。

佛朗士连续三年教授张爱玲历史课。他在剑桥受的学院训练是古代欧洲史和英帝国史,却在港大的教学内容中融入了亚洲近代史的材料。《烬余录》中说:"他研究历史很有独到的见地。官样文字被他耍着花腔一念,便显得非常滑稽,我们从他那里得到一点历史的亲切感和扼要的世界观……"

12月8日香港之战爆发,佛朗士被征入伍,驻扎在赤柱的军营。他的死,张爱玲的描绘是这样的:"那天他在黄昏后回到军营里去,大约是在思索着什么,没听见哨兵的吆喝,哨兵就放了枪。"那一天是12月20日,离香港完全沦陷不过五天的时间。这位"练武功"的历史学者,来不及书写他的中西关系史,就被历史湮没了,卒年37岁。

佛朗士的那些轶事如同一面打开了的窗户,从那里我们可以窥见自由知识分子生活中的方方面面。这里有他对物质文明的审视、对东方文字和文化的迷恋,有对环境的关怀与自然的亲和,还有人与动物的和谐共存。张爱玲描述佛朗士老师的字里行间,更有一些模糊的情愫,不能点明,只能意会。佛朗士的智慧、幽默、潇洒与不羁,对于仰慕他的年轻女生来说，象征着两性世界里所有的神秘和迷人，其中更融合了对于年龄、种族、青春、美貌和个人魅力的种种幻想。

佛朗士在张爱玲的文字里有如此浓墨重彩的登场，并不只是因为在真实生活中，他对这位上海来的年轻女生有太多的鼓励和启发，更因为他本身就是一个充满故事和个人魅力的人。佛朗士是一个桥梁似的人物，联结了大英帝国的整个殖民史和战后开启的后殖民叙述。在殖民史的持续演绎中开展对后殖民的思考和反省，是佛朗士作为一个历史学者的自我定位，而他对于历史写作崭新意义的领悟，在某一个节点上深深触动了成名前的张爱玲。

也许，这就是她说的那个"扼要的世界观"。她带着世界主义人文视野，带着教授和书籍给她的丰厚馈赠，漂洋过海到了另一块大陆。

1942年5月，张爱玲从沦陷的香港回到沦陷的上海，仅用两年时间，便达到了她创作的第一个高峰期。

而这一切的开始，恰恰是本文开端的那个空镜头——"每年夏天，我都想起1939年刚到香港山上的时候……"每年夏天，她都会重温那个开端，似乎是空落落的开端，却隐含着满满的期待，四周的寂静里都是声音，草蛇灰线，所有的线索都已经埋在那里了。

汪曾祺——一个世纪的饮食记忆

文 | 杨早
（学者、作家）

> 食物就是汪曾祺打量与记住世界的方式。吃什么与想什么，也就是物质生活与精神生活，汪曾祺深信，这二者内里相通，不可分割。

汪曾祺不承认自己是"美食家"。1992年他为《汪曾祺散文随笔选集》写序时再次声明："近年来文艺界有一种谣传，说汪曾祺是美食家。我不是像张大千那样的真正精于吃道的大家，我只是爱做做菜，爱琢磨如何能粗菜细做，爱谈吃。你们看：我所谈的都是家常小菜。谈吃，也是一种对生活的态度，对文化的态度。那么，谈谈何妨？"

他谈四方食事，谈古今食典，进而故乡滋味，中外菜点，无不以"家常"二字打底，而其人其文，也无不以"人间送小温""灯火可亲"的闲谈面目名世。久而久之，许多读者甚至忽略或忘却了汪曾祺还有"怪""叛逆""试验性"的一面。

荒年茨菰汤

1931年，大洪水袭击了汪曾祺的家乡高邮。

这是一场全国性的大洪灾，中国受灾国土达三分之二，受灾人口2520万人，相当于当时美国所有农民的人数。高邮所属里下河地区是灾区中的重灾区，受灾民众约350万人，逃荒人数140多万人。西方评论认为，这是20世纪最严重的自然灾害之一。

汪曾祺一家搬到汪宅旁边竺家巷一家茶馆的楼上，挨到一星期后水退才回家。整场水灾给11岁少年留下最深的印象是：这一年高邮粮食绝收，汪家虽然不至于挨饿，却老是吃茨菰汤、芋头梗子汤，而且茨菰不去嘴子，很难吃。此后三四十年，汪曾祺一直不爱吃茨菰。

这个人似乎习惯用滋味和气味来记住世界和岁月。不能说他不关心别的细节，但食物总是记忆里最鲜明的部分。

高邮以咸鸭蛋名世。汪曾祺曾说，"他乡咸鸭蛋，我实在瞧不上"，《端午的鸭蛋》选入多种中小学教材，很多没吃过高邮咸鸭蛋的学生也会背："筷子头一扎下去，吱——红油就冒出来了。"在他的记忆中，祖父爱用咸鸭蛋下酒，一只鸭蛋可以吃两顿。节俭的祖父爱吃长鱼（鳝鱼）汤下面。面下在白汤里，汤里的长鱼捞出来便是酒菜。祖母则负责做酱、腌咸蛋、腌咸菜、腌辣菜，还要在除夕负责整治很有仪式感的一顿团圆饭，必有一道鸭羹汤，鸭丁与山药丁、茨菰丁同煮——这是徽州菜，汪家来自徽州，示不忘本。

母亲杨氏在他三岁时就离世了，汪曾祺只记得父亲带着他坐船，陪母亲到外地看病。父亲在船头钓鱼，船里挂了很多大头菜。在汪曾祺记忆里，母亲的味道，就是大头菜的味道。

七岁的时候，国民党北伐军与孙传芳联军在高邮打了一仗。汪曾祺一家人躲进了设在炼阳观的红十字会，带了一坛炒米、一坛焦屑，那时的方便食品。隔壁兴化县的郑板桥曾在《板桥家书》中说："天寒冰冻时，穷亲戚朋友到门，先泡一大碗炒米送手中，佐以酱姜一小碟，最是暖老温贫之具。"

八岁那年，最爱汪曾祺的二伯母去世了。因为是二伯母的继子，汪曾祺履行孝子职责，印象最深的是逢七，头七、二七、三七……他和弟弟曾炜各搬一个小板凳，坐在灵堂里，陪着送鬼魂回来的鬼差吃饭。一碟白肉，一碟豆腐，两杯淡酒，两个小孩子坐在板凳上。

1981年，汪曾祺离乡42年后，终于回到了高邮。多年睽违，颇有近乡情怯之感。如果不是长子汪朗突然自作主张先回了趟高邮，汪曾祺兴许还下不了决心。启程前，汪曾祺致信弟妹汪海珊、汪丽纹，提到汪朗回高邮，乡亲们请他吃活鳜鱼、呛虾，汪曾祺说："我如果回来，请不要对我如此，你们就给我准备一点臭苋菜秆子吧。——当然这是说了玩的。没有臭苋菜秆子也行。"

另一样让汪曾祺想起故乡的食物，偏偏是他在大洪水那年最讨厌的茨菰。这东西三四十年他没再吃，也不想。但有一年春节，汪曾祺去老师沈从文家拜年，师母张兆和炒了一盘茨菰肉片。沈先生吃了两片茨菰，说："这个好！格比土豆高。"这句话说服了汪曾祺，他又开始吃茨菰了。北京的菜市场在春节前后有卖茨菰的，汪曾祺见到必要买一点，回来加肉炒了。家里人都不怎么爱吃，他就一个人包圆儿了。他在《故乡的食物》里，将咸菜、茨菰和雪融成了一碗家乡的味道：

> 一到下雪天，我们家就喝咸菜汤，不知是什么道理。是因为雪天买不到青菜？那也不见得。除非大雪三日，卖菜的出不了门，否则他们总还会上市卖菜的。

这大概只是一种习惯。一早起来，看见飘雪花了，我就知道：今天中午是咸菜汤！

……………

咸菜汤里有时加了茨菰片，那就是咸菜茨菰汤。或者叫茨菰咸菜汤，都可以。

……………

我很想喝一碗咸菜茨菰汤。

我想念家乡的雪。

江阴的水果店

高邮没有好的高中，汪曾祺去了江阴，考上那里的名校南菁中学。南菁中学源自1882年创立的南菁书院，是江苏全省最好的中学之一，学校面积约37亩，校门前有20亩农场，还有校产2万亩。1935年，一名就读南菁中学高中部的学生，每年要交学费36元、膳费46元、宿费10元、讲义费4元、图书馆费2元、体育费2元，共计100元，可以买2500斤米。可见汪家那时的家境还可以。

南菁中学的数理化和英文教学全省闻名，但轻视文史。而来自苏北的汪曾祺，偏偏数理化和英文都不好。但在江阴的两年，汪曾祺似乎还是过着文人的写意生活。星期天，到街上买买东西，吃一碗脆鳝面或辣油面、几只猪油青韭馅饼，挑一两本便宜书，下午躺床上吃粉盐豆，喝白开水，读李清照、辛弃疾词。三角函数、化学分子式、考试、分数……置之脑后。

江阴的水果店更让人难忘。最大的是正街正对寿山公园的一家，"水果多，个大，饱满，新鲜。一进门，扑鼻而来的是浓浓的水果香。最突出的是香蕉的甜香。这香味不是时有时无，时浓时淡，一阵一阵的，而是从早到晚都是这么香，一种长在的、永恒的香。香透肺腑，令人欲醉"。对于汪曾祺来说，水果店的香味其实是初恋的香味。那个他为之写了一黑板情诗的女同学，带给他的是后来写进《受戒》那种心里痒痒的感觉。

高一暑假，汪曾祺去镇江参加了三个月的军事训练，在这里他认识了终生的老友巫宁坤。同训中还有蒋介石的次子蒋纬国，他当时在东吴大学念一年级。每到星期六下午，就听见政治处秘书叫"二少爷！二少爷！"，便是南京来长途电话，或是接他回南京的车到了。

除了军事训练，还有就是党国要人的演讲，比如叶楚伧、周佛海等。集训将结束时，所有学生调集南京，接受蒋介石训话。蒋介石穿着草绿色毛料军服，马刺是金色的。每讲一段，蒋介石就用一个很大的玻璃杯喝一大杯水。下面的学生嘀咕，猜玻璃杯里盛的是参汤，不然训话训不完。

战争来了。爱情与学业同时中断。1938年6、7月，日军飞机连续轰炸高邮。8月，日军又炸开了苏北运河大堤，高邮再次变成一片泽国。驻扬州的日军往北面打，中国守军反击，两军在高邮、宝应一带形成僵持局面。这一年，汪曾祺无法再去上学，只能在淮安中学、私立扬州中学、盐城临时中学等校辗转借读。他学会了抽烟喝酒，父亲也不管他，喝酒时还给他倒一杯，抽烟时一人一根，还给他点上火。"父子多年成兄弟"，这句话也是父亲说的。

这两年，汪曾祺无论流离在哪里，包括借住在庵赵庄的菩提庵，带在身边的只有两本新文学书，反反复复。一本是屠格涅夫的《猎人日记》，一本是《沈从文小说选》。后一本是上海一家野鸡书店出的盗版，沈从文自己编的类似书叫《从文小说习作选》。汪曾祺之前也读过林琴南、张恨水、郁达夫、巴金。但屠格涅夫和沈从文让他发现，哦，原来小说是可以这样的，是写这样一些人和事，是可以这样写的。

跑警报时的冰糖莲子

汪曾祺到了昆明，考上了西南联大。

能考上也真是运气！汪曾祺自幼常发疟疾，在越南再次感染，到昆明几天后即发病入院，高烧40℃。当天喝了一肚子蛋花汤，晕晕乎乎地进了考场。他心里的打算，要是考不上联大，就去考国立艺专，当个插画师。结果，考上了！

联大学生的膳食是很差的，学生自组膳食委员会，每人每月交15元左右。按照1940年物价，每担米百元左右，联大的公米价格在五六十元。米饭自然是糙米，掺有很多沙子甚至老鼠屎，被称作"八宝饭"，每人可吃五六碗。八人一桌四小碗菜，饭没吃到一半菜就没了。伙食太坏了，而大学生的胃口都极好，都很馋，"像刀子一样"，见什么都想吃。有一点兼差的收入，差不多全吃掉了。

初到昆明，带来的盘缠尚未用尽，与家乡邮汇尚通，汪曾祺还有些钱，以他的名士派头，一到星期天就出去到处吃馆子。汽锅鸡、过桥米线、新亚饭店的过油肘子、东月楼的锅贴乌鱼、映时春的油淋鸡、小西门马家牛肉馆的牛肉、厚德福的铁锅蛋、松鹤楼的乳腐肉、"三六九"（一家上海面馆）的大排骨面，全都吃了一个遍。钱逐渐用完了，吃不了大馆子，就只能到米线店里吃米线、饵块。

在昆明七年，越到后面越落魄。最惨的时段，是1944年肄业后，汪曾祺搬出联大宿舍到民强巷租房，常常没有收入，加上又经历了一次失恋，更加颓废。出租屋里只有一张三屉桌、一个方凳，墙角堆了一床破棉絮、几本旧书。

汪曾祺白天在桌上写文章，晚上裹一床旧棉絮，连铺带盖地蜷缩在这张三屉桌上。没钱吃饭，就睡到上午11点，坚卧不起，好友朱德熙见他没露面，就夹一本字典来，"起来，去吃饭！"卖掉字典，吃一顿早饭。

吃食也见证了汪曾祺的青春文艺岁月。1941年，巴金来昆明看望女友萧珊。汪曾祺等同学去拜访，巴金亲手做了几样道地四川菜招待大家。而沈从文住在呈贡，进城上课，没有正经吃过饭，大都是在小米线铺吃一碗米线，有时加一个西红柿，打一个鸡蛋。巴金几次在昆明遇见沈从文，都是在米线铺里。有一次汪曾祺和沈从文上街闲逛，在一个米线摊上要了一盘凉鸡，到附近茶馆里借了一个盖碗，打了一碗酒。这碗酒，沈从文用盖碗盖子喝了一点，其余的都让汪曾祺一个人喝了。

有关吃食的书写，似乎岁月静好，其实当然不是。战时的昆明一直面临着空袭的威胁。1940年，日机共轰炸昆明17次。闻一多家后院曾经掉落过一枚炸弹，未爆炸。1940年10月13日，日机再次轰炸，西南联大校舍损失惨重。沈从文、卞之琳合住的宿舍也被炸坏。沈从文从此搬到文林街20号单独居住。1941年4月29日，日机共出动27架，投炸弹71枚，空中爆炸弹5枚，硫黄草色弹1枚。炸死52人，负轻重伤者76人。炸毁民房420余间，震毁

780余间，损失汽车4辆、马1匹。损毁最重的华山西路至北门街一段，恰是联大教员居住密集区域。"自昆明轰炸以来，盖以此次灾区最广、死伤最重云。"（《郑天挺西南联大日记》）本来打算于这一天举行的清华三十周年纪念学术讨论会，也因空袭延期。

西南联大1942届社会学系毕业生徐泽物，毕业论文题目是《空袭与昆明社会》。其中报告：自1940年5月2日至1941年12月24日，昆明共有预行警报95次，空袭警报72次，紧急警报52次。历次警报时间总共约300小时。联大学生跑警报所费的时间，约等于23周的上课时间或一个半学期。其间昆明被空袭炸死者1044人，伤者1414人。

汪曾祺的空袭记忆中，仍然少不了各种吃食。联大的女同学最爱吃一种加了一点白糖的发面饼，是用松毛烤熟的，带一点清香。昆明人把女大学生叫作"摩登"，于是这种饼就被叫成"摩登粑粑"。这些摩登们常把一个粑粑切开，中夹叉烧肉四两，一边走，一边吃，丝毫不觉得有什么不文雅。联大女同学既引领饮食风尚，更是恋爱方面的摩登。跑警报的时候，也常常是一些男同学在新校舍的路边等着，提着一袋点心吃食，宝珠梨、花生米，等到女同学来了，"嗨！"欣然并肩走出新校舍的后门，去躲即将到来的空袭。

但更让汪曾祺印象深刻的，是电机系的郑智绵。郑从不跑警报。他是广东人，像一般广东人那样爱吃甜食，每当大家仓皇地跑警报时，他就留下来用白瓷缸子煮冰糖莲子，因为这时候没人跟他抢开水炉子。

冰糖莲子与空袭警报构成了一种奇特的交响。1984年，汪曾祺写下了《跑警报》，历数联大师生在警报时期的种种表现。他认为，日本人轰炸昆明，主要是为了吓唬昆明人，增加市民恐惧。但这种恐吓明显被冰糖莲子和宝珠梨打败了。"他们不知道中国人的心理是有很大弹性的，不那么容易被吓得魂不附体。我们这个民族，长期以来，生于忧患，已经很'皮实'了，对于任何猝然而来的灾难，都用一种'儒道互补'的精神对待之。这种'儒道互补'的真髓，即'不在乎'。这种'不在乎'精神，是永远征不服的。为了反映'不在乎'，作《跑警报》。"

吃什么和想什么

汪曾祺的食谱很广。高邮人不吃苦瓜，称之为"癞葡萄"，用于装饰。在昆明的时候，有个诗人朋友请汪曾祺下小馆子，点了三个菜：凉拌苦瓜、炒苦瓜、苦瓜汤！汪曾祺咬咬牙，全吃了。从此就吃苦瓜了。

1948年汪曾祺到了北京，那年秋天，生活突然改善了不少。这要"归功"于国民政府改革币值，发行金圆券，1元兑法币300万元。凡拿国家机关工资的人，等于薪水涨了十倍以上。汪曾祺与女友施松卿几乎天天晚上到东安市场去吃小馆，苏造肉、爆肚、白汤杂碎，变着法儿吃。可惜好景不长，一个月后，金圆券迅速贬值，两人又回到沙滩去吃炒合菜。

1949年1月29日是春节，汪曾祺和施松卿去了清华园朱德熙家。此时解放军已兵临城下，物资奇缺。朱家刚用30斤面粉换了一只鸡，做了一个红烧洋葱鸡块、一个粉丝熬大白菜、一个酱油糖煮黄豆。朱夫人说："这个年过得真够惨的了。"汪曾祺很高兴，说："有鸡吃就行了，还要吃什么。"他和朱德熙边吃边聊，足足吃了一个下午。

1950年，报名参军南下的汪曾祺被调回北京，进了赵树理领导下的《说说唱唱》杂志当编辑。赵树理常常工作到晚上十点多钟，出去吃夜宵。在旁边胡同卖夜宵摊子的长板凳上一坐，要一碗馄饨、两个烧饼夹猪头肉，喝二两酒。喝了酒，不立即回宿舍，坐在传达室，用两个指头当鼓箭，在一张三屉桌子打鼓，打上党梆子的鼓。汪曾祺后来回忆说："赵树理同志是我见到过的最没有架子的作家，一个让人感到亲切的、妩媚的作家。"也只有汪曾祺，用

"妩媚"来形容一位男作家。

汪曾祺后半生的领导和同事甚多。让他有亲切感、日后回忆温暖的,好像都是对吃有兴趣的文人。比如《北京文艺》时期的老舍团队。这份杂志每月有一点编辑费,都到饭馆吃掉了。编委、编辑分批开向饭馆,几乎吃遍了北京有名的饭馆。点菜主点的是老舍。老舍每年请两次客,约市文联的同人到家里。菜都是老舍亲自掂配的北京风味。汪曾祺第一次在老舍家吃到芝麻酱炖黄花鱼,印象深刻的还有芥末墩:"老舍家的芥末墩是我吃过的最好吃的芥末墩!"

1958年汪曾祺被打成"右派",下放到张家口,在这里他承担了绘制《中国马铃薯图谱》的任务。"既不开会,也不学习,也没人领导我。就我自己,每天一早蹚着露水,掐两丛马铃薯的花、两把叶子,插在玻璃杯里,对着它一笔一笔地画。上午画花,下午画叶子——花到下午就蔫了。到马铃薯陆续成熟时,就画薯块,画完了,就把薯块放到牛粪火里烤熟了,吃掉。"为了画这份图谱,汪曾祺吃过几十种不同品种的马铃薯,颇为骄傲。

在张家口四年,逢年过节才能回北京。正是三年困难时期,汪曾祺用在张家口自己采摘晒干的口蘑代替笋干做笋豆,除了自己吃,还送人。送过黄永玉,黄永玉的儿子黑蛮吃了,在日记里写道:"黄豆是不好吃的东西,汪伯伯却能把它做得很好吃，汪伯伯很伟大！"

"摘帽"之后，汪曾祺被调回北京京剧团。1965年他交了"好运"，写《沙家浜》，改《红岩》。后来，汪曾祺成了"样板团"的文艺战士，团员生活上享受特权，吃"样板饭"：香酥鸡、番茄烧牛肉、炸黄花鱼、炸油饼……每天换样。穿"样板服"，夏天、春秋天各一套，银灰色的确良，冬天还发一身军大衣。团里内部称为"板儿餐""板儿服"。这些好饭好菜把汪曾祺都养胖了，沈从文在信中笑称"来了一个胖军官"，仔细一看是穿着军装的汪曾祺，实在令人发噱。

经历一番煎熬后，1980年开始，汪曾祺陆续写出了《受戒》《大淖记事》，重回文坛。再往后，汪曾祺就成了著名的美食作家。法国的一位汉学家访问他时问："你觉得你在中国文学上的位置如何？"汪曾祺回答之前，先请他到家吃饭，琢磨了几个菜，一是煮毛豆，把毛豆与花椒、大料、盐放在水里一煮；再一个是炒豆芽菜；还有一个是茶叶蛋。主食炒了一盆福建米粉，又做了碗猪肉汤，是用福建的燕皮丸做的。

"我必须给他做地道的中国玩意，"汪曾祺说，"也有人说，中国文学要走向世界必须有地道的中国味儿，跟中国菜似的。我为什么要给他做中国的家常菜呢？写作也一样，不但要有中国味儿，还得是家常的。家常菜也要做得很细致、很讲究。写作品也一样，要写得有中国味儿，且是普普通通的家常味，但制作时要很精致讲究，叫人看不出是讲究出来的。"

是的，1983年之后，汪曾祺写了许许多多的饮食文章，开了20世纪末饮食书写的先河。他写新疆、内蒙古、山西的莜面和肉，回忆故乡的诸般食物，昆明的花与水果，后期更是将笔触广及蘑菇、蔬菜、鸡蛋、豆腐这样的寻常食物。他主张"从食品角度"去探寻"看得见，摸得着，尝得出，想得透"的文化。

将"吃什么"审美化，就赋予了饮食以文化、艺术层面的意义。这种审美意义源远流长，自先秦以来未曾断绝，但是在20世纪80年代，这是一条需要重新言说、论证与实践的常识。直到1990年汪曾祺为《知味集》写后记，还心有余悸："但是有人会觉得：这是什么时候，谈吃！"

其实，食物就是汪曾祺打量与记住世界的方式。吃什么与想什么，也就是物质生活与精神生活，汪曾祺深信，这二者内里相通，不可分割。就像他谈小说结构时，先是说"随便"，又找补说是"苦心经营的随便"。在美食家问题上，他不承认自己是美食家，但他又找补道："对于这个世界，我所倾心的是现象。我不善于作抽象的思维……你们可以称我是一个生活现象的美食家。"

七七祭金庸

文 | 张圭阳

（香港大学博士、原《明报》副总编辑兼社评主笔、北京大学访问教授）

> 金庸晚年潜心修佛。出殡时家属派发的《金庸纪念册》，封面是金庸题的"看破，放下，自在"，或许这是金庸对自己往生最好的祝福。

以创作新派武侠小说而知名中外的香港作家金庸（本名查良镛），于2018年10月30日下午在香港养和医院含笑辞世，积寿94年。

金庸辞世，内地纸媒、网媒、社交媒体上的议论，随即铺天盖地，《都市日报》亦以罕见的六至十个版位的篇幅，讲述金庸笔下的江湖，其亢奋状态远远超过香港的报章。金庸丧礼按生前意愿以私人方式举行，中央领导人送来花圈，包括国家主席习近平、总理李克强等。

作为曾经的友人与同僚、以《金庸与报业》一书对其有过些研究的人，在金庸七七忌日之际，谨以此文再表悼念之情。

一

新派武侠小说的源起，坊间各有说法。最早最权威的说法，见诸当事人梁羽生1956年9月7日在《新晚报》的一篇文章。梁羽生本名陈文统，是金庸在《大公报》的同事，面对面办公，工作之余经常在口头上比画诗词武功，大谈招式人物。梁羽生忆述：

> 吴、陈拳赛之后，我和金庸、百剑堂主三人同在一室工作，《新晚报》的总编辑罗孚兄是我们很熟的朋友，有一天他匆匆跑来，说道："我要一段武侠小说，后天交稿，你们必定要替我想办法！"我们三人，谁都没有写过武侠小说，但不写又不行，后来我们开玩笑地成立一个协议，每个人都要替《新晚报》写一部。三人中百剑堂主是老大哥，金庸兄比我大一岁，算是

二师兄，按武侠小说的规矩，姜是老的辣，最老的那位总要到最后才出场，于是便排定了登场之序，由我打第一炮，接着是金庸，百剑堂主则横剑镇住阵脚。

上文所谓吴、陈拳赛，指1954年1月17日下午4时，太极派掌门人吴公仪与白鹤派掌门人陈克夫在澳门比武，五千香港人前往观战。比赛只打了几分钟，以吴公仪一掌打得陈克夫鼻子流血而终止。百剑堂主即《大公报》副总编辑陈凡。

三天后即1954年1月20日，梁羽生的《龙虎斗京华》在《新晚报》见刊。梁羽生这一番话过于谦逊，内容不尽可信，但至少也反映出三人起初对写武侠小说是抱着玩票的态度，没有想到日后作品可以登上文学殿堂。事实上，20世纪50年代以大报自居的香港报纸，不会刊登武侠小说，认为不入流、不够格；内地则以写实文学为主，更没有武侠小说的生存空间。而梁羽生以其对历史诗词的学养，以义和团为背景、以写意手法写出了武打的《龙虎斗京华》，声名立时大噪，报纸只要刊登梁羽生小说，必然有销量，一改香港报章对武侠小说的态度。

1955年2月8日，《新晚报》在第一版刊登启事，"今天起增加两个新的连载：其一是金庸先生的武侠小说《书剑恩仇录》……"金庸在当年10月5日《漫谈〈书剑恩仇录〉》文中，这样回忆他开始以"金庸"为笔名写武侠小说的缘起：

> 八个月之前，《新晚报》总编辑和"天方夜谭"的老编忽然向我紧急拉稿，说《草莽》已完，必须有一篇武侠顶上。梁羽生此时正在北方，说与他的同门师兄"中宵看剑楼主"在切磋武艺，所以写稿之责，非落在我的头上不可。可是我从来没写过武侠小说啊，甚至任何小说也没有写过，所以迟迟不敢答应。但两位老编都是老友，套用《书剑》中一个比喻，那简直是章驼子和文四哥之间的交情，好吧，大丈夫说写就写，最多写得不好挨骂，还能要了我的命么？于是一个电话打到报馆，说小说名叫《书剑恩仇录》。至于故事和人物呢？自己心里一点也不知道。老编很是辣手，马上派了一位工友到我家里来，说九点钟之前无论如何要一千字稿子，否则明天报上有一大块空白，就请这位工友坐着等我写。那有什么办法呢？于是第一天我描写一个老头子在塞外古道上大发感慨，这个开头下面接什么全成，反正总得把那位工友请出家门去。

《新晚报》上第一篇就这样开始的：

一　塞外古道上的奇遇

"将军百战身名裂，向河梁，回头万里，故人长绝。易水萧萧西风冷，满座衣冠似雪。正壮士悲歌未彻。啼鸟还知如许恨，料不啼清泪长啼血。谁共我，醉明月。"这首气宇轩昂、志行磊落的《贺新郎》词，是南宋爱国词人辛弃疾的作品。一个精神矍铄的老者，骑在马上，满怀感慨地低低哼着这首词。这老者已年近六十，须眉皆白……

这一位年近六十的老者，在现实生活当中，就是坐在金庸门外赖着不走催稿的老工友！

金庸性格好胜，眼看梁羽生短短一年便名利双收，自是手痒难耐，恰好有了梁羽生竭息停产的机会，即不失时机地站到了幕前。虽然梁羽生珠玉在前，亦掩盖不了金庸的锋芒，一时梁金并称，驰骋江湖。

1958年，金庸为《香港商报》撰写《射雕英雄传》，取得意外空前成功。《射雕英雄传》的故事发展，成为香港街谈巷议的话题。泰国曼谷的中文报纸，为了抢先转载，不惜以电报来转发。南洋、美洲各地的侨报，也纷纷转载梁羽生、金庸的武侠小说。

在报章写连载武侠小说，每天一千字，一年要写三百六十二天，只有农历新年可以休息三天，也是很苦的差事。1959年9月27日，金庸所写的《神雕侠侣》，在小说版消失了。编者解释作者有病，暂停一天。到了9月28日，《神雕侠侣》仍未见刊，编者说："金庸先生不适，读者函电纷驰，小说明天见报，神雕迷请释念。"金庸迷一齐起哄，金庸只得抱病爬格子。

金庸的武侠小说，凝聚了金庸迷的共同心愿，在小说连载期间，读者时有去信金庸，主动就情节的发展提供意见。金庸也很善于吸收意见，再运用本身丰富的学识和文学修养，写出了广受欢迎的成年人童话。没有报纸连载的压力，金庸文学造诣再高，也不可能有这么高的产量；没有金庸的学养和识见，有了一个报纸框框，充其量也只是众多报纸专栏作者之一而已。

20世纪50年代，盗版翻印武侠小说在香港成为风气。金庸每天写一千字，由于当时没有版权的意识和法律的保护，每七天就被人结集盗印成单行本出版。当时金庸的老同学沈宝新在嘉华印刷厂当经理，沈宝新建议，与其被别人盗印成小册子发行，不如自己印刷，自己发行，自己赚钱。加上《香港商报》的调查显示，金庸读者至少有三万人，自行出版，大可封了蚀本之门。有了这个意图，金庸与沈宝新匆匆忙忙地着手开始筹办十日刊的《野马》武侠小说杂志了。在筹备期间，报贩发行们建议与其出版十日刊，不如出版日报，现金回笼更快。于是金庸、沈宝新二人马上转而筹备日报。以玩票态度写武侠小说，想不到积累下来的读者群，让他可以在小报丛生的局面下，办起了一份武侠小报，为自己的命运翻开新的一页。

二

金庸是浙江海宁人，生于1924年，金庸的童年与青少年期，是在抗日战争中度过的。1937年七七事变后，战火波及浙江，金庸随着嘉兴中学师生徒步迁入西部山区上课，过着漂泊流徙的生活。战争把金庸训练得很大胆，他念高中及大学时，曾接受军事训练，会开枪、掷手榴弹。抗战时曾踏自行车走千里路，从浙江到重庆念大学，途中日军炸弹就在车旁炸开了一个大洞。

流徙的生涯，强化了金庸的民族感，也丰富了金庸的见闻和文学修养。他曾在西南穷乡僻壤生活了两年，那是苗人汉人聚居之地，人人都是天生的歌手。冬日晚上，汉人苗人围着火堆，边烤红薯边唱歌。金庸就用铅笔一首首地记下来，记了三大册共一千余首。中国民歌这种富有民族特色的文体，丰富了金庸的文采，在他日后撰写小说和撰写政论文章方面，都能用得上。金庸分析自己所写的《书剑恩仇录》能够受到不同文化水平的读者欢迎，正是作品具有民族特色的原因。1945年抗日战争结束，他考入杭州《东南日报》；1947年，考入上海《大公报》；1948年被报社派去香港，参加香港版的筹办工作；1950年朝鲜战争爆发，《大公报》为了及时报道战争消息，争取香港读者，于是筹办另一份政治旗帜并不鲜明的《新晚报》。同年，金庸北上外交部求职不果，重返《大公报》时受到了报社内的阻挠，因此由《大公报》调往《新晚报》。

据金庸在《大公报》的上司副总编辑罗孚的儿子罗海雷撰写的《查良镛与〈大公报〉的小秘密》一文披露，当年老板胡政之从天津、上海、重庆三馆调派二十人到香港，名单上并没有金庸。罗海雷说："名单里面的一位上海同事，当时刚刚新婚燕尔，不愿劳燕分飞，这个'苦差事'只好让查良镛代劳。"

到香港是金庸命运的一大转折，这一转折，原来也只是出于一个偶然。

在《大公报》的十年，金庸同期编写电影剧本。1953年，他以林欢为笔名，为长城电影公司编写剧本《绝代佳人》,并且被中国文化部评选为1949—1955年期间的优秀影片。从1953年至1958年,当金庸的名字还不大为香港人熟悉的时候,"林欢"一名,在香港国语片电影圈中,则是赫赫有名。

1957年,金庸离开《大公报》,全职在长城电影公司做编剧兼导演,同时也继续为《新晚报》写武侠小说《雪山飞狐》。长城公司总经理袁仰安对金庸颇为器重,经常用《长城画报》的显著篇幅,刊登金庸的电影评论文章。在这期间,金庸几乎已成为香港左派电影的理论家。但他的电影理论基础是西方的。随着内地"三反""五反"政治运动慢慢波及香港的左派电影公司,他自然受到"左"倾同事的批斗,金庸刻意要在电影圈闯出一番事业,也变成不可能了。

外交官梦和导演梦破灭,于是,1959年5月20日,金庸创办《明报》。

金庸办报的初心,只是想改善经济收入,因此初创时期的宗旨是不谈政治,不讲高尚人生,以小市民为读者对象;篇幅上尽是好莱坞的电影明星裸照、罪案色情新闻,副刊以金庸武侠小说为号召,也有诲淫诲盗的文章、狗经马经并存。

三

新华社在金庸辞世的新闻稿中称,金庸在香港回归的过程中作出了贡献。新华社所指的,当是金庸以报人身份的活动,特别是指《明报》。他自己也曾说:"《明报》是我的毕生事业与声誉。"

历经 20 年,从 1959 年到 20 世纪 80 年代,《明报》从一份小报发展成为一份知识分子喜爱阅读的大报,每一个阶段的发展,都与国内外政局发展息息相关。

金庸曾经把《明报》的发展,归纳为两个关键阶段。

1962 年,内地人大量涌入香港,令香港人口由 1959 年的 280 万增加至 350 万。新增加的人口虽然来了香港,还是很关心内地的发展,《明报》员工很着力地报道内地消息,报纸销量大增,金庸也默许这种改变。而办报前三年,他费尽心力,销量一直在两万份左右,没有突破。

第二阶段是 1966 年至 1978 年,为期 12 年。这期间,金庸逐步减少《明报》的小报内容,增加了内地独家新闻。加上他执笔分析精辟的文章及预见准确的社评,在众多香港报章中崭露头角,引起海内外读者及各国政府的注意。

1982 年,我以《明报晚报》采访主任的身份采访中英香港前途会谈,在一个偶然的机会,从英国外交官口中得知，报社内有一名高级职员收受国民党特务机构的津贴。我马上把这个信息面告金庸。金庸的反应是：那也太小看《明报》了，我们岂止有国民党的特务，报社内还有美国中央情报局（CIA）特务、苏联克格勃（KGB）的、英国军情六处（MI6）的……他把员工名字也一起数算出来，我大受震惊，问金庸："为什么不把他们辞退？"金庸说："他们留在报社不好吗？我们有什么动向，各国政府马上知道，不用以讹传讹。"《明报》日后有了英译社评，公开说是推动英语学习，最初的考虑却是满足各国驻港领事馆的需求。在香港经营传媒的复杂性，由此可见一斑。

1972年，金庸写完了第十五部武侠小说《鹿鼎记》后宣布封笔，以香港有影响力报人的身份，活跃在海峡两岸。1973年，台湾国民党主席蒋经国接见金庸；1981年，邓小平接见金庸；1984年，胡耀邦接见金庸；1993年，江泽民接见金庸。香港以至海外报人当中，如此频密地获得海峡两岸最高领导人接见的例子并不多见，足以反映《明报》的影响力。

被两岸领导人接见的待遇，与金庸的国事取态有关。1973年6月7日，金庸访问台湾，返港后一连18天在《明报》刊登"在台所见·所闻·所思"系列文章，向香港民众正面介绍了台湾的政治、经济、教育以及民生状况。

当时北京有一连串外交活动，如1971年进入联合国，1972年与日本建交，美国总统尼克松亦于同年访华，这些事态的发展，都符合金庸对中国国事发展的理念。特别是"文革"结束后，金庸深感内地多了温情，多了中国文化，对中共领导人尤其以邓小平为首的领导人，态度更趋温和。香港的左派及右派因此长期攻击金庸，说他是风派、墙头草。

1982年，中英两国政府就香港前途问题展开外交谈判，其间英国不断抛出各种方案，又在香港推行代议政制，强化香港人在管治上的角色，希望延续英国在香港的影响力。金庸当时是港督府的常客，也经常会见访问香港的英国国会议员，在言论上多少亦受到英国的影响。英国首相撒切尔夫人1982年与邓小平见面后访问香港，单独与金庸会面，要求金庸支持英国在谈判上的立场。在大是大非的问题上，金庸一口拒绝了撒切尔夫人的要求，坚决支持香港在1997年后整体回归。

1984年中英签署联合声明后，金庸以极大的热情，投入了基本法的起草工作。金庸一向公开认为，管治香港的不二法门是"自由 + 法治 = 繁荣 + 稳定"。金庸在这个思路下制定的香港政制发展路线图，被右派及香港部分民主党派批评为忽略民主要求、保守"左"倾，数名大学生甚至在报社门前火烧《明报》，金庸对此耿耿于怀。金庸本意以武林盟主身份主持政制讨论，摆平各派意见，现实却是各派并不买账。在这个困境下，他便顺势辞去基本法草委工作，也着手部署从报界引退。

1963年《明报》的销量是5万份，1966年后升至10万份，1989年跃升至超过20万份。1991年《明报》报业集团上市，以每股2.90港元发行面值0.10港元的新股7500万股，净得资金2亿港元。金庸、沈宝新以10万港元创办《明报》，经过32年的经营，实现资产估值近6亿港元。金庸以一支笔，创造出数亿元的财富，不能不说是当代报业的一个奇迹。

《明报》上市前后，不少海外投资者提出收购，美国报人默多克提出以十亿港元收购《明报》，条件是要金庸为默多克打工三年。金庸不想为默多克打工，更不想《明报》落入外国人手上。经过一段时间观察后，金庸主动引入并借出股票，协助智才集团的于品海收购《明报》，自己选择退居幕后，以"太上皇"的身份，继续掌控编辑方针。《明报》在于品海经营下，股价由长期停滞不前的2元价位攀升至10元以上，金庸亦趁机把大量股票转售于品海，获利以亿元计。

金庸一向自诩善于观人，曾对我说，他只要与人谈话几分钟，就能判断其人品与能力，可以放在报社哪一个岗位上。金庸亲自扶持的继任人，没有按照金庸的部署行事，除了主管经营行政，也迅速地掌控了编辑部，金庸想做"太上皇"的美梦很快破碎了。

1994年的农历新年，我到《明报》董事长室向金庸拜年。金庸刚辞去了名誉主席的职位，正在办公室收拾东西，要离开自己一手创办的报业帝国，一脸落寞无奈的神情。我从来没有见过金庸如此无奈。然而没隔多久，金庸就约我谈创办新报纸的宏图大计，想重出江湖，再起风云。可惜不久心脏病发，所有计划告吹，不然，香港又是另一番风光了。

四

1995年7月18日下午，我按下港岛山顶道一号豪华府第的门铃。金庸在洒满阳光的大厅，和我说起了创办《明报》的前尘往事。他用江浙口音的粤语说："文人办报，我大概是最后一位了，香港没有了，内地大概也没有了。"语气平淡中带点无奈，眼神放空，陷入沉思。

上一个世纪的报纸老板，无不以戴上"文人办报"这一冠冕而自豪，甚至看成是个人办报成功与否的最终评价。

"文人办报"是中文报业有别于西方报业的一个悠久

传统。清朝末年，西方传教士以船坚炮利为后盾，在中国办起了报刊，宣传基督教义之外还刊登天文地理声光化学，兼有欧洲政闻国会议事，让读书人大开眼界，从此国人也知道了西方报人社会地位之崇高及报馆对国家的贡献。甲午战败后，举国沸腾，康有为、梁启超等公车上书，倡议广设报馆，振奋民心。于是，书生以一支健笔、一颗言论报国之心，重言教而轻牟利，成了对"文人办报"的诠释。

金庸是不是最后一位"文人办报"，可以争议；金庸经常批评读书人办报不善经营，以致国人的民营报业，鲜有如英美的大报，可以持续经营一二百年。金庸也屡屡对笔者说，报业的理念要长存，报社要长期经营下去，非得企业化经营不可。从金庸的理论和报业管理实践来看，与其说是"文人办报"，倒不如说是"儒商办报"更为贴切。

金庸生前最后二十年，从接掌浙江大学文学院院长到剑桥大学读博士，再到三度修改十五部小说，无不反映他晚年依然好学、执着，对世事难以放下的心态。张浚生所编的《乡踪侠影》，记录了金庸以"大侠"形象参加以他的名字命名的各式社会活动，如华山论剑大会、龙泉问剑……大侠的连场路演，引来毁誉参半。

对于金庸从2002年至2006年三度全面修订小说，有金庸小说专家大表不满，说：他企图把昔日的游戏文字变成金学研究，把小说改得太过政治正确，却不好看了；金庸和其他文人一样，血液中有亲近权力中心的欲望，他以大侠的形象，长期在报社以低薪剥削员工福利……平心而论，香港报社薪金偏低是普遍现象，在处理薪酬问题上，金庸只是从大侠转换到老板、商人的角色而已。金庸的办报理念多次引起争议，如他在评论新闻自由时曾说，新闻自由是属于老板的，是报业老板以此向外界争取的自由，报纸是老板的私器，不是社会的公器。金庸此番言论一出，引来多个新闻专业团体的抨击。

金庸晚年潜心修佛。出殡时家属派发的《金庸纪念册》封面，引用了金庸写给《明报月刊》总编辑潘耀明的一句话"看破，放下，自在"，或许这是金庸对自己往生最好的祝福。

一个时代过去了，"文人办报"的年代也过去了。金庸办报写社评的一支笔完成了历史任务，留下了丰富的办报经验，供后人汲取养料。深信会有更多有文化承担的儒商迎难而上，为华文报业开辟新天地。金庸的另一支笔写武侠小说，笔下的主角在国家民族危难之际，挺身而出，抛头颅、洒热血，轰轰烈烈，写出全球华人知识分子心中的乌托邦。金庸虽然走了，他和梁羽生开创的这片江湖，后继有人，精彩不断。

木心上海剪影

文 | 铁戈
（作家、画家）

木心曾将朋友比喻为一个花盆，大家将自己种在这个花盆里，相得益彰。但实际上，木心并没有将自己种在这个花盆里，尽管他很喜欢这个花盆。

一

1982年，一位在美定居的朋友回国时告诉我，从上海来了一位名叫"牧心"的作家，在纽约华人区里很出名，出了一本书，文笔优美，封面雅致，许多中文报刊都在报道他，还发表了他许多文章，俨然天外来客。作为上海人，这位朋友也因此有些骄傲。我听后说："牧心？我认识，也是他的朋友。"她十分惊讶："过去怎么没听你说起过？"

在纽约生活了20多年的木心，已被陈丹青写绝，无可超越。但由于时空的割裂，上海时期的木心，在绝大多数人们心中近于空白。

我有幸认识木心，是因为当年他为数不多的朋友之中，有一位是与他相识甚密的画家唐友涛，而我从小就是唐友涛的邻居，住在他在虹口海南路一栋日式小楼的楼下。虽然唐友涛比我大一辈，但我们十分投缘，于是成为朋友，长幼不分。唐友涛与木心当年都是才貌双全，一表人才，家中常高朋满座，饮酒喝茶，吟诗作画。两人彼此倾慕，常有往来，年纪最小的我混迹其中，也就自然地认识了木心。

另一方面，木心醉心音乐，与钢琴演奏家金石交游密切。而金石的父亲金武周先生，是20世纪30年代去美留学的哲学博士，曾单独教我英语多年，视我同家人。于是我与木心多了一层忘年之交的关系。金石曾于1951年4月在上海兰心剧场举办过国人首次钢琴独奏会，后来虽在沈阳音乐学院任钢琴系教授，但每来上海探亲，常会同木心见面。有次金石在朋友处举行一场个人独奏音乐会，曲目为柴可夫斯基的第一钢琴协奏曲，木心特地赶来，并与金石当场切磋演奏中的技巧。金石曾同我提起，木心不仅对音乐有很高的灵性和敏感,还能作曲,而且与他有过相同的经历:当年隔离审查期间,他们都曾在硬纸板画上黑白琴键,在上面偷偷练指法,免得技艺生疏。

在这小小的以画家居多的朋友圈内,木心最为年长,学识渊博,见解深邃,机智风趣,令人钦佩。谁有什么写作或绘画作品,都会请他做权威评价,并引以为荣。当时我们都直呼木心为孙牧心,至今饭席酒间提起他来依然这么称呼,否则反显别扭。自从木心来到这圈子,受他的影响,朋友间也开始热衷起读尼采、叔本华、柏格森等哲学家的书,相互传阅。

二

前不久,陈丹青也问起我上海时期的木心:"我很想知道他那时是不是也很滑稽,他和我一起时,永远在讲笑话。很沉痛的事也讲笑话。"

这样的木心,在许多人的描述中也有过。我听后略有吃惊。同一个人为什么反差这么大?我与所有在上海的朋友都没有感觉他很"滑稽",或者说"滑稽"这个词,怎么也无法同木心联系在一起。即使他饮酒谈笑妙语连珠,善于讲"戏话"(也可为"死话",xi hua),给人的总体印象仍是严肃、沉着、正经，几乎一丝不苟，就像他的画。他举止谈吐，斯文至极，始终保持绅士般高雅和体面。有次吃饭时，不知谁讲了一个笑话，木心也哈哈大笑，不小心假牙掉落下来，但他十分镇静，从容不迫地塞了回去，不失风度。

当然这远不足以体现一个真实的木心。木心曾在创新工艺品厂工作，1972年2月到6月间，曾被关在单位的防空洞里隔离审查，随后开始漫长的监督劳动。在受审查与监督劳动期间，木心常受凌辱虐待，也曾被人用皮鞭毒打，但他在朋友面前从来只字不提。

去年春节有次聚餐，在座恰好大都为木心当年的朋友，席间不知不觉又提起了他。曾与他在同一设计公司的梅文涛提到一件往事。一次，他到木心的厂里去联系设计业务的事，刚进厂门，一眼看到木心穿着脏旧的工作服，弯身低头，用双手在厕所通到墙外的阴沟里捞污秽堵塞的垃圾。当他无意间抬头看到梅文涛时，立即将头再低下去，避开碰撞的视线。见此情景，惊讶之中的梅文涛也不敢上去同木心打招呼，事后彼此也从没在朋友间提起。这一瞥将木心长达七年之久的处境展现无遗。当有朋友问起他在厂里干什么工作，他只是微笑地说"打打杂"或"杂务工"，但其实每天都在打扫男女厕所，干最脏的活。

创新工艺品厂是上海市手工业局的下属单位，1978年，还没完全复职的局长、书法家胡铁生听到下级关于木心的汇报时，甚为关注同情，于是找他到办公室来谈话。见面前，他以为多年来狼狈不堪的木心一定焦头烂额，蓬首垢面，畏畏缩缩，但推门进来的竟是一个挺挺括括、气宇轩昂的男子，站在局长面前不卑不亢。一个小时谈下来，胡铁生下了决心，冲破重重障碍，拍板为木心平反，将他从地狱般的处境中解救了出来。

2005年夏，木心回到阔别23年后的上海，特地到虹口的四川路一带故地重游。陪同他的尹大为后来曾写过一篇《木心先生三年祭》记叙此行，其中有几处一笔带过，但实际上其中有许多不为人知的细节。例如，车子路经石门一路时，尹大为不经意地问起木心当年隔离审查被关的地牢在附近哪里，木心只是"唉"的一声，随即归于沉默。实则该厂就在车子途经的石门一路新闸路口，这段刻骨铭心的往事，木心当然不堪回首。

三

木心那次还特地走到了乍浦路，那里有他深沉的记忆，但他只字未提，作者也并不知情。

乍浦路住着一位对木心来说较为特别的人——吴大姐。在目前零星回忆上海期间木心的文章中，几乎无人提起。吴大姐是上海本地人，慈祥和善，年龄比木心略大一些。她是木心原单位的同事，科室干部，木心在厂监督劳动期间，虽为"不可接触的人"，但吴大姐怜惜其才，暗中给予极大的帮助。由于她的社会身份好，她的家比较安全，于是常将自己二楼的家借给木心作为他平反前与朋友们的聚会处，饮酒喝茶，交流画艺。这种秘密的聚会被木心称为"沙龙"，在他给朋友陈巨源的赠诗中，曾有"与君惯作席上游，沙龙二度载春秋"，即是说这段日子。木心认为这种艺术沙龙为"欧美风流寻常事"，但在当年的上海，却是"两三星点在神州"，稀罕而珍贵。

也就是在吴大姐家里，木心约了几位朋友去看他最新的50幅作品，暗合他当时50岁生日。这批水墨山水风景与抽象画，也是他去美领馆签证以及带到美国去展览的作品。没想到看完画后全场一片沉默，平时无拘无束的朋友们，竟许久没人说一句话，更无期许中的赞赏和点评。这一始料未及的意外使木心十分尴尬。这场聚会近于不欢而散，木心带着失望的心情与各位告别。此后，木心与朋友们大约几个月没有往来。陈巨源心有惦记，忍不住写了一封信给木心，信中对木心的作品大加赞美。木心阅后立即热情洋溢地回了一封通篇文言的信，引经据典，古奥雅致，还坦荡地形容了自己当天怏怏不快的心情。无论木心怎样孤傲，也渴望被朋友肯定，被朋友所爱，同时也毫不掩饰地表达对朋友的爱与肯定。

有天下午我正在唐友涛家闲聊，木心登门而来，带着自己新作的画。唐友涛十分欣赏，特地写了一首七律送给木心。木心阅后大喜，没过几天，就写了一首七言回赠。木心去美后，在纽约华人报刊上发表一文，还特地提到与唐互赠诗文一事，报纸从美国寄出，由小翁送来。前不久好不容易把木心这首诗从故纸堆里找了出来：

戊午清明正　少璞顿首唐公足下　赢得春风识异人　雪里芭蕉自青青　不羡高山流水意　二横一语破痴心　恭取大乐雪斋　不具　少璞顿首　顿首

少璞者，木心自谦。当时朋友之间常有书信文字笔墨往来，颇有古时文人遗风，个中滋味，趣味盎然。木心曾说过，写日记就是写给自己的信。写给朋友的信，就是画给自己的像。画别人的像，也是在画自己。什么平凡的琐碎小事，到了他那里，总能整出句妙言来。

四

尹大为那篇文章里还提到，木心距他去纽约前蛰居多年的旧居长治路只几分钟路程，但他走了不多步就不想去了。关于这所旧居，这里也想说上几句。

近年来读到不少关于木心先生的文章，在缅怀与追忆之外，也有一些以讹传讹。其中一例就是网络上流传最多的一张木心上海旧居照片，"大名路167号"。其实完全不符。木心蛰居的住处，是在临近外白渡桥下的长治路闵行路转角上。这是一栋当年公共租界留下来的六层砖石结构楼房，环境幽僻，与照片上两层砖木结构街面房是完全两回事。我前不久在乌镇同木心的外甥王韦先生也确认了。

我甚至记得进入大楼时的阴暗光线，宛如狄更斯笔下的气氛。上得二楼，右手即是一狭长的小间，进门后还有三四步台阶下去。室内简朴淡雅，书架上几排中外书籍。这一住处，木心对绝大多数朋友都秘而不宣，可以登门的屈指可数。

我曾有幸去过多次，其中有一次是他准备去美之前，我随着几位朋友一起拜访，聊的主要话题是他最为关注也极为忧虑的事：取得护照。那是1981年，国门初开，申请护照是一件颇为折腾、令人生畏的大事，各项所需材料和审批，必得过五关斩六将，尤其木心是历届政治运动对象，多次遭遇关押，戴过各类帽子，更是困难。大家七嘴八舌出谋献计，但最终都无良策。尽管如此，木心依然淡泊坐定。大家也知他向来自有城府。

护照领到后又面临另一道难关，签证。于是大家再次登门，一起商讨。那个年代，出国之意义重大，今人难以体会。尤其对于没财产没家庭、年届五十而以留学名义申请签证的木心来说，自然有所忧虑。除了准备带上前不久完成的那批画，用艺术的魅力打动领馆之外，木心还拿出一张照片给我们看，说是以备不时之需。我清晰记得那是与一位美国人的留影，身份好像是什么协会的会长或大学的校长。

后来究竟是什么令他几乎遭拒签时又起死回生，我们并不清楚，反正福人必有天佑。终于，木心如清风般默无声息地离开上海，不仅单位的同事一无所知，连大多数朋友都没有得知。临行前我去看过他一次，他正在斗室里亲自改制可以穿到美国去的外衣。

五

木心曾将朋友比喻为一个花盆，大家将自己种在这个花盆里，相得益彰。但实际上，木心并没有将自己种在这个花盆里,尽管他很喜欢这个花盆,密切地置身其中,朋友们也一直将他当作这个盆里的花。但我不认为有哪位朋友真正进入过他的内心世界,尽管我认识木心在上海的许多朋友,至今还时时联系,但谈起木心,除了尊重和敬佩的印象,并无内心深刻的轨迹可寻。

20多年后旧地重游时,木心特地去了当年朋友居住最多的虹口一带,却一个也没告知。回到乌镇故乡安居,也没有告诉任何一位朋友。唯一在乌镇见过木心一次的陈巨源,也是从报上偶然见到一则木心在乌镇的信息,打电话到乌镇旅游局,百般周折,才打听到他的住处和电话,带着当年也是木心好友、已故旅澳作家徐永年之子宇宇拜访了他,一别之后又归于寂然。木心的故世,也是从报上看到的消息。

对待当年花盆里的好朋友为何如此疏远呢?细想下来,大概他的内心已绝然于世,尽可能摈弃一切旧有的记忆,甚至达到如苏轼在《与米元章书》中所言"亲友旷绝,亦未尝关念"之境地。晚年的他,深感已经同所处的时代和人物格格不入,精神上和学识上都不在同一个层面,这正是他的孤独所在。他只与自己的灵魂做伴,那是一个他人难以进入的自在自得的孤岛,唯有极简的心境才能与之适应。除了同自身周旋,他已经不再在意他人对自己的感觉了。即使面对自己的写作,他都尽力隐退自我。

我手上有一篇木心三十多年前的手稿《动机与效果》,满满五页的稿纸上端端正正三千字,字字隽美秀气,文采飞扬跋扈。有位教授朋友见后钦叹地说,就是将字选出来也可作为字帖。去年将这篇文稿拿给许多朋友看,他们虽然都一眼认出木心的字迹,但谁都记不起这篇文。文中他论及自己的50幅画作:"如果观众们告诉我:你的动机与效果已经一致,就等于告诉我创作是成功的。如果反之,观众认为动机与效果是矛盾的,则是失败的。我是恪守'感物而鸣',不想作'无病呻吟'。"

木心还精辟地写道:"中国的封建制度是华丽的,从而掩盖了它的凶残,也为个别人提供了天堂。它的代价是牺牲其他的所有的人,使人全部沦为没有人格的人。"

很多读者叹惜看不懂木心的画,也有许多人装作能看懂,这好比"白天不懂夜的黑"。如果没有像他那样长期在黑暗中经受磨难,受虐受迫,无比压抑,以及监禁中的窒息和无奈,谁能懂得夜有多黑?即使去到美国,心里积压的黑暗却永远也无法挥去。这不是艺术审美的问题,用木心早就说过的话来概括,"艺术是光明磊落的隐私"。犹如柴可夫斯基b小调第六交响曲《悲怆》。孤独不是抽象的词语,需在漫长的年月中每时每刻承受与固守,仿佛一面在细声地听着时钟的滴答滴答，一面默默地注视着自己的血从静脉里一点一滴地流出。

木心当时的那些画，不是技巧有什么玄秘，而是他长期以来积压的心境和内心最深处的真实投影。无论人们用怎样辉煌玄妙的词汇来评价，在我看来，总觉得这是他的自画像，投射的就是他自己。

记沈公[1]

文 | 赵越胜

（旅法学者、作家）

> 自20世纪80年代初起，沈公复三联，主《读书》，编"万有"，业绩煌煌，正应了老杜所吟："庾信平生最萧瑟，暮年诗赋动江关。"

第一次见沈公，是在1987年初春。

我被甘阳拉去参加《文化：中国与世界》编委会与三联书店的一次业务洽谈，地点在朝内大街人民出版社大楼。那时三联书店已经恢复建制，但还没有自己独立的办公地点。沈公是以三联书店前总经理的身份和我们见面，编委

---

[1] 沈公，即当代出版家沈昌文（1931—2021）。

会方面出席的人有甘阳、苏国勋大哥、王炜和我，三联方面则是沈公和董秀玉女士。当时编委会已经和三联开始合作，出版"现代西方学术文库""新知文库"两大译丛，同时也筹备出版"文化：中国与世界"研究集刊。1986年12月10日，编委会在《光明日报》上打出整版广告，列举自己的大部分选题，出版方就是三联书店。

和三联合作，用甘阳的话说是"找对地方了"。丛书筹备伊始，合作者是工人出版社，和甘阳联系的人是何家栋先生。何先生是个思想开放的改革派，人也极诚恳敦厚。但甘阳对丛书的设想，从气质上就和他不合拍，况且何先生还是按老习惯办事儿，要找个什么名人来给丛书当个挂名主编。甘阳恼了，说："岂有此理，谁能给咱们当主编？！"当然，在甘阳心里，能当这套丛书的主编的，除了他也就只有上帝了。

随后，经王焱介绍，甘阳和沈公谈妥，由三联书店和编委会合作。沈公后来回忆这段合作因缘时说："那时听说一些青年学者组织了这样一个编委会，赶紧寻求合作。他们已经同有的出版社有联系，我们表现了极大诚恳，终于拉过来了。"

记得甘阳和沈公见面谈定合作之后，打电话叫我立刻到他家去，他那会儿住在小黄庄。王炜借给了他两间小屋，屋里到处都放着稿件。甘阳高兴得不得了，根本坐不下来，手拿着烟卷在屋里走来走去，滔滔不绝地跟我讲与三联合作的好处与前景。他强调的几个重点是：一、三联书店是民国时代的大牌子，有文脉相承；二、沈公是最懂文化的商人，他懂得我们选题的前瞻性，对丛书的商业前景也颇看好；三、他明白甘阳对编委会的构想，承诺完全不干涉编委会的工作，一切选题、编辑，全由编委会负责，他只管印书和付钱。这在当时可谓是破天荒，因为这打破了出版界多年的惯例，由我们这些青年人自主决定出什么书。与三联合作，让甘阳有双重的满足：首先，他可以自主实现他宏大的文化设想；其次，沈公的这个做法等于承认了编委会的学术水准。甘阳后来说："这帮人都是很狂妄的，就是说海德格尔是我们译的，还有谁有资格来审我们的稿。"

那天讨论的主题和编辑费有关。因为编委会有人觉得，编辑费的标准和书的印数，也就是和三联的收益相比，有点吃亏。像《存在与时间》这样艰深的书，居然印到七万册。《存在与虚无》竟然印到十万册。似乎当时的青年人若不懂"诗意的栖居"，说不上几句"存在先于本质"，都不好意思谈恋爱。甘阳似乎提出了一个编辑费按印数比例提取的建议。当时王炜负责编委会的财务，我对算账这种事儿本来就不大关心，只是为了一睹沈公风采，才被甘阳说动去参加会谈。

我们先到会客室坐下等待，董秀玉女士到了，和大家一一握手，很诚恳的样子。不经意间一位中等身材的男子进来了，他走路很轻又很快，让我觉得他好像是"飘"进来的。因为甘阳他们已和沈公很熟，所以根本没作介绍，我猜这就是沈先生。他比我想象的年轻得多，戴着厚厚的眼镜儿，说话很客气，看不出是位领导，倒像一位中学教师。那时大家还称他沈先生，何时改称沈公的？怕是在他年高以后吧。沈公坐下就开口讲话，夸赞了一通编委会的工作成绩，还提到了编辑的质量，也是表扬为主。"现代西方学术文库"在三联印的第一部书，是周国平译的《悲剧的诞生：尼采美学文选》。我是这部书的责任编委，自认为对文字还算认真，所以听沈公表扬，心中多少有点得意。沈先生洋洋洒洒讲了一通，和那天要讨论的主题全无关系。我正琢磨着何时能入主题，沈公的话却戛然而止。他起身双手一揖，说抱歉，他还有个要紧的会要开，先告辞了。至于具体事项，由董秀玉女士和我们细谈。随后，又轻快地"飘"出了会议室。我顿时想起甘阳对他的评语"最懂文化的商人"。但这会儿，懂不懂文化还没看出来，一个狡猾的商人形象已然确立。我记不起来那天编委会从三联那里是不是争到更多权益,但以沈公这种"避实就虚"的功夫,怕也难。

以后再见沈公,大多是在《读书》服务日。他总是一副谦谦君子的样子,可我却见他发过脾气。那天在服务日,我正和赵丽雅闲聊,沈公过来了,不像往日满脸堆笑,倒是绷着脸,厉声对丽雅说话,好像是嫌新书展示台布置得不好,有些书摆放的位置不对之类的事儿。事情不大,但他那副较真儿的样子挺吓人。丽雅乖,立即起身随他到了展书台,我远远看见沈公拿起几本书重新摆放,似乎在教丽雅如何展示新书。这让我见到了他"威严"的一面。但后来再见面,他又恢复了温和宽厚的样子,不但没脾气,还挺爱"自曝其短",从不避讳他银楼学徒出身,没读过名牌大学。当初走进出版界,也没想追求什么伟大理想,只是想"找个吃饭的地方"。但言谈话语中,不自觉地流露出他对书的痴爱,让我对他有了亲近感。在一个愚蠢而充满自信的时代,你碰到一位爱书的人,好像遇难的水手在孤岛上碰到了同伴。人之爱书,就是知道自己无知,而想丰富自己,变得聪明。一个人知道什么是好书,并且愿意尽一己之力,让更多的人都能读到,必是善根深植,秉性良厚。所以见到沈公谈起一本好书便眉飞色舞,而且总想办法把它出出来,让更多的人分享,我便敬意油然而生。

与沈公熟悉的人，都知道他爱搞"工作餐"。1988年春天，他在"小马克西姆餐厅"有一次简单的工作餐，忘记为什么他要我一起去。这个餐厅在崇文门老新侨饭店前面，似乎是皮尔卡丹的马克西姆餐厅的通俗版。那天上午我正巧陪丽雅去外文书店淘唱片，颇有斩获。到餐厅时，沈公已在等候，是《读书》编辑部的一个活动，杨丽华和吴彬都在。去这个餐厅的人不多，所以里面相当清静，柔美的音乐伴着淡淡的奶油味儿，散在高大敞亮的厅堂中。吃饭前丽雅给大家展示刚觅到的唱片，我一时技痒，说了些听不同演奏版本的心得。大家谈得很热烈，唯有沈公没有加入谈话，坐在那里有点落寞的样子。我不知好歹地问他一句，您听这些东西吗？他一句话怼回来，我只爱听邓丽君！我一时无语，心里翻上几句不恭的话，没敢说出来。后来读沈公的书才明白，他不听贝多芬是阶级斗争惹的祸。他说："以后上了北京，天天是无休止的斗争——阶级斗争，加上为自己的生存而斗争，实在顾不上去学习欣赏什么贝多芬。"而他后来听邓丽君却悟出"这位邓小姐的寻求孤独的极境是她的生命的终结，可以说此人是以身殉个性，殉孤独的"。这个感觉有些奇特，我不记得邓小姐曾有过裂帛之声。她的歌只是一味地柔情似水，而沈公能从这缠绵悱恻中听出刚烈的孤魂，我猜是邓小姐的歌声，唱出了沈公每日欢颜下深藏的寂寥吧,"冠盖满京华,斯人独憔悴"。是欤?非欤?

对沈公而言,还有一层难处与人不同。他从小养成用功学习的习惯,又碰巧遇上几位饱读诗书,历经磨难仍不辱斯文的老先生。沈公随他们浸淫书海,亲炙学行,便有了分妍媸、知良莠的眼力,一遇好书便生"渔色"之心,只好"为了爱的不爱和为了不爱的爱"而委曲求全。此情此景,殊堪玩味,总让人想起施温德的名画《囚犯的梦》。所以,他看到新版《宽容》恢复了被他删掉的文字,便欢呼雀跃,好像看到自己监管的囚犯越了狱,有种报复自己的快感。

去国之后,我与沈公仍时常通点消息。1997年初秋,沈公来巴黎了。我陪他到 Bistro Romain 吃饭,席间听他谈些我走后的奇闻轶事,也谈及他个人的出入际遇,语多娓娓,显出置身事外的平和。饭后接沈公回家,他告我中午定要小憩片刻,我请他到客房小睡,他坚不允,只是要一把能靠的椅子,于是便在一把扶手椅上入定,片刻便有轻轻鼾声。巴黎的初秋气候宜人,轻风拂帷,小鸟啁啾,沈公就在这异国的宁静中安睡着。

下午,洛朗来,他也是我在北京的熟人,沈公跟他谈些版权方面的业务。晚上我给沈公做了顿饭,想我竟敢给他这么个大美食家做饭，胆子也忒大了点儿。沈公走了，带走了我的地址，随后就常有航邮包裹寄来，先是《万象》，后又有一沓沓的《生活周刊》，每个邮件上的地址都是沈公手写，想着邮寄的琐事都是他亲自打点，心中的感激无以言表。

2006年底，去国17年后，我回国探亲。到京就请于奇帮我约沈公，并不是为了当面谢他这些年为我寄的书刊，只是想要见到他，听他说说这些年他所经历的那些事情。这些经历都已凝结成历史，构成我们生活的一部分。沈公约我们去三联大楼的咖啡厅，建这座大楼的故事已听他讲过，但走进这座大楼，仍让我吃惊。想想我与沈公分手是在东四街道办事处，那里水泥地面粗粗拉拉，墙上油漆斑驳陆离，窗户上钉的铁栅栏锈迹斑斑，而眼前这大厅高敞豁亮，满目书籍琳琅，两相比较，所差何止天壤。那天吴彬、丽雅都来了，我们坐在咖啡厅闲聊，见两位女士仍像从前一样和沈公开玩笑，时不时挤兑他两句，沈公一副受用的样子。看《读书》老班底仍旧亲密无间，心中不知几多感慨。后来每次回国，沈公总要呼朋唤友，来一起吃饭。每次都是他买单，他说这是辽教出版社给他的待遇，他为辽教工作不取报酬，辽教为他报销"谈情说爱"的费用。话是这么说，结账时，他总要找出饭店的优惠券算清楚，我说何必这么仔细，他说不是为了自己省钱，是为辽教出版社节省费用。一次在娃哈哈饭店分手，沈公与大家道别，背上他的双肩挎包，与丽雅一起蹬上自行车，在滚滚车流中翩然而去，我想沈公如何不老呢？

今年3月回京，又请于奇约沈公，他选定西总布胡同的一家咖啡室见面。东单北大街变化太大，西总布胡同这条从前闭着眼睛都走不错的地方，我竟一时找不到，徘徊良久，直到看见陈冠中和于奇来了，才知道没走错。沈公已在咖啡室落座，见我们高兴地起身招呼，又要啤酒又要小菜，忙个不停。我拉他坐下，知他几年来听力下降，便靠近他说话。

我与沈公已六年未见，不忍说沈公老了，只是身上又多了岁月流逝的痕迹。沈公早已是泉间林下之人，话题当然多虚无缥缈之事。其实朋友们见面本不为什么具体事由，只为相坐相望。在友谊的慰藉中，充实彼此的生命。只有片刻，沈公说起自己虽平生萧瑟，但退休金不薄，以至没地方花。他不断要我们添酒添菜，说"退休金花不完呐"。而我却在想，何来平生萧瑟呢？自20世纪80年代初起，沈公复三联，主《读书》，编"万有"，业绩煌煌，正应了老杜所吟："庾信平生最萧瑟，暮年诗赋动江关。"平生萧瑟，正是忆旧的怅惘。当我们老去，在清冷的黄昏，吹起追忆的洞箫,那裹挟而来,一并涌现的,便是我们全部生命的在场。

走出咖啡室与沈公告别时,已是日瘦暮薄。胡同西口,东单北大街上,市声沸天,而记忆中的旧市井一鹤杳然。眼前的沈公,要东行返家,我见街上快递电动单车无声地倏忽往来,很不安全,便执意要陪沈公回家,沈公坚拒。站在街上僵持了一会儿,善解人意的于奇说:"你走吧,老人家不愿你看他走路缓慢的样子,我们会跟着他,看着他回家。"于是,与沈公拥别,道一声珍重再见,便掉头西去。

到胡同口,我驻足回望,见沈公背着双肩挎包的背影,脚步缓慢却坚实地渐渐远去。噢,沈公,不知何时才能再见?